お狐様の異類婚姻譚

元旦那様が恋を知り始めるところです

糸　森　環

TAMAKI ITOMORI

一迅社文庫アイリス

CONTENTS

白月《しろつき》
八尾の白狐の大妖で、雪緒の元夫。人型時は白髪金目の美丈夫の姿。紅椿ヶ里の長で、郷全体の頭領である御館の地位にある。一見穏やかそうだが、本性は怪らしく苛烈で残酷。
お狐様の異類婚姻譚
元旦那様が恋を知り始めるところです
雪緒《ゆきお》
幼い頃に神隠しにあい、もののけたちが暮らす世界で薬屋をしている少女。黒髪黒目。素直な性格でのんびりしている。人間の世界にいた当時の記憶はほとんどない。

宵《よい》丸《まる》

大妖の黒獅子。人型時は目元の涼しい文士のような美男子だが、手のつけられない暴れ者として悪名高い。白月との離縁後、雪緒に絡んでくることが多くなった。

三《み》雲《くも》

祭事で雪緒が出会った鬼。角や牙はなく、一見すると人間の青年に見える涼やかな目元の美丈夫。胸に梵字の刺青を入れている。

由《ゆ》良《ら》

白桜ヶ里の元長の子。本性は鵺。口は悪いが、良心的で誠実な性格。過去に雪緒に救われたことがある。

千《ち》速《はや》

白月の配下の愛らしい姿の子狐。子狐たちのまとめ役(?)。雪緒を慕っている。

耶《や》花《か》

美しい姿をした鬼。見た目は若いが、格が高く鬼たちの上位に位置する。

設楽《しだら》の翁《おきな》

童子の姿をした古老の怪。雪緒の育ての親。

天昇［てんしょう］
怪が地上での死ののち、天界に生まれ変わること。怪としての格が上がる。

十六夜郷［いざよいごう］
七つの里にひとつの鬼里、四つの大山を抱える地。

紅椿ヶ里［あかつばきがさと］
十六夜郷の東に位置する、豊かな自然に囲まれた里。

梅嵐ヶ里［うめあらしがさと］
十六夜郷の南に位置する里。梅の花が咲く風流な地。

白桜ヶ里［しろざくらがさと］
十六夜郷の南東に位置する里。

綾槿ヶ里［あやむくげがさと］
十六夜郷の西に位置する里。

御館［みたち］
郷全体の頭領のこと。それぞれの里には長が置かれている。

耶陀羅神［やだらのかみ］
怪が気を淀ませ変化した、邪の神。自我がなく、穢れをまとう化け物。

悪鬼［あっき］
他者を害することにためらいがなく、災いをもたらす存在。

獬豸［かいち］
郷に存在する瑞獣。頭頂部には角があり、犬のような羊のような体をしている。

イラストレーション◆凪かすみ

お狐様の異類婚姻譚　元旦那様が恋を知り始めるところです

OKITSUNESAMA NO IRUIKONINTAN

◎壱・ささめき　さらさら

「お邪魔しまーす……」

雪緒《ゆきお》は、見事な青色の瑠璃茉莉《るりまつり》に覆われた屋敷を訪れた。

紅椿ヶ里《あかつばきがさと》の北西に位置する黒瓦《くろがわら》も立派なこの屋敷には、大妖《たいよう》の宵丸《よいまる》が暮らしている。

――そして雪緒はその日から、自身の住居には戻らず、彼のもとにとどまっていた。


世は七月。穂の実る夏の季だ。

先の水無月では晴天が続き、草木も田畑も乾いて皆、難儀した。ところが七月に突入した途端、空は、これまでの鬱憤《うっぷん》を晴らすかのように大粒の雨を落とし始めた。

トンタタン。トン、タン。生い茂る木々の葉や屋敷の瓦屋根を、雨粒が楽器のように打つ。

「水に沈みそうだなあ」

黒塗りの広縁《ひろえん》で作業をしていた雪緒は、その手をとめ、半分ほど開いている雨戸から庭を眺めた。庭を彩る花木もいまは等しくしっとりと濡《ぬ》れ、銀色に輝いている。遠くの空では、『りゅうぐうのつかい』を思わせる細長い魚の精霊が、背びれをゆらめかせて悠々と泳いでいた。

あれは雨天の日にのみ稀《まれ》に出現する格の高い精霊だ。太古の精霊とも聞いたことがある。

「吉凶の区別なしに、異変の発生を予知する精霊だっけ？　……ひょっとして本当に里が海に変わるかも」

冗談のつもりだったが、声に出したことで思いがけず真実味が帯びたように感じられて、雪緒は落ち着かなくなった。

明けの刻でもないのに空はどこか青みがかって見える。宙を泳ぐ神秘的な精霊の姿と相まって、もうとっくにここいらも海底に沈んでいるのではないか、という気持ちまで生まれた。

紅椿ヶ里は、大雑把《おおざっぱ》に説明すると、上里《かみさと》、下里《しもさと》にわかれている。上里には政《まつりごと》を行うための重要な施設や長《おさ》の屋城《やしろ》があり、下里には民が暮らす。繁華街に相当する盛り場や田畑なども下里側に作られている。たとえるなら城下町だ。雪緒の住居もこちら側に設けられている。

宵丸の屋敷はと言うと、上里にほど近い北西の外れ、ほかの土地よりも小高い場所に建てられている。区分的には下里になるが、民で賑《にぎ》わう盛り場から離れているため、昼でも夜でも静寂に包まれている。実際、この庭からうかがえるものは、こんもりと生い茂る木々ばかりだ。民家のひとつも見えるわけではない。緑のなかにころりと落っこちたかのような、この独特の雰囲気が、なおさら雪緒の妄想をかき立てる。

「――おかしなことを言うな。俺《おれ》の屋敷は、水没なぞせん。それに俺は泳げる獅子《しし》だぞ。たとえ水没したって、溺《おぼ》れるものかよ……薬屋なんか安心して俺の背に乗っていやがれ」

庭を眺めたまま雪緒がぼんやりしていると、先ほどのつぶやきに男前な返事が来た。

声のしたほうを振り向けば、広間に敷いてある一組の布団から、ずるずると黒髪の青年が気《け》怠《だる》げな調子で這《は》ってくる。が、雪緒の横で力尽き、ぱたっと倒れ伏す。

「……大丈夫ですか?」

「これが大丈夫に見えるか? はあ、身体《からだ》が怠《だる》い。俺、かわいそう……」

雪緒の問いかけに、青年は呻《うめ》くような声で答えた。この、黒髪の青年こそが、荒くれ者と悪評高い獅子の大妖、宵丸だ。姿形は文士風の爽《さわ》やかな美青年なのだが——今日は、ぐでぐでである。青藍《せいらん》の色の衣も乱れているし、髪もぼさぼさで、結ってもいない。

「まだ熱があるかな」

雪緒はそう言うと、宵丸の額に触れた。

「人の手って、なんかこう、気持ちがいいな? 俺たち怪《かい》にだって体温くらいあるが、やっぱり人とは違う。それともおまえは薬屋だから、特殊な癒《い》やしの波動でも出ているのか?」

むむと悩みつつも、宵丸が雪緒の手にすり寄る。色めいた気配はなく、動物の仔《こ》のような仕草に思えたので、雪緒は微笑《ほほえ》んだ。病気で心細いときは、他者に触れられると安心する。

「もう少し待っていてくださいね。身体があたたまるものを用意します」

とんと優しく宵丸の腕を叩《たた》いて、雪緒は作業に戻った。

——ここは、異形と人が共存するあやしあやしの山里だ。

七つの里にひとつの鬼里《おにざと》、四つの大山を抱えるこの奥深い幽谷《ゆうこく》の地を、十六夜郷《いざよいごう》と呼ぶ。

十六夜郷は、一国に等しい。そのうちのひとつ、東の方角を占める紅椿ヶ里に、雪緒は〈くすりや〉という生業《なりわい》そのままの屋号の見世《みせ》を開き、薬師として暮らしていた。

以前は養い親たる設楽《しだら》の翁《おきな》とともに生活していたが、いまは見世を引き継ぎ、一人で切り盛りしている。雪緒には、妖《あやかし》や怪の血が一滴たりとも流れていない。完全なる『人』だ。

見た目も黒髪黒目と、いたって普通。設楽の翁によると、雪緒は花盛りの年頃《としごろ》で器量よし、長い髪もつややか、知性の宿る瞳《ひとみ》は魅力的、振り向いて微笑めば木々の葉も秋のように赤く染まる――と、大絶賛だが、親ばか以外のなにものでもない。身贔屓《みびいき》ってこわい。

それに雪緒は、こちらの世の生まれでもなかった。

神隠しの子である。幼い頃にこちらの世に迷いこみ、すでに十数年がすぎ去った。

もとの世へ戻ることはもう考えていない。と言うよりも以前の暮らしがどんなものであったのか、ほとんど記憶にない。雪緒という名前さえ、こちらの世でつけられた。

本来の名前はなんだろう。このあいだまでは、もしかしたらこれが本名ではないかと挙げられる名もいくつかあったはずなのだが、いまはもはや欠片《かけら》も思い出せない。

雪緒はひとつ頭を振り、雑念を追い出した。手元の作業に集中する。

「枇杷《びわ》のお茶にしようか……」

まずはさらさらと、札に枇杷の枝の絵を記す。

枇杷の葉には解熱作用がある。血行を促進し、身体の疲労も取り除く。昼前に宵丸を問診したとき、吐き気も多少あるという話だったから、この薬草が適しているだろう。

枇杷の葉を記した札を、目の前に置かれている丸火鉢で炙《あぶ》る。

乾いた札を俎板《まないた》に載せ、トントンと小刀で刻む。細かくなった札を指先で揉《も》み、丸めたのち、自身の脇《わき》に置いていた愛用の真っ赤な煙管《キセル》の雁首《がんくび》に詰めこむ。

「よまもりひまもり祈《ね》ぎ祈ぎまつる、ふたえよたえと、ならびに双《なら》べてみたしみたし」

煙管に火をつけ、吸って、魂をこめるように煙を深く吐き出す。

するとその煙が宙でぐるりと円を描き、札に記した枇杷の枝へと変化する。

純血の『人間』のみが操れるこの呪法《じゅほう》を、『蛍雪禁術《けいせつきんじゅつ》』という。煙からほかの物質を生み出す……本質を根本からべつの存在に作り替える。使用する札も煙管もすべて蛍雪禁術専用の特殊な道具だ。怪のように珍《めずら》かな妖力を持たぬ雪緒でも、この禁術を操れるおかげで薬屋として生計を立てていける。術を仕込んでくれた養い親の翁《おきな》には、感謝してもし切れない。

「――雪緒様の術は、まことふしぎですねえ」

突然響いた第三者の感嘆の声に雪緒は顔を上げた。広縁の向こうの落縁《おちえん》から、尾の先ばかりが墨に浸した筆のように黒い子狐《こぎつね》がひょこりと現れ、興味津々《きょうみしんしん》の視線をこちらに注いでいた。

この子狐を千速《ちはや》という。ぬいぐるみのようにかわいらしい見た目をしているが、普通の野狐とは違う。れっきとした妖狐《ようこ》だ。いつもは毛玉のようにもふもふしているのだけれども、ここへ来るまでに雨に濡れたらしく、全身の毛が潰《つぶ》れ、ずいぶんと……ほっそりして見える。

（無理やりお風呂《ふろ》に入れられた猫みたい）

雪緒は微笑んだ。幼少の頃に家で飼っていた猫も、毛が濡れるとひょろっとしたっけ――。

楽しい気持ちで記憶をゆり起こした直後、雪緒はふと目を瞬かせた。

いま、なにを思い出した？

「雪緒様？　どうされました？」

落縁に上がってきた千速が近づき、きょとんと雪緒を見上げる。

「ううん、なんでもない――毛を拭《ふ》こうね」

雪緒はぎこちなく笑うと、千速を抱き上げて自分の膝《ひざ》に乗せ、懐から取り出した手ぬぐいで濡れた毛を拭いてやった。千速が目を細め、ぶるるっと身を振って水滴を飛ばす。

「こら千速。冷たいよ」

雪緒は今度こそ自然な笑みを浮かべて、千速の顔を両手で撫《な》でた。

ちっとも反省していない千速が目を瞑《つむ》り、きゃうーと甘えた声で鳴く。

「雪緒様の手は、心地よいですねえ」

「あれ。宵丸さんもさっき、そんなことを言っていたよ。似た者同士の仲良しだ」

「おっ、おやめくださいっ。暴れ獅子と噂《うわさ》の大妖様と、気高い狐一族のおれを同列に扱うなんて、雪緒様ったらいけず！」

「前から思っていたけど、千速はこわいもの知らずだよね」

こいつめこいつめ、あとで宵丸さんにいじめられても知らないぞー、と雪緒は千速の前肢を掴《つか》み、ふにふにしてやった。怒った千速が鼻の先で雪緒の手の甲をつつく。

「暇なのか、毛玉？　毎日俺の屋敷に来やがって……。狐の揚げ物にしてやるぞ」

雪緒たちが戯れていると、板敷きに突っ伏していた宵丸が顔を上げ、嫌そうにつぶやいた。

「毛玉ではありません！　お見舞いに来たおれに、心ないことをおっしゃる！　……でも、いつものキレがありませんね、宵丸様」

雪緒の膝から下りた千速が、たたたと軽い足音を立てて宵丸に近づいた。ぐったりしている彼の額に、ぽちっと前肢の肉球を押しつける。そんな真似《まね》をされても宵丸は抗う気力すらないらしく、動こうとしない。こちらを振り向いた千速が心配そうに尾を振る。

「宵丸様の霊力は、まだ安定しそうにありませんか？」

「そうだねえ……」

枇杷の葉を入れた容器を火鉢で炙りながら、雪緒も溜《た》め息を落とす。

雪緒が三日も宵丸の屋敷にとどまっているのは、看病のためだ。これぞ鬼の霍乱《かくらん》──と言うにはいささか不審な点が多いが、大胆奔放そのものの彼が珍しく調子を崩している。

「下里の民ばかりじゃなくて、上里にも不調を訴える方が出始めているんでしょう？」

雪緒は容器の温度を確かめて、そう尋ねた。霊気帯びる護杖《ごじょう》の森に包まれた上里は、紅椿ヶ里の要《かなめ》の場所だ。里長だけではなく、彼を支える民も多く暮らしている。

「はい」と、こちらへ戻ってきた千速が行儀よくお座りしてうなずいた。

「怪を蝕《むしば》む病が里に広がったかと思いましたが、症状を見るに、どうも違うみたいですね。不調の者を確かめても、まこと共通点が見当たりません。妖力《ようりょく》も霊力も種族もばらばらです。となるとやはり、無差別でかかる呪《のろ》いや祟《たた》りの類《たぐ》いではと――」

ためらいがちに落とされた千速の言葉に、雪緒は目を伏せた。

(原因は、祟りかあ)

暗い感情を呑《の》みこんで、雪緒は記憶を辿《たど》る。水無月の最終日、紅椿ヶ里に不可解な黄金の雨が降った。するとその翌日から、「妖力が使えなくなった」、「体内の霊力が狂い始めた」と、不調を訴える民が続出した。里の空気もどこかじっとりと重い。

もしも通常の病なら、薬屋の雪緒は今頃治療のためにあちこち奔走し、多忙を極めていたはずだ。が、現実は、静けさに包まれた瑠璃茉莉の屋敷で宵丸一人に薬を煎《せん》じている。

(里に異変が起きたのは、鬼が私に執着したせいだと、皆が噂をしている)

水無月に――六月に行われた『鬼の嫁入り行列』という祭事で、雪緒は鬼衆に連れ去られた。伊《い》万《ま》里《り》という梅嵐《うめあらし》ヶ《が》里《さと》出身の娘が企《くわだ》てた謀《はかりごと》が、勾引《かどわ》かしの発端となった。雪緒はまんまとその罠《わな》にかかり、とある鬼に執着されるはめになった。くだんの鬼を、三雲《みくも》という。

(武神のような、雄々しく美しい鬼だった)

雪緒はぼんやりと三雲の姿を脳裏に抱き、複雑な吐息を漏らした。

騒動を起こした張本人の伊万里とは和解をし、〈くすりや〉を手伝ってもらっている。

鬼の執着は、祟りと表裏一体《ひょうりいったい》。雪緒一人が祟られるだけで済むなら、まだましだった。

しかし、問題は雪緒の元夫である。雪緒は以前、たった二ヶ月間だが、結婚していた。

十六夜郷の御館《みたち》であり、紅椿ヶ里の長でもある八尾の白狐様とだ。大妖と呼ばれるほどに怪としても能力が高く、立場的にもうんと格上。例を挙げると、将軍様と名もなき町娘というあたりか。そんな強烈な相手が雪緒の元旦那《だんな》だったので、たとえとうに離縁済みだろうとも、元妻を易々《やすやす》と鬼に奪われたとなっては長の沽券《こけん》に関わる。

元旦那様は三雲を大いに挑発し、策をもってやりこめた。

その奮闘の末、雪緒と三雲のつながりは断てたはずなのだが、悪巧みの王様である元旦那様に騙《だま》された三雲の怒りは想像する以上に深かった。紅椿ヶ里の屋城仕えの怪によると、完全には祟りを祓《はら》い切れていないのだという。ただし、いまの段階ではまだ、民たちの不調の原因が鬼の祟りだとは確定していない。だが状況的にほかの理由が考えにくいため、里に広がった薄暗い不気味な空気を皆が雪緒のせいにするのもしかたがない話ではあった。

(元旦那様との再婚は、もう絶望的ってくらい難しくなったなあ)

鬼の三雲の激しい執着になにか思うところでもあったのか、鬼の嫁入り騒動後、元旦那様に雪緒は復縁を乞《こ》われた。と言うより命じられた。少し前までの雪緒は頑《かたく》なに再婚を断り続けていたが、心境の変化もあり、彼の手を取ろうかと思うまでになっている。

が、今回の変事により、元旦那様のまわりを固める怪が、雪緒たちの再婚に猛反対し始めた。

（この先、どうなるのかなあ）

雪緒は小さく息をつくと、水を注いだ土瓶に、炙って乾かした枇杷の葉を入れた。それを火鉢で熱する。枇杷の葉なら、煎じる時間は数分程度でいい。

「――にしても、里に伊万里さんがいてよかった。彼女も薬師だから皆の手当てができる」

「雪緒様、なにを言うんですか！　そもそもあの梅女が元凶なんですよう！」

突っ伏している宵丸の髪を前肢で揉むという遊びに興じていた千速が振り返り、憤慨する。

「色々あったけど、いまは因果を取り糺《ただ》すときではないからね」

もともと紅椿ヶ里は、ほかの里と比較して人口が少なめだ。そういった事情もあって、紅椿ヶ里にはこれまで雪緒しか薬屋がいなかった。だが今回、皆は鬼の執着を浴びた雪緒の存在が、今回の不気味な状況を作った元凶だと考えている。祟られている人間の手当てなど受けたくはないと拒否反応が出るのも道理で、実際、雪緒の見世を訪れる客は皆無だった。

雪緒を頼らないのなら、薬を扱える伊万里のもとへ行く以外ない。

雪緒が宵丸の屋敷にとどまっているのも、こういう笑えない理由があるからだ。

彼だけが、いままでと変わらない態度で雪緒を受け入れてくれる。

「――宵丸さんには、感謝していますす」

毛を逆立てる千速を宥《なだ》めて雪緒が言うと、陸に打ち上げられた魚のように広縁と広間の境に転がっていた宵丸が顔を上げた。怪訝《けげん》な目つきで雪緒を見る。

「ここで礼を言われる意味がわからん。世話をしてもらってんのは俺だぞ？　それにおまえがそばにいると、美味《うま》い飯が食い放題だ。俺にとっては都合のいいことしかない」

「……宵丸さんは本当に、時々すごく恰好《かっこ》いいですよね。時々は」

「時々ってなんだ。俺はいつも恰好いい大妖だぞ」

雪緒は笑みを漏らした。里全体が不穏な空気に包まれているなかで、雪緒が一人見世にいたら、暴走した民が憂さ晴らしと称して襲いに来るかもしれない。おそらくそんな懸念を抱いて雪緒を自分の手元に置いてくれている。

(宵丸さんは、鬼の嫁入り騒動のどさくさに紛れて私を攫《さら》おうとしたんじゃないかっていうこわい疑いがあるんだけれども……。こう親切にされると、私の考えすぎだと信じたくなる)

宵丸の、からっとした軽妙な気遣いが身に染みる。

思いのほか、里の民に敬遠されている状態がこたえているようだ。

(仲良くしてくれていた常連客も、見世に来なくなったもんね)

雪緒は内心、肩を落とす。

自分が三雲に執着されているのは事実なので、民の噂を否定し切れないのがまたつらい。

「千速も、ありがとうね」

宵丸以外で雪緒と話をしてくれるのは、この千速を筆頭とした子狐たちだ。

「おれは見舞いと称して実のところ、宵丸様が雪緒様に悪さをしないか見張りに来ているだけですので！」

千速が高らかに告げ、雪緒の手のひらに耳をこすりつけてくる。

（たぶん元旦那様から、こっちの様子を見に行くようにって命じられているんだろうけれど、そういうお役目や義務感だけで来ているわけじゃない）

元旦那様へ報告するためだろう、たまにふっと姿を消すときもあるが、ほとんどの時間、千速は雪緒のそばにいる。夜も、雪緒の横で丸くなって眠る。それはきっと千速自身の好意だ。

「おまえは優しい子だね」

口の端のちくちくしているところをつつくと、千速は耳を倒した。

「やっ、優しくなんてありません、おれは非情、狡猾《こうかつ》と名高い狐一族の者なんですからね！」

千速にぷりぷりされたが、これは照れ隠しに違いない。

「毛玉、きゃんきゃんうるさい……耳に響く」

宵丸が低く唸《うな》って、千速を睨《にら》む。だが今日の千速は怯《ひる》まない。

「いまの宵丸様なんてちっともこわくないですし！　ふふん、日頃の行いというものですよ！」

千速が胸あたりの毛を膨らませて、大胆に言い切る。

「……毛玉、上等だ。俺の調子がもとに戻ったら、おまえを丸刈りにして、軒《のき》先に吊《つ》るしてやるからな……ぐっ!?」

剣呑《けんのん》な目をして宣言した直後、宵丸が突如胸を押さえ、苦しみ始めた。

「宵丸さん！」

雪緒は腰を上げ、彼ににじり寄った。千速も耳を伏せ、おろおろと宵丸のそばを歩き回る。

「くそっ、なんで俺がこんな目に……っ！」

宵丸が恨みのこもった荒っぽい声で罵《ののし》った瞬間——ぽんっと白煙を周囲にまき散らして、獣姿に変化した。いつもの雄々しく妖《あや》しい巨躯《きょく》の黒獅子姿ではない。もふっとかわいい、仔獅子の姿にだ。大きさは、子狐の千速と同じくらいだろうか。

「ふわふわ」

雪緒は両手で口元を覆い、我知らずつぶやいた。

「ふざけやがって……っ」

黒い綿毛のような仔獅子に変身した宵丸が、ふたたび呪わしげに吐き捨てる。が、威厳もなければこわさもない。

——これがいま、紅椿ヶ里の民のあいだに広がっている不気味な症状である。

妖力に変調をきたして、人の形を取れなくなる。獣の性を持つ者は、その通りに。化け物の性を持つ者も、やはりその通りに。

さらには妖力も使えなくなるため、だいたいが宵丸のように無力な——小さな姿に変わる。怪たちにとって、無防備な姿を他者の前に晒《さら》すのはなにより恐ろしい行為だ。しかし。

うきゅっと千速が横を向いて喉《のど》を鳴らした。どう見ても、笑いをこらえている。

「くそ!!」

三度目、仔獅子と化した宵丸が怒りの声を上げた。

「かわいい」

雪緒はしみじみと言った。目つきは悪いが、抱き上げて撫で回したいくらい愛らしい。

「やめろ、薬屋。屈辱だ！」

「かわいい」

「やめろ！」

怒れる仔獅子に前肢でばしっと膝を叩かれたが、まったく痛くない。かわいい、無理……。

「黒毛玉様、そんな乱暴に雪緒様を叩いてはだめですよお、躾《しつけ》が必要ですかねえ〜？」

千速が、にやにやしながら仔獅子を窘《たしな》める。

（のちの報復を考えたら、ここであまり宵丸さんをからかわないほうがいいのでは）

雪緒は心配したが、企み好きな狐一族の者がこんな状態の宵丸を放《ほう》っておくわけがないか。

だが、ぷぷぷと笑う千速を見る仔獅子の目が、完全に据わっている。

大丈夫だろうか、千速はこの先、無事に生きていけるのか……。

「……。あの、宵丸さん。枇杷茶よりも先に、薬を用意しましょうか」

雪緒は千速の明日を守るため、おそるおそるそんな提案をした。

「……そうしろ」と、千速を見据えたまま仔獅子が凍えた声で答える。

仙人草や落花生の殻などを煎じた薬を服用すれば、一時的に妖力、また体内の霊力が安定する。が、薬の効果が切れた途端、この仔獅子になってしまう。

「はい、じゃあ、ちょっと待っていてください。土間の竈《かまど》、お借りしますね」

雪緒は断りを入れて立ち上がった。ここにある小さな火鉢では作業がしにくい。すでに材料は土間に揃《そろ》えている。この空模様なので天日干しができず、大半が火で乾燥させたものだ。

――半刻後、煎じ薬を載せた膳を持って広縁へ雪緒が戻ってくると、子狐と仔獅子は身を丸め、団子のように並んで寝ていた。

雪緒はたまらず、「あっ、ふわふわが二つ……」と、膳を持ったままつぶやいた。

✿

その夜のことだ。宵丸と千速を先に眠らせて、雪緒が一人翌日の食事の仕込みをしていると、土間の戸がカタリと音を立てた。風が立てた音ではない。

雪緒は仕込みを中断し、木戸へ近づいた。ここの土間は、屋敷自体が豪奢《ごうしゃ》なこともあって、雪緒の見世よりずっと広く大きい。天井だって高い。羨《うらや》ましい限りだ。

木戸を開こうとして、わずかにためらう。先月の祭事の夜に、鬼に攫われた記憶が蘇《よみがえ》る。

淡い恐怖を振り払い、気を取り直して木戸の把手《とって》に指をかけたら、外側からとんと軽く叩かれ、雪緒は肩をゆらした。とっさに自分の口を片手で覆う。声を出してはいけない気がした。

「――雪緒？　そこにいるか？」

ややして、木戸越しに声をかけられ、雪緒はうろたえた。

声の主は、雪緒の元旦那様である白狐の大妖、白月《しろつき》だった。

「こら、返事をしなさい」

笑いを含んだ声で叱《しか》られ、雪緒はますます落ち着かない気持ちになった。

「こんな夜分に、どなたです？」

雪緒はつい、相手がわからぬふりをした。おや、と木戸の向こうで白月がおもしろそうな声を出す。どんな表情を浮かべているか、容易に想像がつき、雪緒は眉間《みけん》に皺《しわ》を寄せた。

きっと彼は、ゆらゆらと尾をゆらし、楽しげに微笑んでいる。

「こんな夜分に、俺以外に忍んでおまえ様に会いに来る不届き者がいるのかな？」

「いるかもしれないじゃないですか！」

見栄を張って言い返すと、木戸の向こうで軽やかな笑い声が響く。

「それはまた、許しがたい話じゃないか。まさか雪緒、だれかを迎え入れたことはないな？」

「……もしも、入れていたらどうなさいます？」

「そりゃおまえ様、噛《か》み殺す」

私を？　それとも相手を？　……と、問う勇気まではない。

しばらくまごまごしていると、こちらの葛藤《かっとう》が伝わったのか、また笑い声が聞こえた。

「早く戸を開けてくれないか。ちょっと両手が塞《ふさ》がっているんだ」

はい、ただいま——そう答えようとして、雪緒はまた、ためらった。

「つかぬことをお聞きしますが、……本物の白月様ですよね？」

なにしろいままで散々というほどに騙されたり攫われたり殺されかけたりしている。疑り深い性格になって当然ではないだろうか。

「本物も本物。おまえ様を想って眠れぬ夜をすごす、恋する狐様だぞ、ひれ伏せよ」

「恋する狐様」

言葉の暴力、という表現が脳裏をよぎったせいで、雪緒の思考が停止した。

「私の知るお狐様は、騙し合いとか化かし合いはしても恋はしない。偽物だ。千速を呼ぼ……」

「待て待て。なんて理由で判断しやがる。雪緒め、最近小賢《こざか》しくなりすぎだ。食うぞ」

「あっ、いつもの白月様だ。すぐ開けますね」

「おい、いまどこで俺だと確信した？」

雪緒はその問いを無視して、戸に手をかけた。あれ、でもそういえば、両手が塞がっていると言っていなかったか——まさか白月に限って、花束を抱えている……わけがないか。

(うん。ないない。絶対ないな)

雪緒は即否定した。途中で狩ってきた猪《いのしし》や熊《くま》の肉を担いでいるといったあたりだろう。

「できれば、解体してもらえると助かる――」

希望を告げながら木戸を開けて、雪緒は言葉を呑みこみ、放心した。

まさかもまさか。きらきらした青い花が目に飛びこんできた。

「開けさせた俺が言うのもなんだが、雪緒はもっと警戒しろよ……」

呆《あき》れたように言う、青い花を大量に抱えた男の顔を、雪緒は凝視した。

絹糸のようにつやつやした白い髪に、同色の狐耳。もっふもふの狐尾も同じ色。目は、淡い金色だ。見た目の年は二十歳を少しすぎたくらいだが、実際はもっと年上なのだとか。

顔立ちは、いかにも妖しく、美しい。目尻《めじり》に赤い隈《くま》取りがあり、それが透き通った印象の美《び》貌《ぼう》に一筋の色気を与えている。

この狐耳の青年こそが雪緒の元旦那様で、郷の御館でもある白月だ。本来は八尾なのだが、郷を支えるために七尾を落とし、地に封じているのだと言う。なのでいまは一尾しかない。

今宵《こよい》の衣は袖《そで》も袴《はかま》も満月の色で、両腕に抱えている青い花がよく映える。雪緒の浴衣《ゆかた》は青地に黄色の小花を散らしている。奇《く》しくも青い花を抱える白月と反転したような色合いだ。

(いや、待って。これってよく見たら、花とは違う気がする。らべんだー、かと思ったのに)

真剣に考えこんだあとで、雪緒は戸惑った。いま、なんの花だと思ったんだっけ?

こういう、喉に小骨が引っかかっているかのような感覚を、雪緒は時々味わっている。単なる物忘れにすぎないのだろうが、もやもやする。

その不快な感覚を振り払って、白月が抱える大量の花もどきに雪緒は集中した。

「青い麦の穂……?」

雪緒の独白に、白月が微笑んだ。淡い金色の瞳が、ゆるやかに細められる。優しげなのにどこか油断ならない微笑に、雪緒は背筋がぞくぞくする。外道の美しさだと思う。

(私って本当にこの、自称恋するお狐様が大好きなんだなあ!)

甘ったるいけれども、ちっとも甘くない。どころか、左手で抱き寄せて右手で引き裂くくらいのことは軽くやってくれる男だ。

けれども、狐尾の先までたっぷり非道というわけでもない。そこに強く惹《ひ》かれてしまう。

「星啼文庫《せいていぶんこ》だ」

端的に言うと、白月はずんずんと遠慮なく土間に押し入った。

雪緒は彼と向き合った体勢のまま、慌てて後退した。

「せいていぶんこ?　って、ぶつかります白月様!」

白月が立ち止まってくれないものだから、雪緒は土間の上がり近くまで後退させられた。

「麦の穂ではなくて、これは星啼文庫の羽根だぞ。雪緒にやる」

と、白月は説明になっていない説明をして、麦の穂もどきを——星啼文庫の羽根とやらの束をぼすっと雪緒に押しつける。

「いい香り……！　麝香《じゃこう》っぽいかも。羽根なんですか、これ？　意外と重いですね」

腕のなかのものを見下ろして戸惑う雪緒に、白月は楽しげに尾を振った。

「今日の昼に、こいつがにょろにょろと空を飛んでいただろ？　これはよいと思って捕獲を……、交渉をして尾羽をわけてもらったんだ」

やはりよくわからぬ説明にぽかんとしたが、雪緒はすぐに、あっと閃《ひらめ》いた。

（ひょっとして、『りゅうぐうのつかい』に似た古《いにしえ》の精霊の羽根ってことかな）

捕獲という物騒な言い方は気にしないことにして、雪緒は腕のなかの羽根を観察した。

何度見ても麦の穂か、らべんだーに似ている。

「……あれっ。日中に泳いでいたあの精霊の種族って鳥なんですか？　魚じゃなくて？」

「うん？　魚っぽいか？　鳥だぞ。まあ、これも羽根というよりは、尾びれっぽいか」

「尾びれ……って、ああいう精霊にも名があったんですね」

「あいつはいわゆる古代鳥だからな。神格持ちだ」

さらっとすごい事実を明かされた気がする。

「でもその、星啼文庫……？　という古代鳥の尾羽を、どうして私にくださるんですか？」

「おっ。雪緒でも知らぬことがあるのか。ふふん」

なんでそこですごく嬉《うれ》しそうな顔をするのだろう、このお狐様は。

「これは霊薬にもなるし、煮汁は札を作るときにも使えるんだぞ」

「本当ですか!?」

雪緒は身を乗り出した。『蛍雪禁術』で使う札を作るには、菖蒲魚《しょうぶ》という精霊の腹にある花が必要だ。しかし、今年はそれが不足しそうだったため、代用品を探していた。

「手に入ったから、すぐに届けてやろうと思ったんだ。貴重な羽根なので、皆には内緒だぞ」

人差し指を口に当てる白月に、雪緒は破顔した。

「ありがとうございます!」

「ここに持ってきたのは一部だ。屋城にも保管してある。必要なときに持ってきてやる」

「さすが!　白月様!」

「どうだ。一途な恋する狐様に恐れ入ったか」

「一途な恋する狐様」

言葉の暴風雨。

(――恋していると思わせたいのかなぁ。あの手この手で来る)

雪緒はわずかにちくりとした心から目を逸《そ》らし、羽根の束を抱きしめた。

本物の恋ではなくとも、気にかけてくれたことは純粋に嬉しい。

「手が塞がっているとおっしゃるから、てっきり猪か熊でも担がれているのかと!」

「……おまえ様とはよくよく話し合う必要があると思う」

白月が狐耳をぎゅうっと前に倒した。

「ところで雪緒はこんな時間に飯を作っていたのか？　宵丸の野郎はどうした？」

荒っぽい口調ながらも、なんだかんだで宵丸を心配しているのがわかり、微笑ましい。

「宵丸さんはもう休まれています。私は朝食の仕込みをしていたんですよ。鮭《しゃけ》の切り身を味噌《みそ》漬けにしようかなと。あとは鶏肉《とりにく》用の調味料。木の実を刻んで、醤油《しょうゆ》と蜂蜜《はちみつ》と蜜柑《みかん》の汁とかで作っておこうかなって。鶏肉とからめて焼くと香ばしいんですよね。明太子も作りたいから昆《こん》布《ぶ》も用意しなきゃ。それと浅漬けの準備も」

「雪緒。飯屋でも開く気か」

「開きません」

「だっておまえ様、千速に持たせる文《ふみ》も食い物の話ばかりじゃないか！　腹が減ってくる！」

白月が怒った顔で訴える。

雪緒は千速に頼んで、毎日のように白月のところへ文を届けてもらっている。

それは宵丸の屋敷に寝泊まりする前からだ。返事がもらえた試しはないが、白月はこうして直接会いに来てくれた。心にしとしとと降っていた寂しさが消えたような気持ちになる。

「……少し、こちらでお食事していかれません？」

白飯が多少残っている。山菜とまぜて醤油を塗り、餅《もち》のように焼く程度ならすぐにできる。

「……いや。だめだ。俺は宵丸と違って理性ある狐なんだ。食い気に負けてなるものか」

夜食の誘いって、ここまで白月を葛藤させるほど罪深いものだったっけ。

「俺は多忙の身なんだぞ。いまだって、楓《かえで》の目を盗んで屋城を抜け出してきたんだ。早く戻らねば、見つかってしまう」

白月が悔しげに狐耳をぴこぴこさせた。

楓とは、白月の腹心の怪だ。一見もの静かな男だが、怒らせるとこわい。

「そうですか。楓様によろしくお伝えください」

雪緒は、はにかんだ。白月と短い夫婦生活を送っていたとき、楓には色々と世話になった。

「嫌だ。だれがよろしくお伝えするものか」

「はいっ？」

「雪緒は楓に従順だよな。おまえ様……あいつと不義密通の仲か？」

「変なことを言わないでくださいね！」

「俺は近々、すごくあいつを困らせてやるんだ。決意したぞ。有言実行《ゆうげんじっこう》だからな。その原因は雪緒だからな」

糸のように目を細くした白月が、そんな不吉な宣言をして、外へ出ようとする。

見送りのためにあとに続こうとして、ふと雪緒は尋ねた。

「手が塞がっていたのに、さっきはどうやって戸を叩いたんですか？」

戸から出て、暗がりに進みかけていた白月が振り向いた。そして、ふふと笑う。

「そりゃあ、この自慢の尾で、とんとんと」

✽

白月の真夜中の訪問から、二日が経過した。雨は一時上がったが、昼から霞《かすみ》のような細雨に変わっている。肌寒いような、やはり息苦しいような、よくわからない気温だ。

禁術に使用する札や墨などが残り少なくなったので、一度見世へ戻ろうとしたら、それとなく千速にとめられた。雪緒の代わりに必要な諸々《もろもろ》を取りに行ってくれる。

(宵丸さんの懸念は懸念で終わらなかったということか)

雪緒がもしも一人で見世にいたら今頃危険な目に遭っていたに違いない。

(けっこうきつい)

下里の民、とくに盛り場で見世を出している民とはそこそこ友好的な関係を築けていると思っていたため、胸に石を詰めこまれたような気分になる。普段は優しく見えても怪の本性は基本的に苛烈《かれつ》だし、過激だ。人の世同様、里にだって一応、法が敷かれているものの、怪の性《さが》として、やはり強さがすべてといった節がある。おのれに仇《あだ》をなす相手に、彼らは容赦をしない。そこらへんの考えや割り切り方は、人の世よりもずっと動物的と言える。

(白月様とも、堂々とお会いできない)

つまるところ、それが一番悲しいのだ。以前と違って雪緒は上里の怪に敬遠されている。二日前の夜中に白月がこっそりと見世を訪れたのも、ただ多忙という理由ばかりではなく、他者の目を避けるためである。当然、雪緒のほうも白月の屋城を気軽に訪れるわけにはいかない。

雪緒が姿を見せれば、怪たちを大いに刺激するだろう。これまで通りに文を送るくらいしかできることがないが、それも返事は梨《なし》の礫《つぶて》。ちょうどいま、千速に文の配達を頼んでいる。

薬が効いてくるまでのあいだ、仔獅子姿で我慢せねばならない宵丸を抱き上げ、雪緒は溜め息をこぼした。

「宵丸さん、いつになったら雨は上がるでしょうね」

一時上がっても、またすぐに降り出す。空とは本当に、心とよく似ている。

仔獅子が髭《ひげ》を上下にゆらして、前肢を雪緒の額に押し当てた。

そのお返しに、腹部に顔を埋めてふうっと勢いよく息を吹きかけたら、腹を立てた仔獅子に両前肢で鼻をぎゅううっと潰された。

「宵丸さんって人をからかうのは好きだけど、その逆は意外に耐性がないですよね……って、痛い。爪《つめ》を出さないで、痛いですよ！　図星を突かれて怒るのは、怪も人も一緒――ちょっ、後脚で蹴《け》るのやめて！」

怒れる仔獅子と戯れながら庭に面した広縁をごろごろしていると、珍しい客が現れた。

白月との会話にも上がっていた、楓という怪だ。本性は雷獣で、人の形のときは三十ほどの寡黙な印象の男である。やわらかそうな短い黒髪に、切れ長の瞳《ひとみ》。色気を含んだ涼しげな顔立ち。流水柄の深紫の広袖と袴がよく似合っている。

「こんにちは、雪緒様」

楓は落縁の前で足をとめ、挨拶《あいさつ》した。肩に千速を乗せ、瑠璃《るり》色の蛇《じゃ》の目傘《めがさ》をさしている。

「楓様！　お久しぶりです」

雪緒は慌てて身を起こし、仔獅子を横に置いて正座し直した。襟《えり》や髪の乱れもさっと直す。

（恥ずかしい！　子どもっぽいと思われたかな）

楓は表門側からではなく庭を突っ切ってきた。広縁でぐてぐてしていた雪緒の姿をしっかり見ただろう。急いで取り繕おうとする雪緒に、仔獅子が「こいつ……露骨に態度を変えやがって」というような、光のない目を向けてくる。

「一休み中でしたか」

楓は、蛇の目傘を閉じて微笑した。隙《すき》のない顔立ちなのだが、笑うと途端に硬さが消え、甘い表情に変わる。ここに若い女妖たちがいたら、きゃあっと桃色の悲鳴を上げたはずだ。

（もう楓様は無条件でいい男だよね）

雪緒は顔を赤らめた。もしも白月に恋をしていなければ、雪緒は間違いなく楓に惹かれていた。彼は見目もよいが、性情もよい。真面目《まじめ》で聡明《そうめい》。強い怪にありがちな高慢さはなく、他者にも分け隔てなく優しい。謙虚であっても、卑屈ではない。それでいて父親は前の長という恵まれた生まれだ。こんないい男、女妖からの人気も高くて当然ではないか。

(宵丸さんの視線がめちゃくちゃ痛い……。でも楓様はいかにも大人《おとな》って感じで、本当に恰好いいしさあ！)

雪緒は愛想笑いを浮かべてごまかした。仔獅子は先ほどまで雪緒に弄《もてあそ》ばれた八つ当たりも兼ねているのか、楓にまで冷たい目を向ける。

理由もわからず睨まれた楓は、困ったように目尻を下げると、落縁を上がり、雪緒たちのいる広縁までやってきた。黒く輝く板敷きにぴょんと飛び降りた千速が広間に駆けこみ、座布団を一枚咥《くわ》えて持ってくる。それを雪緒たちの前に置いた。

楓が千速の頭をひと撫でして、そこに座る。ほめられて嬉しかったのか、千速が風に吹かれた草原のように、ざわざわっと全身の毛並みをゆらした。

「あっ、すぐに飲み物を用意しますね。柿の葉のお茶があるんですよ」

雪緒は腰を上げ、返事を聞く前に土間へ急いだ。先ほど薬草を乾かしたばかりだ。火鉢は広縁に置きっ放しにしているので、あとは土瓶を用意するだけでいい。

土瓶に葉を詰めこみ、甕《かめ》の水を注いだのち、それを持って雪緒は広縁へ戻った。

「すみません、お待たせしましたか？　身体、雨で冷えたでしょう」

雪緒が声をかけると、髪をかき上げていた楓が労《いたわ》るように優しく笑った。

「雨天の日といってもこの季節ですし、大丈夫ですよ。雪緒さんは心配性ですね」

「怪の方は皆、強いですが、意外と天候の荒れに左右されるところもあるし……」

「本当に心配性だ」

楓のくすぐったそうな表情に、雪緒は心臓をやられた。

(恰好いいなあ……！)

仔獅子同様、微妙な目を向けてくる千速に狐火を出してもらい、それで炭を燃やす。

狐火は特殊な炎のため、火おこし時のような熱気は発生しない。楓の台詞《セリフ》じゃないが、日がさしておらずとも夏の季節なので、熱さをあまり感じずに済むのはありがたい。

「それで、宵丸の具合はどうですか」

座布団に整然と座りながら雪緒の作業を眺めていた楓が尋ねる。

雪緒は一度、炭を火鉢に並べる手をとめたが、すぐに再開する。

「そうですね……、いまの段階では命にかかわるほど重篤《じゅうとく》ではありませんが、一進一退《いっしんいったい》の状態です。通常の薬草茶ですと霊力の回復は見込めません。効能を大きく引き上げる霊薬を配合すれば、一時的に霊力が回復し、妖力も安定します。でもそれだって六時間がせいぜいです」

「おや。雪緒様でも癒やせませんか」

挑発のつもりはないのだろうが、楓は意外そうに首を傾《かし》げた。

「私の力なんて微々たるものです。……でも、千速も言っていましたが普通の病ではありませんね。病というよりは、ケガレに近い」

この場合のケガレとは、不浄の意味での『穢《けが》れ』ばかりではなく、異状を示す『異昏《けがれ》』の意も含む。また、ケガレは、古くはケガミ、あるいはエガミ――『依神《えがみ》』とも呼ばれていた。狐憑《つ》きなどのように、恐ろしいモノに憑依《ひょうい》されている状態をさす。

これは、広義に言えば呪いや祟り、死、性的な交わりなども当てはまる。

「ケガレを扱うのは、薬師たる雪緒様の領分でしょう?」

今度は、試すような響きを声に乗せて、楓が静かに雪緒を見やる。

雪緒は曖昧《あいまい》に微笑むと、炭が赤く染まり始めた火鉢の上に土瓶を置いた。

薬師は、『奇《くす》し』ともいう。『霊《くし》びなるもの』という意も、そこには含まれる。

簡単に言えば巫覡《ふげき》とはまたべつの、神秘を守る者、不思議を知る者を表す。だから薬師はケガレ全般にも対抗し得る知識を持つ。他者を癒やすすべは、古代では神術に等しい奇跡だと信じられていた。あるいは妖術《ようじゅつ》のように謎《なぞ》めいているともされてきた。

薬師の雪緒も実際、ケガレを祓うための護符の作り方を学んでいる。

(だけども、私は鬼に関する事柄だけはよくわからない)

雪緒は後悔を噛みしめる。育て親の翁がそばにいるあいだに、もっとしっかり学んでおくべきだった。しかし翁は、なぜか鬼関連の話題を雪緒から慎重に遠ざけていた。と言うよりも、里で古くから行われている祭事の大半に雪緒を関わらせようとしなかった。当時は雪緒が未熟なために翁一人で負担していたのだろうと考え、少しも疑わずにいたのだが、そんな単純な話ではないのかもしれない。どちらにせよ、いまとなっては翁の思惑を知るすべなどなかった。

「祓えそうですか？」

楓が端的に尋ねる。治せそうか、ではなく、祓えそうか、という表現を用いたあたり、楓もやはり単なる病ではなく鬼の祟りが原因だと予想しているのだろう。

「仮にですが――」

と、雪緒は顎《あご》に指を置いて、頭のなかで仮説を組み立てる。

「特定の者だけがケガレの影響を受けているのでしたら、その因果を読み解いて、薬なり護符なりを作れます。でも現状では、不調を訴える者と、そうならない者の違いが不明ですよね」

「ええ。上里へ手伝いに来た伊万里や古老の怪も、掴めていません」

楓の返答に、雪緒はうなずく。

「私もです。全快までは望めずとも、どういった種類の薬や護符が効くのか、ひとつひとつ試している状態ですね」

「その上でもう一度聞かせてくれませんか。いずれは、祓えそうですか？」

切りこむように問われて、雪緒は気圧《けお》された。じっとりと汗ばんだ手を膝の上で握りこむ。

「正直に申しますと――現状維持なら。それか、多少の緩和ならなんとか。ですが根本的な解決となると、きっと私では難しいです」

雪緒は囁《ささや》くように答えたあと、楓の瞳を見つめた。

「楓様。これって、皆が噂しているように、三雲の祟りで間違いないのですね？」

雪緒はとうとう自らそれを尋ねた。

いつまでも腹の探り合いのような会話をするのは好きじゃない。

千速がわたわたと雪緒たちを交互に見る。仔獅子はなにを考えているのか、雪緒の太腿《ふともも》にぽふっと顎を乗せ、色のない目で見上げてきた。

「雪緒様がおっしゃったように、ケガレを受けた者とそうでない者の違いがわかっていません。鬼の祟りが原因だとしたら、真っ先に白月様が罹《かか》りそうなものでしょう？　でも白月様は平然とされている。逆に、三雲とまったく関わりのなかった宵丸が、臥《ふ》せっています」

楓は、わずかに身じろぎをして答えた。

「ケガレの条件がまったく謎です。だが……その疑問を差し引いても、三雲の祟りである可能性が高い。単純な話、三雲は里全体を祟ったのかもしれない。そして、ある特定の行動を取れば、だれであろうとケガレの影響を受けるのかもしれない。たとえば木の枝を折るとか、水たまりを踏むとか――これもある意味では、雪緒様の言う『因果』のうちに入りませんか？」

雪緒は返事の代わりに目を伏せた。確かに、無作為に広がる呪いは多い。禁忌を破れば呪われる、というやつだ。これはもう、三雲の祟りでほぼ確定だろう。なら、そうと仮定した上で話を進めたほうが早い。ふたたび曇《くも》って雨を落とし始めた心を無視し、雪緒は視線を上げる。

「残念ですが、『因果』――この場合はどんなふうに三雲が祟りを仕掛けたかが判明しても、私の能力ではやっぱり解決できそうにありません」

　力が及ばぬと打ち明けるのは、つらいことだ。薬師の矜持《きょうじ》まで傷つけられた気分になる。

「決して雪緒様を軽んじるつもりはありません。それでもあえて尋ねますが、雪緒様は『人』だ。妖力を持たない」

　楓は、あまり触れてほしくないところに遠慮なく踏みこんでくる。

「だから妖力で鬼と対抗するのではなく、あくまで薬師としての知識で……数多《あまた》の薬師たちが長い年月を費やし、心血を注いで作り上げた護符、そして師から弟子に受け継がれてきた呪法、霊薬をもってケガレを祓うわけですよね？」

　楓の慎重な問いかけに、雪緒は「ええ」と返す。

「なら雪緒様自身の能力、あるいは素質などはこの場合、いっさい関係がないのでは？　極言すれば、扱う術の精度、種類が肝心なのではありませんか？　三雲を抑えられるほどの高度な術を知らぬということなら、納得できます」

「お言葉の通り、一番重要なのは術の傾向やその完成度ですが、それだけでもないんです」

「と言うと？」

　楓が興味を引かれたように雪緒を見つめる。

　雪緒は、いったん緊張をとくために炭の火の具合を確かめ、ゆっくりと口を開いた。

「――前に、白月様や宵丸さんと、ご飯の話をしました」

「ご飯」

楓は、急に話が飛んだなという顔をした。ご飯という言葉に仔獅子がぴくっと反応し、「腹ぺこだ～」という目をして雪緒の膝に上ってくる。雪緒は、仔獅子の耳を掻《か》いてやった。

「白月様たちがおっしゃることには、人の作る食事とは神饌《しんせん》に等しいそうです」

雪緒が解説すると、やけに行儀よく座っていた千速がぴょこっと耳を立てた。

「あっ！　隠し味の愛情ですね！　雪緒様がおれたちのことをとても好きだから料理も蕩《とろ》けるほどに美味《おい》しくなる――むきゅっ」

雪緒はそれ以上言わせませんと胸中で脅しつつ、指を狐の形にして、千速の口をつまんでやった。ついでに、「ご飯」ときらきらした瞳で見上げてくる仔獅子の口も同じようにつまむ。

「人の祈りが強ければ強いほど、と言いますか――祈りを具現化させる力に長《た》けている者は、術の完成度をさらに高められるのではないかと思います。人の子ふうにたとえると、念力の強さ如何《いかん》、ですね」

信仰の強さと言い切ってしまうと、なにか違うように思う。

「あぁ……一理ある」

楓は納得した様子で独白した。

「たぶん私は薬師の立場上、言霊に『祈り』を乗せるのが得意だと思います。けれども……」

「三雲という鬼は、人の祈り程度で左右できる相手ではない？」

「はい」

雪緒は真剣な顔でうなずくと、指先に噛みついてくる仔獅子の顔を撫で回した。どうも仔獅子は、雪緒が指を狐の形にしたことが許しがたいらしい。白月を連想するのだろうか。

嫌がる仔獅子の身体を膝の上で引っくり返し、ふわふわの腹も撫でてやる。千速が「ひぃっ、そんなに撫でて……！　宵丸様と浮気をなさるの⁉」という批判の目で雪緒を見た。

「三雲は、先の祭事の使いに選ばれるほど強い鬼です」

「神に侍《はべ》る鬼が本気で祟っている。それはもはや人の領分にない、ということですか」

楓が憂いを瞼《まぶた》に乗せて言う。

「三雲本人が気を変えて、自ら祟りを消さねば難しいのですね」

「……ひとつ、試してみるべき方法があります」

雪緒は膝の上でむぎゅむぎゅと仔獅子をこね回しながら告げた。すると「うっ、やるならどうぞおれを……！」と言うように千速が悲壮感を漂わせて、自分の身を雪緒の前に投げ出した。

とりあえず指先でそっと鼻を弾《はじ》いてやった。

「方法？　なんですか？」

楓が問いかけながらも、おまえたちはなにをしてるんだ、と若干冷たい目を向けてくる。

「私が、三雲の要求に従えば――」

おそらく三雲は、里に広げた祟りを消去してくれる。

しかしその案を最後まで言い切る前に、仔獅子がわりと本気で雪緒の親指を噛んだ。雪緒は仔獅子の口に指を入れて、小さな牙《きば》をつついてやった。その行為に衝撃を受けたらしき千速が目を剥き、「おれが供物になりますから……！」というように仰向けになり、秋刀魚《さんま》の開きを思わせる体勢を取った。腹部を揉んだら、ぴくぴくしていた。

「ふむ。雪緒様がそう気づくと予想して、わざと相手を特定せず里全体を祟っているとも考えられるか……」

楓が独白めいた調子で言う。

「ええ。私がこの里を出ていけば、解決する可能性がかなり高い」

雪緒は両手で狐の指を作り、仔獅子の全身をあちこちくすぐった。仔獅子は怒ったように毛を膨らませて、雪緒の指を叩き落としたり噛みついたりした。

「自らその可能性を指し示すとは、雪緒様は冷静な方だ」

楓は、こちらの戯れがとうとう目に余ったのか、身を乗り出すと雪緒の膝から仔獅子を掬《すく》い上げ、自分のほうに移動させた。

仔獅子が、「こいつっ！」と腹を立てた様子で噛みつこうとするが、楓は澄ました顔でその攻撃を軽くいなした。仔獅子の動きを封じるようにきゅっと両手で抱いてしまう。

「実は雪緒様、私がこちらを訪れたのもちょうどそれを提案するためでした」

んあ？　と、仔獅子がもがくのをやめ、目を三角にして楓を睨み上げる。

千速などはもう、両前肢を頬《ほお》に当てて「あうっわわっわぁ！」とおののき、震えていた。

「いえ、鬼に嫁げという意味ではありませんよ」

と、楓が苦く笑う。

「里の者が落ち着くまで、そして三雲を始末する方法が見つかるまで――おっと。祟りを消す方法が見つかるまで、しばらく隣の白桜《しろさくら》ヶ里《がさと》へ避難しませんか？」

物騒な発言が含まれていた気がするが、楓の爽やかな表情にごまかされておくことにして、雪緒は目を丸くした。

「白桜へ……？　でもまだあそこは、瘴気《しょうき》が満ちているのではないですか？」

十六夜郷の南東、隣里に当たる白桜は、かつてはどこもかしこも桜で埋もれるというほどの花香る美しい地だった。雪緒は椿《つばき》があふれる自分の里が一番だと信じているけれども――とにかく、美観の里だと評されていた白桜だが、白月の妹狐である鈴音《すずね》が暴走し、民の住めぬ穢れた地と化してしまった。彼女は白月恋しさのあまり、白桜の長蓮堂《れんどう》を殺害し、民も道連れにして里を乗っ取った。白月と同じ長の立場になれば、目を向けてくれると考えたらしい。

穢された里は、半常闇《とこやみ》のような状態にまで陥った。常闇とは、穢れを帯びて堕《お》ちた怪や妖が行き着く暗い森のことで、『よもつ國《くに》』に通じている。死者の通り道のような場所だ。

「以前よりはましになっていますよ。結界を張り巡らせた上里の一部なら安全です。白月様は白桜の長に由良《ゆら》を据える気でいますので、彼と、その兄弟に浄化の儀を行わせています」

楓は仔獅子の尾を引っぱりながら言った。

白桜の前の長である蓮堂の子を、由良という。本性は鵺《ぬえ》である。彼にはたくさんの兄弟がいるそうだ。

「白桜の浄化には、月々に催される祭事を行うのが最《もっと》も効率がいい。……古き祭事は、長年行われてきたからこそ神力も強いのです。人間的に言うと、祈りが積もりに積もっている」

「はい」

「どうですか、由良の手助けをしてみませんか？　雪緒様は薬師で、護符作りにも長けている。彼をじゅうぶん支えられるでしょう」

雪緒は、すぐに返事ができなかった。先ほどは「自分が里を出ていけば」というようなことを口にしたものの、実際にその案を他者から提示されると心がしくりと痛む。

「――と、一応伝えるのが私の役目ですよ」

楓は、ふと声を優しくして微笑んだ。

「断ってくれてかまいません。白月様も、あなたを遠くへやることは望んでいない」

雪緒に辞退をすすめる楓を、「ほんとかよ」というような胡散《うさん》臭げな目つきで仔獅子が見上げている。千速が「ほんと、ほんと」とやけに必死にうなずく。

「皆には、あなたが白桜へ向かったと思わせればいいのです」

楓が平然と謀を口にした。

白月様の教育の賜物《たまもの》なのか、と雪緒は驚いた。楓までが悪巧みに慣れている。

「ですが、里の者にそう通達しておいて、もし私が紅椿に残っていることが知られたら……」

動揺もあらわに雪緒が不安を述べると、楓はにこりとした。

「白月様が、一族の隠れ匣《ばこ》にお迎えしてもよいとおっしゃっていますよ」

「隠れ匣？」

って、なんだ？

首を傾げる雪緒に、楓はにこやかに微笑むだけだ。むしろ獣の子たちのほうが、わかりやすく反応している。千速は「あえ――!?」と仰天したし、仔獅子は、すっ……と目から光を消した。と思いきや、強引に楓の腕から抜け出し――ぽんっと白煙をまき散らして人の形に戻った。小粋《こいき》な夏草の模様を施した、露草色の着流しだ。

いつも落ち着いた色を好む宵丸にしては珍しい、明るい色だった。

「ふっざけるなよ、この――」

目を吊り上げて罵ろうとした宵丸を圧するように、楓が冷ややかな視線を彼に向ける。

「宵丸。御館たる白月様の判断だぞ」

――楓という怪は正直なところ、白月や宵丸ほどには妖力が優れていない。前長の子という恵まれた生まれでありながら紅椿ヶ里の長に選ばれなかったのは、ひとえにその能力不足が取り紮されたためだとか。それでも彼は皆に慕われている。里の者から侮《あなど》られるようなことはめったにない。妖力の強さを第一の基準とする怪たちのなかでは異例の存在だ。

「白月様の懐のなかほど安全な場所はない。そうでしょう、雪緒様」

楓の視線が雪緒に戻る。雪緒が戸惑いながら答えようとしたとき、宵丸に腕を引っぱられた。体勢を崩しかけた雪緒を抱きこみ、口元を片手で覆ってくる。

「うなずくなよ、薬屋」

「宵丸」

窘める楓を嫌悪の浮かぶ瞳で見据えたまま、宵丸は獣のように唸る。

「隠れ匣だと？　人の子を宝物扱いして懐にしまいこむつもりか？　それとも、おまえたちの都合のいい使役としてこき使うのか。そうして何年寝かせ、狂わせて、こいつを狐に作り替えるつもりなんだ」

雪緒はぎょっとした。

（……んっ？　使役!?　匣って、もしかして竹の管《くだ》の別称かな。管に私をしまって、いずれ眷《けん》属《ぞく》にするって意味？　……それ、管狐じゃないだろうか）

白月は雪緒を嫁にしたがっている。恋しいからではない。はっきりと理由を聞いたわけではないけれども、おそらくは贄《にえ》の意味で雪緒の存在を求めている。予想するに、自分の格を高めるためか妖力を増すためなどといった望みが根底にあるのだろう。

一時期、雪緒を天神に変えたがっていたのも、それまで雪緒が頑なに復縁を断り続けていたからだ。人と怪は、命の糸の長さが違う。互いの寿命の問題を危惧《きぐ》した末の、苦肉の策のようなものである。しかし現在の雪緒は、白月の求婚を受け入れる姿勢を見せている。なのにここで雪緒を眷属にしたら、贄の役割を果たせなくなるのではないだろうか。

(あーっ、違う違う、わかった。これもやっぱり天神計画と変わらないや！　私がやっと復縁の意思を固めたと思ったら、今度は三雲の祟りが原因で里の者たちが反対し始めた。彼らを宥めるあいだに私の寿命が尽きないよう、とりあえず眷属にしておくかっていうアレですね！)

――と、夢も希望もない乾き切った推測で納得するほどに、雪緒の、白月への不信感は強い。白月が本気で雪緒の身を案じて守ろうとしているとは、微塵《みじん》も思わない。

「……雪緒様？」

雪緒の淀《よど》んだ眼差《まなざ》しになにを感じたのか、楓が居心地の悪そうな表情を浮かべる。

「どうも悪いほうへと誤解されているようですが――」

楓が戸惑いの滲《にじ》む口調で言いかけたとき、雪緒を庇《かば》っていた宵丸が、ぐっと苦しげな呻き声を上げて胸を押さえた。次の瞬間、濃厚な白煙をまき散らしてふたたびぽんっと仔獅子の姿に戻ってしまう。仔獅子にとっては、もふもふ姿を人前に晒すのはよほどの屈辱なのか、剣山のように毛を逆立てた。雪緒の膝の上でばたばたと暴れ、癇癪《かんしゃく》を起こしている。……かわいい。

「暴れたら危ないですよ」

雪緒は、にやけそうになる口元を引きしめると、仔獅子の頭を丁寧に撫でた。

楓と千速からじとっとした目で見つめられたが、もふもふした生き物に罪はない。

「……楓様、白月様にお伝えください。私、白桜ヶ里へ行って由良さんの手伝いをさせてもらおうと思います」

「しかし」

顔をしかめる楓に、雪緒は膝の上で仔獅子の身体をぐるんぐるんと回転させながら答える。

「私が里を離れることで、祟りも消えるかもしれません。それに、白桜の浄化を手伝えば、皆もまた心を開いてくれるかもしれないし、白月様の役に立てるし……」

ちらっとよぎった懸念は、雪緒が白桜へ移った結果、祟りもまた追いかけてくるのでは、という点だったが、そこまでは考えなくてもいいような気がする。

いくら三雲が神使《しんし》として召されるほどの強い鬼であっても、二つの里を同時に呪うことなどできるだろうか。それに、三雲の祟りはいまや、雪緒に向けての執着だけではない。自分を欺《あざむ》いた白月に対する怒りも強い。仮に祟りが雪緒を追いかけてきたとしても、ある意味、好都合ではないかと思う。鬼の祟りの解除も、里の浄化と一緒に行ってしまえばいいのだ。

「雪緒様はもう少し我が儘《まま》を言ってもいいと思いますよ」

楓が渋面を作ってぼやく。

「楓様に気遣ってもらえると、嬉しいですが、照れますね。でも大丈夫ですよ」

本当によい怪だなあと感心して雪緒が照れ笑いとともに告げると、なぜか彼はますます渋いめてつきになった。千速は生ぬるい目を楓に向けたし、仔獅子は鼻の上に皺を寄せる。

「白月様には、あなたは白桜へ向かわれると、そう伝えましょう。――しかし雪緒様、ものわかりのいい態度を取って、身を引いてばかりでは、怪の信も情も掴めません。そこは心にとどめておかれるべきだ」

楓は溜め息ののちにそう答えた。

「私、かなり意固地なほうだと思いますよ」

雪緒は主張した。基準は、ひたすら白月だ。もしも雪緒が素直で繊細な性格の持ち主だったら、とっくにこの厄介な恋を手放して、次へ向かっているだろう。

「いや、そういうことでは……。まあ、いまはいいでしょう」

楓はゆったりと座り直した。

「今日は雪緒様とじっくり話ができた。こんな機会はあまりないので楽しかったですよ」

「えっ⁉」

「雪緒様の意外な一面も知れましたしね」

「そっ、そんな！　私も楓様とお話させてもらえて、すごく感激です！」

雪緒が頬を染めて力説すると、楓は驚いたように視線をゆらした。

「……白月様に知られたら、俺は妬《ねた》まれそうです」

「まさか！　白月様に限って、ないですよ。まったく問題ありません！」

雪緒が笑顔で否定すると、なぜか全身の毛を膨らませていた千速が「やめてあげてえ！」と言うように、前肢で自分の顔を覆った。

「雪緒様は、俺との逢瀬をお望みですか？」

こんな男前に色っぽく冗談を聞かされたら、心臓が破裂してしまう。

「でも、だめですよ。長の妻に手は出せません」

楓は、白月によく似た、優しいけれども一線を引いているような笑みを見せた。


――雪緒との話し合いののち、上里の屋城へ戻ると告げた楓を、千速は見送ることにした。

「……雪緒は、なんなんだ？」

宵丸の屋敷を出ると、途端に楓が舌を鳴らして吐き捨てた。隣をしずしずと良妻のごとく歩いていた千速は、濃厚な怒気に怯《おび》えつつも、ぬるい目で彼を見ることをやめられなかった。

「俺がわざわざ、好意で、親切にも、懐に匿《かくま》ってやると言っているのに、なぜ雪緒は断る？」

広げた蛇の目傘を左右に大きくゆらし、一言一言力強く区切って訴える楓の顔は、とても雪緒に見せられたものではない。というより、冷静沈着《れいせいちんちゃく》な楓がこんなに苛《いら》ついた表情をするなんて、彼女は夢にも思わないだろう。楓の偽物か、と疑うのではないか。

それも道理——実際にこの楓は、偽物だ。

「小煩《こうるさ》い屋城の怪どもに邪魔されぬよう、楓に化けてまで会いに来たのに、あいつ、ちっとも俺だと気づいてないじゃないか」

この剣呑な目つきをする楓の正体は、我らの長、白月である。

「気づけというに。ふざけているのか」

日頃の行いが悪すぎる……という本音を、千速は賢くもおのれの心のなかだけにとどめた。

(普段からもっと優しくしてあげるべきではないでしょうか、白月様！)

自分が化けていると気づいてくれないから、会いに来たことも最後まで言い出せなかったとか、この方は拗《こじ》らせすぎじゃないだろうか、とも千速は思った。臍《へそ》を曲げず、「会いに来た」と正直に打ち明けていれば、怪に甘い彼女はきっと輝くような笑顔を見せてくれただろうに。

「おとなしく俺のもとで守られていろよ。なぜ素直に頼ろうとしないんだ！」

文句を言う白月に、千速はまた心のなかで突っこむ。日頃の行いのなせるわざ……。

「あげくになんだ？　楓の姿をした俺に頬を染めやがって。俺本人を前にしたときよりも喜んでいやがる！」

楓様は女性からの人気も高いですよぉ、と千速はやはり心のなかで答える。

「雪緒は絶対に、俺が悪巧みの末に匿おうとしているんだ、と考えたぞ。間違いないぞ」

「でしょうね……」と、千速はついにこらえ切れず声に出してしまった。

まずいっ、折檻《せっかん》される！　と焦るも、白月には千速の余計な発言を気にする余裕がないようだ。荒れる感情のままにくるりくるりと蛇の目傘を回している。千速は、ほっとした。

「なあ、仮にも俺は元夫で、熱心に復縁を申しこんでいるんだぞ？　雪緒のほうだってまんざらではないどころか、あいつ……俺のことを心底好きだろ、だれが見たって！」

大変だあ、我らの賢き長が、恋する男子みたいな愚痴もどきの惚気《のろけ》を漏らし始めたぞ……。

「なのになぜ雪緒は、気軽に会うことすらできぬ状況になっても、『もっと会いたい』とか、『どうして白月様は邪魔者を殺し尽くして迎えに来てくれないの？』とか、不満のひとつもこぼそうとせんのだ」

千速は素直に「うわあ〜」と思った。実際、声にも出した。上司の恋話以上に面倒なものがこの世にあるだろうか。そもそも雪緒の性格を考えたら、殺戮《さつりく》など欠片も望まないだろう。

「で、ですが、雪緒様は白月様に文を送ってくださるじゃないですか！」

いまこそ覚醒《かくせい》せよ、おれの対妖怪関係能力！　と、千速は胸中であらぶった。

「食い気に満ちた内容ばかりの文な！　あんなの、腹が減るだけだ。色気もないったら」

嬉しいくせにひねくれてる〜、と千速は思った。もらった手紙を大事に文箱にしまっているではないか。返事のひとつでも書いてやればいいのに、雪緒様かわいそう……。

山ほど思うことはあるが、千速は白月につき従う狐一族の子だ。

どうにかして、恋するお狐系男子の機嫌を取らねば。と言いつつ、最近は不憫《ふびん》な雪緒のほうに肩入れをしまくっているけれども——千速は気を取り直して口を開いた。

「今回の白桜ヶ里への避難の件だって、白月様が皆に誹《そし》られぬようにという配慮ゆえですし、なによりも役に立ちたいと雪緒様は思って決められたんですよ！　白月様を思えばこその健気《けなげ》なご判断ですよ！」

「……だからこそ、少しは我が儘を言えと、わかりやすく差し向けてやったのに。雪緒め」

「人の子は、欲深いときは神をもおののかせるほどですのに、時に透き通るほど献身的にもなられますものねえ」

雪緒の場合、『白月の親切ほどあとがこわいものはない』と、本気で信じていそうだが。

「人間は、考えすぎなんだ。それに多情すぎる！　一本道で生きろよ」

白月は、楓の姿のまま激高する。

「見たか千速、俺が我が儘を言えと告げたときの、雪緒の『わあ楓様に心配してもらっちゃったあ！』というまばゆい表情！　嬉しげに恥じらいやがって！　楓がそんなにいいのか」

いいです、と答えたら千速の明日はない。

それにしてもさすが化かし合いの得意な狐の長だ、雪緒の声真似がうまい。

「だいたい——宵丸の野郎！　雪緒に甘えすぎだろうが。雪緒も雪緒だ、見た目が獣であれば警戒もせずなんでも受け入れてしまうのか？　あいつ、本当にわかっているのか、仔獅子姿であろうと中身はいつもの宵丸だぞ。俺の前でいやらしく身体中を撫で回すとか、正気か」

「人の方のお考えは、まことにおれたちと違いますねえ……」

千速は嘆息した。人の子とはつくづく面妖《めんよう》である。『器《うつわ》』にああも左右される。

「宵丸も本気で嫌なら抵抗しろ。なぜずっと毛を触らせるんだ」

白月が怒りを迸《ほとばし》らせる。その怒気に恐れをなしたのか、道沿いに密生する木々の枝から、雨宿り中の小鳥たちが一斉にぱっと飛び立った。

「……白月様も、もしも祟りの影響を受けてお身体が幼子のように縮んでいたら、雪緒様がたくさん撫でてかわいがってくれたでしょうに、残念ですね」

思わず本音をこぼすと、楓姿の白月が目を剥いて千速を見下ろした。

「は？　なんだと？　は？　だれが？」

「いっ、いえ。白月様ほどのお方が、他者の祟りなどに屈するはずがないという意味です！」

「当たり前だ。俺ほどに強い怪がほかにいるものか」

それはまことの話なので、うんうんと千速はうなずいた。

我らの誇り高き長、狡猾《こうかつ》にして廉潔《れんけつ》な八尾の白狐である。

「……いっそ雪緒の手足をちょんと切って、白桜へ行けなくするか？」

うっすらと本気をまぜた冗談を口にして、白月が傘を回す。

「だっ、だめですよ、そんな真似をしたら本当に嫌われますからね！」

最近、千速の主《あるじ》はとみに感情豊かになってきた。おかげで千速は毎日、はらはらし通しだ。

◎弐・荷前《のさき》も　まつり

雪緒《ゆきお》が白桜ヶ里《しろさくらがさと》へと向かったのはその二日後、まだ夜も明け切らぬ刻のことだ。

どれほどの期間をあちらですごすことになるのか、予想がつかない。必然、荷が増える。

とくに必須《ひっす》の薬草や札などといった仕事道具の準備に時間を取られた。

「由良《ゆら》さんはもう白桜に到着しているんだよね？」

雪緒の問いに、肩に乗っていた千速《ちはや》がはきはきと答える。

「はい。あの方は以前から紅椿ヶ里《あかつばきがさと》とこちらを何度も行き来されていますよ。雪緒様の訪れについても、もちろん知らせを出しています！」

旅の同行者は千速を筆頭に五匹の子狐《こぎつね》たち、護衛役の宵丸《よいまる》だ。ただし、宵丸は祟《たた》りの影響により、仔獅子《こじし》の姿に変身することも多いだろうから、戦力面では期待しないほうがいい。

（あとで、宵丸さんの具合を確認しなきゃ。護符の準備も早めにしよう）

雪緒は到着後にすべきことを算段する。こちらへの移動で妖力《ようりょく》に変化があるかもしれない。

白桜へは、雪緒に友好的な狐一族の者たちが用意してくれた輿《こし》で移動する。関係が悪化した里の民に、雪緒の姿を見られないようにという配慮だ。

数刻が経過して、雪緒たちを乗せた輿はするすると白桜ヶ里の境界をくぐった。日は、中天。

輿から顔を出して外の様子を確認したかったが、子狐たちにすぐさまとめられる。

「雪緒様、いけませんよお！　浄化できているのは上里《かみさと》のごく一部のみです。下里《しもさと》はまだ地も大気も真っ黒なんですからね」

「輿にこれほど護符を貼《は》っても異臭が漂ってきますよ！」

「うう、鼻が曲がる」

きゃうきゃう鳴く子狐たちと、ついでに膝《ひざ》の上で丸まり惰眠を貪《むさぼ》っていた仔獅子も雪緒は撫《な》で回した。子狐たちが言った通り、輿の内外に対瘴気《しょうき》用の護符をびっしりと貼りつけている。そうまで厳重に対策せねば、犠牲《ぎせい》になった民たちの怨念《おんねん》で穢《けが》れている白桜にはとどまれない。

(それでも前よりはまだましか)

護符があればとりあえずは白桜内を通過できる。大気がよじれて異なる場へつながっていたことを思えば、ずいぶんと浄化が進んでいる。一番ひどいときは、『よもつ國《くに》』に通ずる半常《とこ》闇《やみ》のような状態に、『朱闇辻《あややみのつじ》』が重なっていた。朱闇辻とは、常闇に落ちた者が潔斎《けっさい》するための場だ。雪緒も一時期、なし崩し的にその辻で暮らしていたことがある。

あそこでは、郷愁の念を呼び起こすような、ふしぎで妖《あや》しい夜市が開かれていた。

雪緒はゆっくりと瞬きをして、脳裏から薄闇《うすやみ》の景色《けしき》を消した。

「輿を担ぐ狐たちはこの瘴気を浴びても大丈夫なの？」

ふと心配になって尋ねると、千速が肩から下り、雪緒の手の甲に頬擦《ほおず》りして答えた。

「我ら狐一族、軟弱ではありませんので！」

「……お稲荷《いなり》さんをたくさん作ってきたから、あとで担ぎ手の者たちにも渡すね」

「雪緒様ぁ……！　好き……！」

そうして子狐たちと戯れるうちに、白桜の上里にある小高い場所に輿は到着した。

ようやく輿の外へ出る許可を得られた雪緒は、おとなしくしている仔獅子を抱きかかえ、周囲の様子を興味深くうかがった。

「この回廊の外へは出ないほうがいいみたいですね！」

雪緒の肩によじ登った千速が、円《まる》い目をぱちぱちさせて言う。

垣根代わりの長い回廊に囲まれた一画のみが、自由に行動できる場所のようだ。一辺が二町ほどもありそうな、およそ正方形に近い回廊で、外と内の領域を明確にしている。

(宮城《みやしろ》の縮小版みたいな雰囲気だなあ)

雪緒たちが乗っていた輿は、南門を通ったところでとめられている。回廊全体のお屋根は鮮やかな赤で、その発色のよさから、作られて間もないことがわかる。

回廊内の敷地は予想した以上に広さがあった。中央には、高欄《こうらん》と縁を設けた窓のない高床式の六角堂が建てられていて、真っ白の玉垣に囲まれている。

六角堂の屋根も回廊同様に赤い。屋根のみならず壁板まで真っ赤だ。正面側に作られた両開きの格子戸は白いが、真ん中あたりに桜の文様が描かれている。

その六角堂の左右には黒屋根の蔵屋敷に鍛冶《かじ》場と井戸、壁際に木材を積み上げた作業場らしき小屋がある。また、背面には、入母屋造《いりもやづくり》の平入りの建物が二棟並んでいた。こちらは左右対称の造りだった。これらの建物群を囲む回廊の赤いお屋根や柱には、雪緒が乗ってきた輿のように、無数の護符がビラのごとく貼りつけられている。

そして回廊の外側には、神木たる桑《くわ》の木がずらっと並んでいた。

(二重の結界を張り巡らせているようなものかな)

雪緒は全体を眺めて、感心した。

忘れないうちにと、輿を担いでくれた狐たちへお稲荷さんの包みを渡す。

「やっ、ややや！　これが噂《うわさ》の、雪緒様印の特製お稲荷さま……！　輿担いでよかったあ！」

泣くほど感激され、雪緒は正直、けっこう引いた。

はしゃぎながら立ち去る彼らを見送っていると、六角堂から複数の怪《かい》が出てきた。その一人に由良がいた。彼は雪緒と目が合うと、慌てたようにこちらへ駆け寄ってきた。

「すまない、出迎えが遅れた」

「そんなの気にしないでください」

久しぶりに顔を合わせた由良の顔には、うっすらと疲労が滲《にじ》んでいる。

由良とは、白月《しろつき》の妹の鈴音《すずね》が起こした騒動のなかで知り合った。鈴音に殺害された蓮堂《れんどう》は、由良の父だ。実子すら疎《うと》んじるような、問題の多い長《おさ》だったと聞くが、殺されていいわけがない。その恨みだってあるだろうに、彼は雪緒の立場に理解を示し、同情もしてくれた。

「すみませんが、しばらくこちらでお世話になりたいと思います」

雪緒は軽く頭を下げた。由良が表情をやわらげる。見た目の年は、白月と同じくらいだろうか。つややかな黒銀の髪を後頭部で束ねている。眉《まゆ》も鼻筋もすっと通っていて男らしく、背筋も伸びていて、清潔な印象だ。春の新芽を思わせる清々《すがすが》しさがある。けれどもどこか危ういような色気も漂っていて、普段との落差にどきりとさせられることが時折あった。

雪緒は彼の全身にさっと視線を走らせた。長着は白で、袴《はかま》は墨黒。袖《そで》には経文のような模様が入っている。由良以外の者たちの服装は、色合いこそ違えど大半が似たり寄ったりだ。上衣は薄手の袈裟《けさ》か条帛《じょうはく》、下は腰布。足元は革靴、脚絆《きゃはん》に草履などと、これは色々。

装身具も、まったくつけぬ者もいれば、頭部に金や銀の輪をはめたり腕釧《わんせん》を何連も重ねていたりする者もいる。顔に墨を入れる者もいた。また、人の姿を取る者、妖《あやかし》そのものの姿の者、二足歩行の獣姿の者と、このあたりも様々だった。袈裟などの聖者めいた装束を着用する者は、大抵が大匠《たいしょう》――大工と決まっている。土木は神に通じるという。神の意を受けとめる入れ物、つまり宮や社《やしろ》を組み立てる者もまた覡《みこ》や聖者の恰好《かっこう》を選ぶ。

(彼ら大匠が回廊の一画を築いたに違いない)

雪緒は納得して、視線を由良へ戻した。

彼の眼差《まなざ》しには疲労ばかりか濃い影もうかがえる。なにか心を曇《くも》らせる事情があるのだろうか。雪緒が眉を下げると、由良は取り繕うように微笑《ほほえ》んだ。

「よく来てくれた……と喜んでいいものか迷うな。いや、なんでまた、あんたはいつも面倒事に巻きこまれるんだかな」

「いやあ……」

雪緒は乾いた笑みを浮かべた。本当になんでだろう？

「だが、助かる。頭が痛くなるほど人手が足りん。思えば、あんたにはよく助けられている」

うっまばゆい、と雪緒はつぶやいた。目がちかちかする。この鵺《ぬえ》はおよそ口が悪くて粗野な振る舞いをするが、根は真面目《まじめ》だし誠実だ。怪とは思えぬ清廉潔白《せいれんけっぱく》な男である。

（だから困っている姿を見ると、すっごく助けたくなるんだよね……！）

雪緒はひそかに拳《こぶし》を握りつつ由良を見上げた。

「私だってあなたに何度も助けてもらってる。それに、白桜を襲った禍《わざわ》いは……うちの里の者が原因です」

由良が「おひとよしだな」と、目元をやわらげて言った。その言葉、倍にして返したい。

「この娘さんが、由良ちゃんの言っていた薬屋かしら？」

互いに照れていると、由良の背後にいた大柄な男性が突然、話に割りこんできた。

由良よりも背が高い。七尺というのは大げさだが、六尺以上は確実にある。

見た目年齢も由良よりずっと上で、四十前後。細くて真っ赤な三連の鎖の首飾りをしている

――と思ったら、首回りの肌に直接、小さな梵字《ぼんじ》が記されていた。濃茶色の髪はさっぱりと短く、吊《つ》り上がり気味の目も鋭くて、武人のように精悍《せいかん》な顔立ちをしている。が、ぎょっとする雪緒を見下ろすと、ぱちんっと音がしそうな勢いで彼は片目を瞑《つむ》ってきた。

「あっらぁ、かわゆーい！　本当に貴重な純血の人の子だわぁ!!」

男性は両手を乙女《おとめ》のように組み合わせて、きゃぴきゃぴした。

待って待って、と雪緒は仰け反った。仔獅子を抱える腕に、知らず力をこめてしまう。子狐たちは雪緒の足にくっついて震えていた。肩の上の千速も男性を見て、毛を膨らませている。

「なになに、あなた、もしかして由良ちゃんといい仲だったりする～？」

黙っていればうっとりするほど男らしく体格も優れているのに、この口調。

それに、由良ちゃん、って。

「……あの、あなたは……？」

雪緒が怖々と尋ねると、男性は片手を口に押し当てて、ちゅっとこちらへ放《ほう》る仕草を取った。

雪緒の腕のなかにいる仔獅子が、「きゅっ」と変な唸《うな》り声を上げ、死んだふりをした。

「俺《おれ》は紺水木《こんみずき》の大匠、ケモノエボシの怪、烏那《からすな》よ。先日、各里で妖力に自信のある匠《たくみ》の者は白桜を支援するようにって、御館《みたち》様からおふれが出てね。俺ってば、とーっても強いわあ！　ってね、張り切ってこっちへ来ちゃったあ」

「あっ、そ、そうですか。紺水木ヶ里の……南西の里の方なんですね」

雪緒は必死に声を絞り出した。紺水木ヶ里。残念ながら雪緒はそちらの里に詳しくない。里名の通り水木が多い地で、大きな波乱もなく安定しているという認識がある程度か。

いまの長がやり手で、里に活気があると聞く。

「そぉそぉ、ねえそんなことよりもぉ、薬屋ちゃんは由良ちゃんとどんな関係？」

「こ、懇意にしてもらっていますが……」

なんだろうこの、星が飛び散りそうな甘酸っぱい女子的会話は。

雪緒が子狐たちとともにおののいていると、由良が死んだ目をして溜《た》め息をついた。

「……こう見えても、腕は確かなやつなんだ。腕だけは……」

「もー由良ちゃんたら。腕も顔も妖力も俺は最高よ！　最高すぎて、俺は俺に惚《ほ》れちゃう！」

「……そうか」

「俺が恰好《かっこ》よすぎて全里の怪たちが絶望しないか心配だわ！　でもいいのよ、俺に全力で嫉妬《しっと》してちょうだい。嫉妬を浴びて、俺はますます輝くもの！」

「………ああ、うん。そうだな」

すごい。由良が完全に対話をあきらめている。

烏那は気にした様子もなく、きらきらとした目で雪緒を振り向いた。

「子兎《こうさぎ》ちゃんもそう思うでしょ？」

「!?　……その、……子兎ちゃんとはもしかして、私のこと……でしょうか……？」

違うと言ってほしいと思ったのに、烏那は明るく笑ってうなずいた。

「さっきから震えちゃって、かわゆいわね、もう～！　あれなの？　兎ちゃんだからかまってあげないと寂しくて震えちゃうの？　俺がかわいがってあげるからまかせてよ！」

雪緒も子狐たちも、震えがとまらない。仔獅子なんてずっと死んだふりを続けている。

「ああん、ウブねえ、俺と目を合わせるだけで俯《うつむ》いちゃうなんて！　気持ちはわかるけど！」

烏那は女口調だが、声音はごく普通に男性だ。しかも腰砕けになりそうなほどの、いい声。なよなよしているわけではないので、口調との落差が凄《すさ》まじい。

「烏那、やめろ。品性を疑われる」

硬い話し方で烏那を窘《たしな》めたのは、見た目は雪緒と同年代の、奥二重の凛然《りんぜん》とした少年だ。頬の輪郭が、人間でいうところの少年と青年の中間みたいに、滑らかで美しい。ふんわりした短めの髪は、頭頂部のほうは薄青で毛先のほうが濃い青。鳥の羽根の耳飾りをしている。瞳《ひとみ》は、空を映したような水色だった。眉が特徴的で、丸く、短い。公家《くげ》を思わせるような形だ。

彼だけはほかの大匠らと異なり、上は由良と似たような白い長着で、下は青の袴をしっかり着こんでいた。足元は革の編み上げ靴だ。

「化天《かてん》ちゃんは頭が固いのよね～！　子兎ちゃん、この愛想の悪い子は黒芙蓉《くろふよう》の化天ちゃんよ。彼も大匠で、白桜の助けになればと思って駆けつけたんですって。よろしくしてあげてね！」

烏那が化天の肩に腕を乗せて、軽く説明する。

「いいところよ～、黒芙蓉。あそこはとくに果実がよく育つのよね。それになんと言っても、金物製品の出来がいいのよ。細工物も素晴らしいし、里自体がきらっきらしてるのよね。あ、紺水木は建築関係ならどの里にも負けないわよ。製紙業もうちが独占状態ですからね！」

へえ、と雪緒は感心した。黒芙蓉にも馴染《なじ》みがまったくないので、烏那の話は興味深い。

（こう考えると紅椿ヶ里って、ほかの里に自慢できるほどの特産物がないような――いや！　そんなことない。一番神秘的なのは、うちの里だ！）

雪緒は心のなかで、自分の里を贔屓《ひいき》した。

「黒芙蓉ヶ里は確か、北西にある里ですよね」

化天に視線を向けてそう尋ねると、彼は生真面目にこくりとうなずいた。

「そうだ。私は化鳥の妖、化天。子兎が薬師なら、さっそく診《み》てもらいたい者がいる」

「えっ、こちらにも不調の方が？　――って、待ってくださいね、子兎呼びを定着させるのだけは本当、やめてくださいね」

化天は天然なのか……？　そう焦る雪緒の横では、自由気ままな烏那が「やっだあ、なにこの仔獅子ちゃん、かわい～！　俺が頬擦りしたげる」と、きゃっきゃしている。

仔獅子は死んだふりをやめ、全身の毛を逆立てて嫌がっていたが、はしゃぐ烏那には通じなかった。烏那は雪緒の腕から無理やり仔獅子を抱き上げると、宣言通りにじょりじょりと頬擦りし始めた。……仔獅子が雪緒に対してこれほど切実に救いを求める目を向けてきたことが、かつてあっただろうか？

しかし、巻きこまれたくない。雪緒はそちらを見ないようにして、化天との会話に戻った。

「具合を悪くした怪の方がいるんですか。白桜全域を覆う瘴気の影響でしょうか」

「不明だ。それを確認するためにも、子兎に診てもらいたい」

化天は堅苦しい口調で答える。

もう少し詳しい説明がほしい。そう考えて、雪緒が由良へ視線を向けた途端、せっかちな化天に手を取られた。

「ぐずぐずするな、早く来い」

「来いって、どこに!?」

驚く雪緒を、有無を言わさず引っ張って、彼は六角堂の階を上がり、正面側の白い格子戸を開けた。独特の佇《たたず》まいを見せる六角堂は、なんらかの儀式を執り行うところ——いわば拝殿か祓所《はらえど》として使用されているのではないかと思っていたのだが、違うのだろうか。後方に並ぶ二棟が大臣たちを寝泊まりさせる建物で、蔵屋敷は収納庫や神饌所などのように見受けられる。

色々考えを巡らせながら、雪緒は六角堂のなかをうかがい、息を呑《の》んだ。

内装はいたって簡素で、白木の板敷きの間がひとつきりだ。

そこに直接並べられた布団の上に、七名ほどが横たわっている。

雪緒は、彼らからいったん視線を外し、もう一度ざっと全体の作りを眺めた。赤く塗られた外壁と違って素材そのままの板壁には、雪緒の乗っていた輿のように護符の類《たぐ》いがびっしりと貼られている。また、天井の梁《はり》からも千羽鶴のように札の束を吊り下げていた。

視線をふたたび寝具の上の者たちに戻す。窓のない作りのために灯台がいくつか置かれているが、その明かりが板敷きに寝かされている彼らの表情をあらわにしていた。だれもが苦悶《くもん》の表情を浮かべ、魘《うな》されていた。なかには女妖もいるようだ。

「彼らも大匠ですか？」

雪緒の問いに答えたのは、少し遅れてついてきた由良だ。

「大匠ばかりがいるわけじゃないけどな。彼らは梅嵐《うめあらし》ヶ里《がさと》、綾槿《あやむくげ》ヶ里《がさと》、紺水木、黒芙蓉と、穢れの底に沈んだ白桜ヶ里を蘇生《そせい》させようと各里から支援に駆けつけた楽匠《がくしょう》や刀鍛冶だ」

由良の背後には仔獅子を抱きかかえた烏那もいる。仔獅子は手足をばたつかせて烏那の腕から抜け出した。板敷きの床に着地したのち、水滴を振り払うかのように頭を振る。それから気を取り直した様子で歩き、入り口に最《もっと》も近い位置に寝かされている者に近づいた。

雪緒も、仔獅子につられるようにしてそちらへ歩み寄り、身を屈《かが》めた。子狐たちもわらわらと雪緒のまわりに近づいた。肩に乗っていた千速も床に下りて、子狐たちのなかにまざる。

入り口近くに寝かされていたのは、人間であれば二十歳前後に見えるだろう大人《おとな》びた顔つきの女妖だ。いまはつらそうに、眉間《みけん》にくっきりと皺《しわ》を作り、目を瞑っている。

仔獅子は一度雪緒を見上げ、髭《ひげ》をゆらしたのち、ちょいっと前肢を女妖の頬に当てた。

すると、彼女の単衣《ひとえ》の襟元《えり》から、不気味な黒いものがずるっと這《は》い出てきた。

いや、襟の隙間《すきま》に潜んでいたのではない。肌のなかに、いる。

「これって……」

雪緒は眉をひそめた。不気味なものの正体は、黒い百足《むかで》だった。それが肌の内側を動き回っている。たとえるなら、刺青《いれずみ》の模様が皮膚の表面を動いている感じだ。

しかも一匹だけではない。首元から耳の下、頬にも這い回っている。

仔獅子がふたたび女妖の頬を、というより頬の皮膚の表面に浮かぶ黒百足を、前肢で押そうとした。雪緒は仔獅子の前肢を片手でゆるく握って、その行動をとめた。

「だめ、宵丸さんは触らないほうがいい。これはかなり強力な呪詛《じゅそ》だと思う」

「――ええ、接触することで呪詛が広がる恐れがあります」

雪緒の推測を肯定したのは、ゆっくりと瞼《まぶた》を開いた女妖だ。

彼女は鮮烈な金色の瞳をしていた。目尻《めじり》が少しきつめで、女武者のようなきりっとした雰囲気がある。自分の周囲にはあまりいない硬派系統の美女だ。雪緒は、汗で彼女の額に張りついていた薄茶色の前髪を、指先で丁寧に横へ流した。女妖はわずかに目を細めて雪緒を見た。

「井蕗《いぶき》ちゃん、目が覚めたの？　具合はどう？」

烏那が心配そうに雪緒の後ろから声をかけた。

井蕗と呼ばれた女妖の視線が、烏那のほうへ動く。

「申し訳ありません、支援のためにとこちらへ来たはずが、このような……逆に私が足を引っ張るはめになってしまいました」

「んも〜！　井蕗ちゃんも真面目なんだからぁ！　気にしないでいいのよ！」

「……ええ、ありがとうございます。それで、こちらの方は？」

井蕗の視線が雪緒に戻る。

雪緒の左隣に由良がゆっくりと腰を下ろし、背筋を伸ばして口を開く。

「この女は紅椿ヶ里の薬屋、雪緒だ。若いが、様々な術に長《た》けている」

「紅椿ヶ里の……？」

由良はひとつうなずくと、今度は雪緒のほうを見た。

「こいつは綾槿の赤蛇の妖、井蕗だ」

「綾槿ヶ里――西の里ですね。烏那さんの里の隣だ」

雪緒はこめかみを押さえた。里名の通り、木槿《むくげ》が咲き乱れる地だと記憶している。

戸数の少ない紅椿ヶ里とは違って、千戸を超える大きな里だ。

そして、雪緒にとっては因縁の地でもあった。

（鬼の嫁入り行列を襲った民が暮らす里じゃないか）

雪緒もそのとき、鬼衆の行列にまざっていたため、命の危機を感じてひやひやした。民の無謀な襲撃がきっかけで、雪緒は鬼衆と縁がつながってしまったと言っても過言ではない。

負傷した鬼たちを手当てし、言葉をかわした。その面子《めんつ》のなかに、三雲《みくも》もいた。

結局鬼衆の返り討ちに遭って、綾槿ヶ里は大きな代償を支払うはめになった。

(確か白月様は、新月のたびに鬼穴が生じると言っていたっけ)

里の内から鬼が現れるようになる。その状態が下手《へた》をすれば数十年も続く。

綾槿ヶ里は今後、波乱の道をゆくだろう。

(ひょっとすると、井蕗さんは徳を積むために白桜へ来たのかな)

雪緒が考えこんでいると、由良たちに変な顔をされた。仔獅子が「どうした?」と聞くように、雪緒の膝に両前肢を乗せる。雪緒は慌てて表情を取り繕った。

「いえ、綾槿は、お米の美味《おい》しい里と評判だったなあって」

「食い意地が張ってんな」

由良が呆《あき》れたように笑う。どこかひりついていた空気がやわらいだ。

「あそこはとくに田畑が多いが、井蕗は農家じゃねえぞ。こいつは、まあ……あれだ……不器用なやつなんだが、並みの男どもより怪力だそうで。大匠の護衛としてついてきたんだよ」

そう説明した由良も、紹介された井蕗も、ちょっと気まずげな顔をする。

(ああ、武力ならだれにも負けない自信があったけど、呪術《じゅじゅつ》系統にはてんで弱いってことか。

……それで、呪詛で倒れているわけだ)

蛇の妖はどちらかと言えば呪術に強い種族のはずだが、何事にも例外はある。彼女はその例外側に属する妖のようだ。

「いや、雪緒。おまえが来てくれて本当に助かる。……さっき、かなり強力な呪詛だと言ったな？　どういう種類の呪詛か、特定できるか？」

由良が真剣な目をして雪緒に尋ねる。

「すみません、もう少しこの方の様子を調べてみないと、断言は……。こちらに収容されている方々は皆、同じような状態なんでしょうか」

「それがなあ……」

由良は片手で首の後ろを撫でると、困った顔を見せた。

雪緒の右側に座った化天が、ふるふると小さく首を振る。

「面妖《めんよう》なことに、御堂に寝かせている者たちの状態はそれぞれ違うんだ。たとえばこの井蕗は、肌に黒い百足のようなものが這い回っている。ところが隣に寝かされている者は、肌に水をつけると赤い文字が火傷《やけど》跡のように滲み出る」

「文字が？」

「ああ。その隣の者は井蕗と同じ蛇族なんだが、一刻ごとに肌から鱗《うろこ》が剥《は》がれ落ちる。その鱗が、枯れ葉に変わる」

うっ、と呻《うめ》いたのは子狐たちだ。鱗の剥がれる様を想像したらしい。

「だからこれが通常の病でないことは、早い段階でわかっている」

「そうなんですか」

雪緒は神妙にうなずき、化天のほうを見やった。

彼は雪緒と目が合うと、音がするんじゃないかというような勢いで、ぱっと顔を背けた。

ひょっとしてこの短い会話のあいだにさっそく嫌悪でも抱かれてしまったかと焦ったが、よく見ると化天の耳はほんのりと赤く染まっている。……本当は照れ屋なんだろうか？

烏那も、妙に微笑ましげに化天を見守っている。

「御堂で休ませているのは、起き上がれぬくらい状態が悪化した者のみだ」

化天は横を向いたまま説明を続けた。

「御堂の背面にある本殿のほうには、三十名ほどが滞在している」

「そんなに？」

思ったよりも手伝いの者が来てくれている事実に、雪緒は驚いた。

「そうなのよ」と烏那が話を引き継いで、ぷくりと頬を膨らませる。

「なんとなく身体《からだ》が重いって自分から申告してくれたのは、六人くらいかしらね。黙っているだけで、もしかしたらもっと不調な者がいるかもしれないわ」

含みのある言い方に、雪緒は引っかかった。

「もしかして、本殿の方々となにかありましたか？」

「ううん、なにかって言うかねえ……」

どう伝えようか、と迷う烏那を一瞥《いちべつ》した由良が、彼に代わって口を開く。

「呪詛を恐れておのれの里に戻りたがる者が出始めたんだ。だが、どういう類いの呪詛なのか――殺された白桜の民の怨念が呪詛となって彼らの身体を害しているのか、それとも単純に瘴気にやられただけなのか、あるいは、白桜とは無関係の呪詛なのか……、それすら不明の状態で彼らを解放するわけにはいかない」

「ああ……そういう」

雪緒は、どきりとした。

普通に考えれば由良が説明したように、死した白桜の民たちの怨念か、地に広がる瘴気が原因である可能性が高い。しかし、まさか、という不安が胸をよぎったのも事実だ。

(三雲の祟りが私を追いかけてきたせいではないよね)

いや、それはやはり考えにくい。雪緒が白桜へ到着する前からここの民は臥《ふ》せっている。

なんとなく全員が黙りこみ、この場に沈黙が流れた。

雪緒は平静を保つため、髭をへにょりとさせている仔獅子の両前肢を手に取って、軽く揉《も》んだ。肉球の隙間を触ろうとしたら、爪《つめ》を出された。

不穏な沈黙を打ち破るように、灰色の毛の子狐がぴょこんと尾を立てて高い声を発した。

「念のため、わたしは紅椿ヶ里へ戻って白月様にこの件を報告して参ります！」

「うむ、気をつけていきなさい」と、鯱《しゃちほこ》張《ば》って灰色の子狐に戻りの許可を出したのは千速だ。灰色の子狐は黒い瞳を輝かせて「はい、千速兄様！」と、元気に答えると、太い尾を大きく振り、六角堂の外へ駆け出した。ふんぞり返っていた千速は、目を丸くしている雪緒に気づくと、恥ずかしそうにぴょこぴょことその場で飛び跳ねた。

「おれはこう見えて、格の高い狐なのです！」

しかしその格の高い子狐様の尾は、しらっとした目つきの仔獅子に踏みつけられてしまった。やめてあげて、と雪緒は仔獅子を自分の膝に抱き上げたのち、由良へ視線を向けた。

井蕗たちを診る前に、まずは由良からできる限り詳しく聞き取りしておきたい。

「最初に不調に陥ったり、不審なものを感じたりしたのはどなたでしょうか」

呪詛祓《はら》えに必要な会話と察してか、由良はこちらに身体の向きを変えて聞く体勢を取ると、悩ましげに腕を組んだ。

「最初と言われると、いささか困るな……。いまの白桜はどこもかしこも暗く沈んでいる状態だろ。ちょっとした変異なら当たり前のように発生するぞ」

雪緒は顔をしかめた。膝の上の仔獅子は、退屈そうに雪緒の腰帯の紐《ひも》をもぐもぐしている。

(確かにそうだ。これは厄介かも……)

呪詛の原因解明は、難航するかもしれない。

「どこからか里のなかにもぐりこんできた智を持たぬ小魔が、悪さをすることだってある」

「参るわよねえ。俺も作業中、蟲形《むしがた》の小魔にちくっと腕の血を吸われたわ」

まるで蚊《か》にくわれたとでも言うように、烏那が上腕をさすって嫌な顔をする。

「つまり、白桜を訪れたほぼ全員が小魔の類いにまとわりつかれ、瘴気の濃さにもうんざりしていた。桑の木や回廊を張り巡らせて多重結界を築くまでは、皆、命懸けで作業していたんだ。だからだれが最初に異変を感じたかという質問は、意味がない」

と、化天が彼らの話をまとめる。雪緒は、ううんと唸った。

（いまだに白桜は護符なしではいられないほどに穢れている。安全と思うほうが不自然かあ）

むしろ寝こむ者が現れて当然だ。だが、頭ではそう納得できても、どうしてなのか里の闇のなかにもっと恐ろしいものが潜んでいるような気がして、胸騒ぎがとまらない。

ひそかに胸を押さえて小さく息を吐いたとき、こちらを見ていた井蕗と視線がぶつかった。

雪緒は反射的に微笑んだ。薬師が不安な顔を晒《さら》してどうする。

「井蕗さん、少し身体を診させてもらってもいいですか？」

「ええ、どうぞ」

拒否されることも覚悟したが、井蕗はとくに警戒する様子もなく雪緒の頼みを受け入れた。

「起き上がらずともけっこうですよ。痛くもしませんので、大丈夫」

彼女の顔に、雪緒は手を伸ばした。そのとき、腰帯の飾り物で遊んでいた仔獅子が伸び上がり、かぷっと雪緒の手首を噛《か》む。仔獅子は目を三角にして雪緒を睨《にら》んでいた。

不用意に触ったら呪《のろ》いが移るんじゃないのか、と咎《とが》めているらしい。

「触りはしないですよ。状態を確認するだけです」

そう説明して、雪緒はそっと井蕗の襟をずらし、首元を覗《のぞ》きこんだ。

「探る者」の気配を感じたのか、肌の表面に蠢《うごめ》いていた黒百足が胸の位置から首筋へ移動してきた。雪緒は彼女の袖から出ている手、顔、首元などといった衣に覆われていない部分を丁寧に観察した。女性にしてはしっかりとした白い手の甲にも、小型の黒百足が数匹這っている。

百足はどれも黒一色で、墨絵のような雰囲気がある。

「雪緒様、これは蟲々の術に似ていますね」

千速がおそるおそる近づいてきて、井蕗の耳のつけね付近に潜む小型の黒百足を見つめた。

「そうだね」

雪緒は記憶を蘇《よみがえ》らせながら肯定した。

(蟲々の術……。三雲もかかった術か)

不吉な一致に、雪緒は瞼を伏せる。

他者に感染すればするほど呪いの効果が増すという術だ。個よりも多数を呪うのに適している。井蕗の状態が示すように、呪いが虫のように身体のなかを這い回り、食い荒らす。対処法は心臓部分には行かぬよう注意し、皮膚に浮き出た虫を護符で吸い取る、というものだが――。

(でも蟲々の術と少し違うところもあるな……)

井蕗の場合は、体内を食い荒らす前から肌の表面に虫が現れている。普通はもっと肌の奥に隠れているはずだ。

「もしかして、鬼の三雲の祟りでは――」

震える千速がその言葉を言い切る前に、仔獅子が、もふっと飛びついた。……仔獅子は「余計なことを言うな」と忠告するつもりで千速を突き飛ばしたのだろうが、丸いもふもふ同士が遊んでいるようにしか見えない。その様子を眺めながら雪緒はさらに相違点を見つける。

(三雲の身に入っていたのは、百足じゃなく蟻《あり》だった。自在に動き回ってもいなかった)

これはよく似たべつの術と判断したほうがいいかもしれない。雪緒は黙考ののち、立ち上がって、井蕗の隣に臥している者へ近づいた。由良と烏那、化天も腰を上げて追ってくる。

「失礼します。……どうぞそのまま寝ていて」

井蕗の隣にいるのは、人間で言うと四十代半ばに見える半天狗《てんぐ》の怪だ。頭部は天狗だが、身体の作りは人間と変わらない。ざんばら髪は黒く、全身の肌は赤。目がぎょろっとしていて、鼻が高い。短めの髭は髪と同じ色をしている。寝ている状態なので正確ではないが、背丈は烏那くらいあるのではないだろうか。そして彼よりも胸板が厚く、手足も太い。

優れた体格と厳《いか》つい雰囲気に雪緒が気後《きおく》れしていると、彼はこちらが頼みこむより先に、枕《まくら》元にある桶《おけ》のなかに手ぬぐいを浸した。単衣の袖から出した太く赤い腕に、その濡《ぬ》れた手ぬぐいを押し当て、少ししてから離す。

「……化天さんの説明通りですね。火傷みたいな赤い文字が浮かぶ」

雪緒は知らず眉間に皺を寄せてつぶやいた。

肌の色自体が赤いために見えにくいが、文字で間違いないだろう。

「夕、小、分、巳《み》、土、心、艮《ごん》……かな」

ほかにもあったが、肌の色と同化して判読できない。

それらの文字は、肌が乾くと同時にすうっと消えた。ふたたび水に浸せばまた文字が浮かび上がると思うが、あまり刺激を与えないほうがいい。

「五行に絡む言葉でしょうか？」

そう言って耳をゆらす千速に、「干支《えと》や方位、あるいは経文じゃないのか？」と由良が返す。

雪緒はちょっと考えてから、半天狗の怪に尋ねた。

「痛みはありますか？」

「痛みよりは、身体を束縛されている感覚が強いな。どうも息苦しい。実際、あらかたの妖力を封じられている。少しずつ視界も狭まっている気がするぞ」

「……そうですか。わかりました」

雪緒はその後、ほかの者も見て回った。確かに皆、身に現れる異状の傾向がばらばらだ。

「それで、どうだ。祓えるのか？」

化天は表情を動かさず、だが焦《じ》れたような声音で尋ねた。

「祓うことはできると思います。井蕗さんを蝕《むしば》んでいるのは、蟲々の術の一種で、むかでえびという術じゃないでしょうか」

雪緒は井蕗のそばに座り直して、答えた。子狐や仔獅子が雪緒のまわりに群がる。

「むかでえび」

隣に腰を下ろした化天が、首を傾《かし》げる。

「百足穢弥《えび》、です。百足とは本来、神使《しんし》にも選ばれる生き物です。聖に属するはずのその虫を操り、隅々まで穢すという呪詛です。蟲々の術との相違は、こちらは他者に移る類いの呪いではないというところでしょうか。これもずいぶん古い術ですね……」

頭のなかにしまってある禁書を開きながら、雪緒はぐるりと皆を見回した。

「六角堂に皆さんを収容したのは正解ですね。窓のない清浄な場所は強い結界になり、身をよく守ってくれます」

ほかの開放的な場所だったら危なかったかもしれない。

「はーい、俺がここに皆を集めようって提案しましたー！」

烏那が嬉《うれ》しげに挙手する。ほめてほしいらしい。

雪緒は微笑んで「烏那さんの手柄ですね」と答えた。なぜか皆がそわそわざわして羨《うらや》ましげに烏那を見る。怪はほめられたがりなのだろうか？　今度からいっぱいほめてあげよう。

「天狗様のほうは、くびり呪法の一種ではないかと思います」

「くびり」

化天がふたたびたどたどしく繰り返す。

「首離《くびり》呪法。これは読んで字のごとくですね。字の首を分離し、隠して、呪い漬けにするという呪法です。先ほど肌に浮かんでいた字を組み合わせると怨《えん》、恨、忿恚《ふんい》などになります」

雪緒が空中に文字を書くと、全員、嫌な顔をして身を引いた。

「これも古い術のはずですよ。餓えた猿《う》に犬を食わせる。その猿を、べつも餓えた犬に食わせる。その犬を、またべつの餓えた猿に食わせる……この非道を九度繰り返し、最後に殺した猿の血肉を乾燥させて、それを呪具《じゅぐ》として対象者を呪うんです」

蟲々の術も編み上げ方はやはり残忍な方法を用いる。その昔、妖や怪がいまのように強烈な妖力を持たず、人に使役されていた頃、ひそやかに使われていたものだという。

だから手間も時間も胆力も必要とするこの類いの呪法は、人間と妖怪の力関係が逆転した現在では、大半が廃《すた》れてしまっている。……狐一族などはいまだ好んで使っていそうだけれども。

ほかの呪詛についても雪緒が説明しようとすると、化天は青ざめた顔で片手を突き出した。

「もういい。だいたいわかった。残りの者もそういう陰湿な呪いを受けているんだな？」

確認する化天だけでなく、由良と烏那も少し顔色が悪い。

「ええ。どれもたちの悪い術ですよ。たとえばあちらの大鼠様《おおねずみ》は、『かわいそう』という呪法にかかっていますね。あっ、憐憫《れんびん》の意味での『可哀想《かわいそう》』じゃないですよ。『皮異相《かわいそう》』です。つまり全身の皮膚が裏返しになったり腐り落ちたり消えたりしちゃう悪質な呪法で」

「いや、いいから！」

化天が、耳飾りが大きくゆれるほどぶんぶんと首を横に振った。

「おれたちはもっと聞きたいです！」

わくわくとした輝く目で雪緒を見つめるのは、千速と子狐たちだ。仔獅子は興味がなさそうに、雪緒の袖口を噛んでほつれさせるという遊びに興じている。

「子兎が呪法の解除ができるのなら、一刻も早く取りかかってくれ。このままでは二日後の七《たな》夕《ばた》祭も行えない」

七夕祭という言葉に雪緒は目を見張った。それから、ぎこちなくうなずいた。

「では井蕗さんの呪詛を先に──いえ待って、子兎ではなく、雪緒。薬屋の雪緒ですからね」

雪緒はしっかり訂正したあと、皆を順番に眺めた。

「それじゃあ……すみませんが。動ける方々に少し手伝ってもらってもいいでしょうか」

「なにをすればいい？」

由良が首を傾げて尋ねると、子狐たちもその仕草を真似《まね》した。ひねくれている仔獅子だけは反対側に首を倒したので、雪緒は鼻をつついてやった。

「外の荷物、と言うより私の仕事道具をここへ運んでほしいです。あと、水と酒もあればぜひ。白い布も。よく使いこんだ釜《かま》も貸してもらえると嬉しいな」

使えるものはなんでも使うのが雪緒の信条だ。「ほらほら、取りかかってくださいな」と、由良たちを追い立ててから、雪緒自身も呪詛解除の支度を始める。

（まずは護符作りを終わらせようかな）

完成済みの呪符もいくらか所持しているが、あちらは火急のときのために残しておきたい。

一番に動いてくれた千速が外へ出て、札を入れた袋を咥《くわ》えて持ってくる。子分の子狐たちは墨の入った容器やら筆袋やらを……。優秀な狐たちだ。

雪緒は子狐たちを一匹ずつ撫でて礼をしたあと、受け取った札を何枚か板敷きに並べ、その手前に座りこんだ。子狐たちが雪緒のまわりを取り囲む。先ほどは青ざめていたのに、興味《きょうみ》津々《しんしん》という態度で由良が隣に座った。烏那と化天は、酒や水の準備を請け負ってくれた。

寝こんでいた井蕗までが起き上がって、烏那の手伝いをしようとする。

雪緒は厳しい顔を作って彼女をとめた。

「あなたは寝ていてください」

「ですが」

「ですがもなにもありません。寝なさい」

語調を強めて繰り返すと、井蕗は眉を下げ、おずおずと布団のなかに戻った。

おもしろいもので、たとえ普段は不遜《ふそん》な怪や妖であろうとも、薬師目線で厳しく諭《さと》すと、叱《しか》られた子どものようにおとなしくなる。

雪緒はしばらく悩んだ末、札に筆を走らせた。すると千速が心得たように尾を振って狐火を生み出した。

「おれの炎で燃やせぬものはありませんよう！　蟹《かに》でも鮭《しゃけ》でも焼けますから！」

ありがたく狐火で札を炙《あぶ》らせてもらい、それをトントンと小刀で刻む。

「はらいむけ、こいしずめ、さきへむきへ伊波比《いはひ》まつれ、とどのえまつれ」

✿

六角堂に収容されていた者の呪詛祓えが終わったのは、日没後のことだ。万が一を考えて井蕗たちにはもう一晩、六角堂ですごしてもらうことにし、雪緒は由良たちとともに外へ出た。

「左の本殿はほかの大臣たちが泊まっているから、右の本殿を使ってくれ」

雪緒が疲労を覗かせたためか、由良が労《いたわ》るようにそう告げた。

(その言葉に甘えようか)

彼らに聞いておきたい話が残っていたが、白桜に到着後、一息つく間もなく呪詛祓えに挑んだので身体が重く感じる。こういうとき、体力のある怪が羨ましくなる。疲労感に苛《さいな》まれているのは雪緒だけだ。横を歩く子狐たちでさえ元気いっぱいだし、鳥那や化天は言わずもがな。

六角堂の背面に建つ左右対称の白木造りの二棟は、蔵屋敷同様に黒屋根で、壁の中央に出入り口となる板戸が設けられている。この二棟は短い廊《ろう》でつながれており、その真ん中に一回り小さな建物がある。そこを由良が指差し、「あそこが厠《かわや》と浴場だ。共用だからな」と説明した。

「厨《くりや》は？」

「それぞれの棟の裏手に土間があるが、囲炉裏も作られている。部屋数は、どちらの棟も二十くらいだったかな……。六角堂側からだと二棟とも横長の造りに見えるだろ？　でも実際は、土間部分はべつとして、正方形に近い造りだ。で、中心に庭を設けてる」

「疑似結界ですか」

「ああ」

腕に覚えのある大匠たちが仕上げた一画だ。当然、すべてに重要な意味が隠されている。

由良に案内されたのは、右の本殿内の奥まった位置にある八畳間の部屋で、飾り棚と床《とこ》の間がついている。隅には布団一式が折り畳まれていた。ほかは小さな文机《ふづくえ》と座布団、灯台が置かれているばかりだが、これだけあればじゅうぶんだ。中庭側の障子紙は、宵丸の屋敷に咲く瑠《る》璃茉莉《りまつり》を絞ったかのような薄青色をしている。試しに灯台の明かりをつけてみると、障子の青がより鮮やかに浮かび上がり、その様が見惚《みほ》れるほど美しかった。うっすらと波紋のような模様が入っているので、まるで海底にいるかのような気分も味わえる。

「いい部屋ですね」

さっそく障子にぽちっと穴を開けようとする仔獅子を慌てて抱きかかえ、雪緒が感想を伝えると、由良は微笑んだ。

「この本殿を設計したのは烏那だ。本当に腕は悪くないんだがなあ。……飯の時間に呼びにくるから、それまで休むといい」

なにか言おうとした烏那の背を押して、由良は去っていった。礼儀正しい化天は雪緒に目礼すると、由良たちを追いかけた。彼らはこのあともまだ仕事が残っているのだろう。

雪緒は体勢をずらして横座りし、ふっと息を吐いた。

「雪緒様、床の用意をしましょうか？」

ともに部屋に入ってきた子狐たちが心配そうに言って、雪緒の膝によじ登る。仔獅子も近づいてきたが、ふいに白煙が室内に広がった。ぽんっと、仔獅子が人の姿に変化する。

六角堂を出る前に、呪詛祓えのついでに宵丸にも薬草茶を飲ませている。時間が経過して、その効果が出てきたようだ。

宵丸は正座ののち、畳に片手をついて身を乗り出し、熱心に雪緒を見つめた。

「薬屋、俺とここから駆け落ちするか」

「人の姿を取った途端、驚愕《きょうがく》の一言をぶつけてくるのやめてくれませんか」

雪緒は勢いで突っこんだ。

「そっ、そうですよ！　なんなんですか宵丸様!?」

「雪緒様は渡しませんよお！」

「狐一族の嫁なんですからね！」

千速を筆頭に子狐たちがきゃうきゃうと叫ぶ。おや、いつの間にか「白月の嫁」から「狐一族の嫁」に格上げされている。……格上げと考えていいのだろうか？

「うるさい毛玉族め。そういえば俺は冗談の通じぬ鵺野郎が嫌いだし、あのおぞましい変態野郎もつんけんした餓鬼も四角張った蛇女も受けつけない」

宵丸はそう吐き捨てると、子狐を次々と捕まえ、彼らの身を軽く丸め始めた。ビー玉みたいにこの子たちを転がして衝突させるのはやめてあげてほしい。でも子狐たちは、玉当て扱いをされているのに、なぜかまんざらではない様子だ。……楽しいのか。

「いまの俺は妖力が不安定で、万全とは言いがたい状態……と言ってても弱くはないけど……不安定でもかなり強いけど……、いつものような力を出すのは難しい……かもしれないから、ここを出て、俺が懇意にしている怪のもとに身を預けたほうが薬屋だって安心できるだろ」

苦々しい顔で言う宵丸に、雪緒はきょとんとしたあと、吹き出した。

「呑気《のんき》に笑いやがって」

「だって宵丸さん……ありがとうございます。私を心配してくれたんですね」

嫌がらせのつもりだったのか宵丸がこちらに放り投げてきた毛玉……千速を、雪緒は両手で受けとめ、おとなしく丸まって待っている子狐玉に向かって転がした。

次に転がしてほしい子狐が自ら近づいてきて、雪緒のそばでくるんと丸くなる。雪緒は懐から金平糖入りの袋を取り出し、一粒を子狐の口に押しこんでから、そっと手で押した。

「なんで人の子ってやつはこうも太平楽《たいへいらく》で鈍いかな」

宵丸ががりがりと頭を掻《か》いて溜め息を落とす。

「それは、ほら、人の子だからとしか……」

雪緒が軽口を叩《たた》くと、宵丸はずずっと距離を詰めてきた。雪緒の膝に両手を乗せる。

(宵丸さん、自分で気づいていないようけど、仔獅子時の影響が出てますよ)

雪緒は笑いをこらえ、神妙な顔を作った。

「おまえな、警戒しろ、警戒！　白桜に到着した途端、さっそく問題が起きたじゃないかよ」

「でも宵丸さんがそばにいるんですし、私が太平楽でいても大丈夫じゃないですか？」

「……ええい、これだ。これだぞ、薬屋。おまえのそういうところが、みだらなんだ！　まったく人の子は怪しからぬ！」

「いまの話のどこに、みだらな流れがあったんですか！」

急に怒り始めた宵丸に、子狐玉をぽんぽんぶつけられる。雪緒は一匹ずつ受けとめて、彼らの口に金平糖を入れてやった。

金平糖に引き寄せられたわけじゃないだろうが——紅椿ヶ里にいる白月のもとまで報告に向かっていた灰色の子狐が、ぐいぐいと顔で障子を開けて室内に入ってきた。

妖術《ようじゅつ》で里まで駆けたのか、ずいぶんと早い戻りだ。毛玉化していた千速たちが、慌てたようにぴしっと座り直す。子分に遊んでいる姿を見られるわけにはいかないと思ったのだろう。

「おかえりなさい」

雪緒が手招きをすると、灰色の子狐は嬉しげに駆け寄ってきた。労るつもりで膝に乗せてやれば、どうやら照れ屋な性分の子だったらしく、耳をぺたっと伏せる。

「疲れたでしょう。金平糖をあげる」

「いえ、俺、わたしは、甘い物は……」

「ほら、あーん」

「あ、あーん……」

もじもじする灰色の子狐に、雪緒は金平糖を食べさせた。

「……こいつ」と、宵丸がふいに低い声でつぶやき、表情を険しくさせた。灰色の子狐をつまみ上げ、部屋の外へ放り投げようとする。雪緒は慌ててその子狐を取り返した。

「宵丸さん、子狐にあまりひどいことをしたら白月様に怒られますよ!」

「むしろ俺がいま、怒りたい」

困った黒獅子様だと笑って、灰色の子狐を抱き上げ、顔を覗きこみ——雪緒は「ん!?」と、内心仰天した。この子の目は、以前から金色だっただろうか?

黒目だったような……と悩んで雪緒は勘を働かせ、ふたたび驚いた。もしかしてこの子は。

(白月様? 白月様が変身しているんじゃないですか!?)

雪緒は叫びそうになるのをこらえた。なぜ灰色の子狐と入れ替わって白桜へ来たのか。紅椿のほうは大丈夫なのか、だれにも知らせずに抜け出してきたのではないか。あとで楓《かえで》様に叱られるのではないだろうか。あれこれとめまぐるしく考えるうち、雪緒は頬が熱くなってきた。

(白桜ヶ里へ避難した私を案じてくださった……んだよね？　いや、なにかよからぬ策のため……？　相手はただ者じゃない白月様なんだ、安易に期待するな。にやけてもだめだ！)

ここに到着するまでは、ほんの少しだが、見送りにも来てくれなかったつれないお狐様に落胆していた。それが現金なものだ。事情がわかった途端、落胆するどころか疲労感すら見事に吹き飛んだ。禁術を使って部屋中に花を咲かせたいくらいに気持ちが燃え滾《たぎ》っている。

(も、もう～！　白月様ってばすぐに変身して私を騙《だま》そうとする～！)

か弱い人の子を欺《あざむ》きすぎじゃないだろうか？

――と、悔しがる真似でもせねば、どうしようもなくだらしない顔になってしまう。

「……薬屋、なにを百面相してやがる」

自分の膝に頬杖《ほおづえ》をついてこちらをうかがっていた宵丸の視線が、ものすごく冷たい。

「やですね、百面相なんかしてませんよ」

雪緒は急いで表情を取り繕い、灰色の子狐を――白月を、自分の膝に置いた。

(なるほどね、白月様が化けていると気づいたから、千速たちは慌ててぴしっと座り直したのか！　でも千速は、なんでそんなぬるい目で白月様を見ているんだろう……)

謎《なぞ》に思いつつも、雪緒は子狐の正体に気づかなかったふりをした。

(私だってたまには悪巧みをするんですからね！)

決して喜んでなどいない。本当に、ちっとも！　これは正当な仕返しだし、にやけそうになるのも嬉しいからじゃない！

「雪緒様……？」

子狐姿の白月が金色の目をふしぎそうに瞬かせて雪緒を見上げてくる。雪緒は両手で自分の頬をこねたあと、最大限の誠実さを引っ張り出した。出そうとは、努力した。

「ええと！　白月様に大匠たちの容態を報告してきたんだよね？　なんておっしゃってた？」

「少し様子見をせよというご判断でした。ですが、その途中で危険がわかったら、すぐに白桜から脱出してかまわぬそうです」

「私のことを、少しは、あの、あれかな、心配してくださっているのかなあ」

子狐姿に変身中のいまなら多少は本音を聞かせてくれるのではないか、と雪緒は期待した。

そして、願った通りの答えが返ってきた。

「もちろんですよ！　雪緒様がご無事か、案じておられましたとも」

「そうかぁ！　ふう～ん！」

もちろんか。もちろんなのですか。

(それ、信じていいんですよね!?)

雪緒は指先で眉間を揉み、迸《ほとばし》りそうになる喜びを死ぬ気で抑えこんだ。

このおかしな反応を悪い方向に誤解したらしく、子狐姿の白月がムキになる。

「疑われていますか？　嘘《うそ》ではありませんよ。白月様は、できるなら雪緒様にこっちへ行ってほしくなかったんですもの」

「そっか～!!　それって、私と一緒にいたかったたって意味なのかな～！　いえ、白月様が私なんかにそんな甘いことを思うはずがないか～！」

調子に乗ってしまった。しかし、たまには雪緒だって、言葉の飴《あめ》がほしい。

「雪緒様、誤解です。白月様は雪緒様を心から必要とされています！」

満点の返事に、そのへんを転げ回りたい衝動と戦いながら、雪緒はさらに畳みかけた。

「そうかなあ！　私が不要になったから、厄介払いをしただけじゃないかなあ！」

「白月様はそんな真似はなさいません。もしも本当に雪緒様を邪魔とお思いなら、回りくどく厄介払いなんかせずにさっさと始末してますよ。そのほうが断然早いです！」

「あっ、うん。そうだね」

いかにも妖らしい非情な正論を聞かされて、雪緒は一瞬真顔になりかけたが、すぐに喜びが再燃した。無意味に何度も空咳《からせき》をして、高ぶる気持ちを静める。

「じゃ、じゃあやっぱり少しは、私を大事にしてなくもない……？」

「少しじゃないですよ、とても大事にされてます！」

「へ、へえ～!!」

両手で顔を覆いたくなってきたが、雪緒はそれもこらえ、口をもにゅもにゅさせた。

(飴が、甘い！　言葉の飴ってこんなに心を潤すものだったんだ……！)

感動に打ち震える雪緒を見て、白月のみならず子狐たちも何事かと、ぽかんとする。勘のいい宵丸だけが「もしかして、おまえ……？」と、なにかを察したような疑いの眼差しを寄越す。

雪緒は懸命に、知らぬふりを続けた。

欲を言えば、白月の本音という名の甘い飴をもっと頬張りたいところだったが、ここでしつこく尋ねすぎると、彼本人にまで雪緒が正体に気づいていると見破られかねない。

(もう少し時間を置いてからまた色々と聞き出そう)

心の活力のためにもそう誓い、雪緒は満足の表情で白月の頭を撫でた。白月はわずかに戸惑ったような顔を見せたが、おとなしく雪緒の手のひらに耳をこすりつけてきた。

(これは……、白月様と触れ合うこともできる絶好の機会ではないだろうか……)

そのことにも気づいて、雪緒はまた悶《もだ》えそうになった。

「……おい、薬屋ぁ……」

迫力のある低い声を発した宵丸に、雪緒は慌てて微笑みかけた。彼が真実を暴露する前に、口を開く。

「あっ、その！　宵丸さんや子狐たちに聞きたいことがあるんですけれども！」

じーっと温度のない目で見つめてくる宵丸から断固として顔を背けていると、膝の上の白月が雪緒の手のひらを両前肢で揉みしだきつつ「なんでしょう?」と尋ねた。

(すごいぞ白月様……、振る舞いまで子狐っぽく変えている)

雪緒は感心しながら尋ねた。

「化天さんが言っていた、二日後の七夕祭っていうのは——」

「撫子御前祭《なでしこごぜんさい》のことですよ!」

白月が耳をゆらして答えた。雪緒は、よしよしと白月の腹部を両手で撫でてやった。

「紅椿ヶ里でも毎年、この月に催されている古《いにしえ》の祭ですので雪緒様もご存じでは……ううっ、雪緒様、俺はこれでも気高い狐一族の者なんですよ、あんまり撫で回すのは無礼……っ」

「まあまあ! 子狐に触れていると不安が消えるなあ~、落ち着くなあ~」

「そ、そういうことなら、しかたありませんが、うう……」

恥ずかしげに耳を伏せる白月を見つめてにやにやしていたら、千速からも「もしかして、雪緒様……?」と、怪しむような視線を頂戴《ちょうだい》した。

なにも言わないでほしい。もう少しだけ楽園の時間に浸っていたい。

「撫子御前祭かあ——ちょっと世知辛い話になるんだけれども、神事の開催される前後って、見世《みせ》の稼ぎ時に当たるんですよね。だからいままでは見世のなかだけでこぢんまりとお祈りして終わらせるか、翁《おきな》がぱぱっと一人で行うことが多くて、あまり印象にないんだよなあ……」

雪緒は過去を振り返り、吐息を漏らす。もちろん、率先して参加する祭もある。

たとえば、五月開催の菖蒲《しょうぶ》祭。その祭で得られる花は、雪緒の禁術に必要不可欠だ。

(思い返せば、危険のない安全な祭にばかり参加していた気がする)

育て親の翁がそれとなくそう仕向けていた——と考えるのは、勘ぐりすぎだろうか？　けれども、鬼関連の行事は確実に雪緒の目から隠されている。

「だが、どういう祭かは知ってるだろ？」

胡座《あぐら》をかき直した宵丸が、意味深な視線を子狐姿の白月に向けながら言った。

「撫子御前と称《たた》えられる女神のお祭りなんですよね？　もとは織姫《おりひめ》という名前で、彦星《ひこぼし》と年に一度会えるっていう」

ぴしっと並んで座っていた子狐たちが、一斉にこくこくとうなずく。

(私の記憶では、七夕伝説って織姫たちが仲良くしすぎて仕事をおろそかにした結果、天帝の怒りを買い、引き離されたっていう内容なんだけれども——)

だが実際は細部の流れが異なる。織姫は、ほかの織女《しょくじょ》に現《うつつ》を抜かした移り気な彦星に川の向こうへ捨てられるという内容なのだ。寄る辺《よべ》のない彼女を哀れに思った天帝は、鵲《かささぎ》に迎えに行かせて年に一度だけこちらへ戻ることを許した。

織姫が撫子御前と呼ばれるのは、川渡り後となる。

——この説が正解のはずなのに、織姫たちの仲睦《むつ》まじさが災いして離ればなれになる運命を辿《たど》った、などとなぜ思いこんでしまったのだろう？　ひょっとすると、以前にどこかでそういう誤りの文献に触れたのだろうか。どうもしっくりせず、雪緒はひそかに悩んだ。

「これって本当のところは、災厄流しの意味が隠されているお祭りなんですよね？　撫子御前に厄を背負わせて川に流す。流されて清められたのち、年に一度こちら側へ戻ってくることを許し、また厄を持たせて川の向こう、つまり境界の向こうへ流すという……」

雪緒は考え考え、言った。伝説の内容を素直に受けとめた場合、非難されるべきなのはほかの女性に走った不実な彦星のはずだ。だが天帝は、まるで撫子御前にこそ罪があるかのように「一年に一度だけ、こちらへ戻りを許す」と言う。

しかもたった一日で、すぐにまた川の向こうへ追い返す。――祭の背景には、闇が潜む。

「妖怪《ようかい》どもの妖力を高めもするが、薬屋の言うように厄流しが一番の目的だな。あとなあ、撫子は、かささぎ御前ともギボウシ御前とも呼ばれる。または山姥《やまんば》御前とも言うぞ」

宵丸が千速を無理やり捕まえて、膝の上に乗せ、抱きかかえた。「もはやおれはここまでか……」と、観念したように激しく震える千速の前肢を持ち上げて、雪緒のほうに振る。

雪緒も、自身の膝に乗せている白月の前肢を掴んで振り返しつつ、首を傾げた。

「山姥御前？　……それははじめて聞きました。ギボウシ御前、かささぎ御前、撫子御前と呼ばれるのはわかります。ギボウシは七の月を象徴する花。撫子は、鵲の翼になぞらえているのですよね。鵲の加護を得るので、その呼び名がついた――ですが、山姥はどこから？」

山姥とはその名の通り山奥に潜む老女の妖怪で、一説によれば、道に迷った者を食うという。

その恐ろしい怪と織姫が、なぜ同一扱いになるのか。

「察しが悪いぞ、薬屋」

宵丸は眉を上げると、千速の両前肢をばんざいの形に広げた。自分の身を好き勝手にされている千速は、もはや悟りの表情を浮かべている。

「川流し、厄流しは、つまるところ間引きの面も抱え持っているだろ」

「間引き――」

雪緒は言葉を失った。

「子捨て、姥《うば》捨て。山にはモノから人から、なんでも捨てられる。いや、そんな難しく考えなくともな、はじめから女の神だってわかっているじゃないか。女が化ける神だぞ」

「ああそっか、老いて九十九《つくも》髪、転じてつくもの神……姥神《うばがみ》ってことですか」

納得した雪緒も、白月の両前肢をばんざいさせた。されるがままの白月も微妙に悟りを開いたような雰囲気を漂わせている。

「だから当然、鬼とも絡む」

宵丸が、千速の前肢で雪緒を指差すような動きをして、さらっと言う。

鬼。雪緒は息を呑み、ぎゅっと白月を抱きかかえた。宵丸も真似して、千速を抱きしめる。

「山姥は、鬼女でもあるからな」

そうだった。鬼女の別名だ。それにすぐ思い至らなかった自分に、雪緒は歯噛みをする。

「そもそもが御前祭自体、先月に行われた水門《みかど》行列、鬼魅《ものみ》行列の祭と表裏一体《ひょうりいったい》だ。先月の水門行列は、祭の参加者に水を分配するという内容だろ。でも撫子御前祭は、その逆だ」

「当日は水を使ってはならないのですよね」

「うん。撫子御前が鵲に乗って――鵲に化けて、という説もあるが――川を渡るから、ほかの者どもは水面をゆらすなってわけだな。とくに男は、禁を破れば山姥に攫《さら》われる」

宵丸は淡々と説明して、千速の左右の髭を引っぱった。千速の瞳《め》がもう涅槃《ねはん》を見ている。

「白月が薬屋を紅椿から追い出したのは、七夕祭が頭にあったせいじゃないか？　七夕は、鬼の力の強まる日。そんな危うい日に薬屋がいたら、ますます里が穢れると思ったのかもな」

「勝手なことを……！　違いますよ雪緒様、白月様はそこまで悪辣《あくらつ》な真似はしません。確かに七夕祭は、鬼の、と言うより鬼女の力が膨れ上がる日です。だからこそ、白桜の瘴気が雪緒様の気配を隠してくれるのでは、と期待したんです」

白月が狐耳をぎゅんと後ろへ倒して反論した。雪緒はそっと白月の左右の髭を引っぱった。

「毒をもって毒を制すってことかよ」と、宵丸が鼻で笑う。

「ほらな薬屋。白月の野郎なんか、探れば探るほど悪巧みの種が見つかるんだ」

「宵丸！　様！　意地の悪い言い方をして、雪緒様を惑わせないでください」

白月が一瞬、物騒な気配を放ったが、すぐに取り繕って宵丸を諫《いさ》める。

壁際に控えている子狐たちは、はらはらと彼らを見守っている。

「――そうですよね……。白月様は、見た目通りの方ではないです」

雪緒が宵丸の発言を肯定するような言葉を返すと、白月が愕然《がくぜん》とこちらを見上げた。

「ですが、悪巧みは狐の嗜《たしな》み、じゃないですか。素直で優しくて誠実な白月様なんて、牛蒡《ごぼう》と人参と胡麻が入っていないお稲荷さんみたいなものです」

「薬屋のたとえの意味がさっぱりわからんが、稲荷を食いたくなってきたのは確実だ」

「わたしもわかりません。ですが白月様をお稲荷さんに見立てる人は、雪緒様くらいです」

いまのいままで言い争っていたくせに、この大妖たちは妙なところで意気投合《いきとうごう》する。

「なにも入っていなくてもお稲荷さんは美味しいです。美味しいのですけれども……牛蒡とかが入ると、より彩り豊かに、味わい深くなります」

という雪緒の説明に、子狐たちが、きゃっ、と前肢で顔を覆った。

雪緒は小さく笑った。白月が一筋縄ではいかない狐なのはもう嫌というほどわかっている。そういう性質だと呑みこんだ上で、雪緒は惹《ひ》かれた。

「本当に薬屋の趣味はどうなっている？　なんでこんな信用ならん狐野郎をそうも慕うんだ？」

心底わけがわからん、と宵丸が千速の尾を揉みながらぼやく。

「白月様は昔、私を……、私の心を夜の底から拾い上げてくれました。どこへ帰ったらいいかわからない迷子の私を当然のように連れ帰ってくれた。それは、とても大きなことでした」

雪緒の初恋は、八尾の狐に襟を咥えられながら太鼓橋《たいこばし》を渡った夜に見た、月の色をしている。冷たく凝《こ》った白い月の色の恋だ。あの遠い記憶は、雪緒の道標《みちしるべ》になっている。

「……じゃあもしも、俺が白月のように、迷えるおまえを連れ帰ったら惚れるのか？」

感情の読めない声で宵丸に尋ねられ、雪緒は口ごもった。

「無意味な問いですよ。そんなもしもは起こり得ません」

雪緒の代わりに白月が辛辣《しんらつ》な返事をする。尾を揉むと、親指のつけねを軽く噛まれた。

「余裕じゃないか、狐野郎」

宵丸が、灰色の瞳に嗜虐《しぎゃく》的な光を湛《たた》える。

「だが俺はきっと白月よりも、人の子の性質をわかっているぞ。薬屋の言動を見て学んだからな。俺ってどんなときも勤勉で真面目だなぁ。……いいか、人の子は情け深いんだ。そして風に吹かれる水面のように、心をゆらしやすいんだ」

「――そんなもの、白月様がだれよりも雪緒様の心をゆらし続ければいいだけですよ」

「ばかだな。人っていうのは計算された献身や好意よりも、とっさの振る舞いのほうに強く惹かれるんだぞ。それこそが本心だと思ってだ。どうだ薬屋、俺の推測は合っているだろう？」

自信たっぷりの宵丸を見て、雪緒は困ったように微笑んだ。合っている。

見返りを求めぬ一途な献身に人は弱い。その美しい行為に心を打たれる。けれども雪緒は、計算された献身を選んでしまった。それが白月という存在を象《かたど》っているからにほかならない。

◎参・おばけさま　きりきり

　翌朝。先日の呪詛祓え《じゅそばら》はしっかりと効果を発揮し、臥《ふ》せっていた怪《かい》たちは回復した。

　また、これまで霊薬入りの薬草茶を飲まねば、度々仔獅子《こじし》に変化していた宵丸《よいまる》も、紅椿ヶ里《あかつばきがさと》を離れたためか、ずいぶんと妖力《ようりょく》が安定した。ただし、彼の言《げん》によると、「まだ全然本調子じゃない。人の姿がかろうじて保てるという程度だ。もっと回復したいんで、飯を寄越せ」とのことだが、これだけ元気に減らず口を叩《たた》けるのであれば、さほど案じる必要はないだろう。

　白月《しろつき》は、子狐姿を維持している。それをいいことに、雪緒《ゆきお》は隙《すき》あらばもふもふした。白月は、口では嫌がりつつもまんざらではなさそうだった。

　烏那《からすな》と化天《かてん》は、回復した大匠《たいしょう》たちとともに白桜ヶ里《しろさくらがさと》の復興作業に戻った。

　雪緒は由良《ゆら》、宵丸、井蕗《いぶき》、千速《ちはや》を含めた子狐たちとともに、明日に迫った撫子御前祭《なでしこごぜんさい》のための準備を進めることになった。今日も由良は、白い上衣に黒の袴《はかま》を合わせている。宵丸も似たような衣装だ。雪緒と井蕗もやはり、白の水干《すいかん》に黒袴という恰好《かっこう》をしている。袖括《そでくく》りの緒も黒い。隣に並ぶと、井蕗のほうが雪緒よりも背が高かった。

（この水干って、表は白地だけれども裏に墨で経文を仕込んでいる）

　袖からちらりと裏の生地が見える。里の全域に広がっている瘴気《しょうき》対策だろう。

雪緒たちはいま、由良の案内で、六角堂の左に建つ堅牢《けんろう》な蔵屋敷に向かっているところだ。

「白桜ヶ里には現在、四十ほどの民が入っているんですよね？」

雪緒は歩きながら由良に尋ねた。自分や宵丸を加えるとそれ以上の数になる。

「ああ」と由良は肯定したあとで、瞼《まぶた》の上にかかった前髪を鬱陶《うっとう》しげに手で払った。

「でも、全員が浄化作業に協力しているわけじゃない。里の状態のひどさに早々と白旗をあげて帰りたがる者もいれば、怯《おび》えて閉じこもっている者も、瘴気にあてられて鬱屈《うっくつ》した者もいる。なかには、単純に度胸試しのつもりでやってきたという浮かれ者までいる」

雪緒は返事に窮《きゅう》した。

「鋼百合ヶ里《はがねゆりがさと》の民は来ていない。あそこの民は、あまり余所《よそ》とは交流をしないって聞く」

「北にある、隔絶された里ですよね。そちらの民は、見たこともないです」

鋼百合ヶ里。この里に関しては、女長《おさ》であるという話以外、雪緒はなにも知らない。

「俺《おれ》もまったく知らねえな。機会があれば、北の里とも交流できるだろ」

由良は、さっぱりとした口調で言って、はにかんだ。

（鵺《ぬえ》は本当に爽《さわ》やかだなあ……）

彼の快《こころよ》さに、雪緒はしみじみした。先ほどから欠伸《あくび》しっ放しの宵丸と白月にも、見習ってほしい。昨夜なんか、雪緒が寝たのを見計らって酒盛りを始めたと、千速から聞いている。

それにしても彼らは口を揃《そろ》えて「自分たちは仲が悪い」と主張するくせに、行動をともにすることが多い。いまだって、子狐姿の白月は宵丸の肩に乗っている。

（……私の肩、空いてますよ）

と、心のなかで誘っても、白月に聞こえるわけがない。

なにかを察した千速が聖母のような優しい目をして、そそっと雪緒の肩に乗ってくれた。

「でも、見事なものですね。短い期間でこの一画を清めて、複数の建物を完成させている」

蔵屋敷の錠前を開ける由良を見ながら雪緒は称賛した。

白桜が穢《けが》されて、一年どころかまだ半年も経過していない。穢された直後は護符があっても近寄れないほど瘴気が濃かった。紅椿ヶ里と行き来が可能になったのは五月以降のはずだ。

「白桜へ駆けつけた民のなかに、木精がいます。それに烏那様は火を操る力に長《た》けています」

由良に代わって井蕗が微笑《ほほえ》みを浮かべ、説明する。

これも呪詛祓えを行った効果か、彼女は雪緒に対して好意的な態度を見せてくれる。

「火ですか？」

雪緒は、井蕗に視線を向けた。

重厚な黒塗りの扉を開け放って、由良たちが蔵屋敷に入っていく。

「ええ。火を生めば、鉄が鳴る。鉄が呼べば、刃《やいば》が生ずる。刃は木を削る。木の欠片《かけら》は象をなし、門を描く。門が立てば、廊《ろう》が回る。廊が囲めば、社《やしろ》も建つ」

五行の巡り方を思わせるような、流麗な解説に、雪緒は目を見張る。物の成り立ちが目に浮かぶようだ。

「……本当に怪や妖《あやかし》の方々の力って、すごいですね」

人の行う建築のあり方とはまったく違う。妖力であっという間に大樹を生み出し、切り倒して、柱を立てる。なるほど、これならひと月もあればこの一画を築くことも可能だろう。

「なにをおっしゃるのですか」

と、井蕗が先に雪緒を蔵屋敷へ入らせながら苦笑する。

「雪緒様の禁術ほど凄《すさ》まじいものはございません」

「いえ、私の術が最《もっと》も輝くのは、ご飯の時刻なんですよ」

雪緒が真剣な表情で答えると、井蕗はびっくりしたように目をぱちぱちさせた。冗談なのか本気の発言なのか、はかりかねているようだ。

(本気の発言ですよ……)

胸中で答えたとき、先に蔵屋敷に入っていた宵丸が振り向き、「昼飯は薬屋が作れよぉ。こいつらの作る飯、まっず。泥のような薄味の芋粥《いもがゆ》だけだぞ、昨日なんて」と失礼な発言をした。

「宵丸さん！　そんな言い方はいけません」

慌てる雪緒に、宵丸は、ふわあっとした砂糖菓子のような甘い微笑を浮かべた。

「薬屋の飯が一番好きなんだよ。なあ、いいだろ……。このあいだ食った炊きこみご飯、美味《うま》かったんだもん。また食わせて？」

「か、かわいこぶって！」

「食べたいなあ……」

「いきなり言われても、そんな大層なの作れません。鮭《しゃけ》の炊きこみご飯にお吸い物に肉巻き茸《きのこ》に山菜の天ぷらと海老《えび》の煮つけと茶碗蒸《ちゃわんむ》しくらいしか出せませんからね……！」

　厳しい表情を作って、甘やかすつもりはないぞ発言をしたのに、全員そわそわし始めた。

「雪緒様のご飯は絶品ですよう！　一度食べたら病みつきになりますとも」と、子狐たちが井蕗に教えているが、雪緒の作るものなんてごく普通の家庭料理にすぎない。

　外観は重厚だが、蔵屋敷の内部には三つの間しか設けられていない。それも薄い木戸で仕切られているだけだ。古木で作られた大型の棚が等間隔で数列配置されていて、そこに一抱えもある大樽《おおたる》のような壺《つぼ》、箒《ほうき》に似た大筆や太筆、各種鉱物、金物、雪緒の背丈以上に幅のある紙の束、ほか用途不明の品々が雑然と並んでいる。どれも大きく、まるで巨人の文具みたいだ。

　由良は顔料の壺や筆などを抱え持つと、すぐに蔵屋敷の外へ出た。

　雪緒もなにか手伝おうと思ったが、ここに保管されている道具はすべて大きく重量もあって、ひとつも持ち運べそうにない。困り果ててまごまごしていると、横を通った宵丸に「ほら」と、巻物をひとつ差し出された。これは持てる範囲の大きさだ。

　雪緒はほっとし、それを両手で抱えて皆のあとから屋敷を出た。由良の先導で、六角堂の正面側へ行く。六角堂から南門まではちょっとした空間が設けられている。

「今日中に撫子御前祭の準備を終わらせる」との由良の宣言に、雪緒は気を引きしめた。

「そこでおまえたちにも協力してほしいが——雪緒」

由良に突然名指しされ、雪緒はびくっとした。

「おまえは絵心があるよな。薬屋だしな」

「は、はい……？　想像力が必要な類《たぐ》いの絵は苦手ですよ、写実的なものしか無理です」

嫌な予感がして、びくつきながら答えると、「それでじゅうぶんだ」と、由良は鷹揚《おうよう》にうなずく。雪緒は焦りを強めて、巻物を抱える手に力をこめた。

「待ってください。御前祭は確か、笹《ささ》を用意し、折り鶴《づる》を作るはず——これは鵲の見立てですよね。あとは、傘《かさ》に見立てた短冊、網飾り、吹き流しも作る」

「雨で御前が濡《ぬ》れぬよう傘を、川を泳ぐ魚に襲われぬよう網を、早く渡れるよう風を、だな」

「それで、肝心なのは、祭の場に川の絵を描《か》くというものでしたっけ？」

雪緒は紅椿ヶ里で行われていた御前祭の記憶を必死にたぐり寄せた。

(里全体の地面というより道々に、大きな川の図を描いていたはずだ。絵でありながら、その川は日付けが変わるまで動く)

本物の川と化すというよりは、動く紙芝居的な状態に変化する。

川の水面に触っても、手は濡れない。が、濡れた感触はする。

「そうだ。わかっているじゃないか」

説明が省《はぶ》けたという安心した顔を、由良は見せた。

「私に絵心を求めるってことは、まさか祭の川を描かせたい？」

「まさかもなにも、おまえ以外のだれが描くって言うんだよ」

恐れが現実になり、雪緒は頭が痛くなってきた。肩の上の千速が励ますように頬擦《ほおず》りする。

「……あの。普通は祭主、つまりこの場合は由良さんが描くものではないでしょうか」

「俺に絵心があると思うのか？　最高に下手《へた》だぞ。落書き以下の代物しか生み出せねえよ」

胸を張って自分を貶《おとし》める鵺を、雪緒は光のない目で見た。

（だめだ。由良さんには、まかせられない！）

「……宵丸さんは、意外と絵がうまかったような」

「無理」と、簡潔に断られた。宵丸の肩に乗っている白月なんか、目を合わせてもくれない。

「……井蕗さんは？」

縋《すが》る思いで雪緒は井蕗を見上げた。

「…………申し訳ありません。力仕事なら喜んで手伝わせていただきますが、画才の有無となると……由良様と変わらぬ技量かと」

井蕗が切なげにそっと目を逸《そ》らした。そうだった、怪力特化の蛇様だったか……。

「私、一度も祭の川を描いたことがないんですよ。肝心の大筆も、持てないです。重すぎて」

雪緒の指摘に、由良が、はっとした顔になる。この場所に運ばれてきた筆は全部で五本。一番細い軸でも雪緒の背丈と同等の長さだ。最も太い筆は六尺を超える。軸幅も雪緒の腰以上ある。広い地面に描くためにはこの大きさが必要だ。だからこそ力ある者が祭主をつとめる。

「あの、そこは私が手伝いを。筆を支えますよ」

井蕗が、出番が来たというように、嬉《うれ》しげに自分を指差した。

(気持ちは嬉しいけれど、それ、うまく描けないと思う)

人手不足は承知しているが、この突貫工事具合で大丈夫なのだろうか。

そんな不安が顔に出たらしい。雪緒を見ていた由良が決まり悪そうに眉《まゆ》を下げる。

「本当は、祭主をまかせる予定のやつがほかにいたんだ。だが、いざ白桜の状況を目にした途端、ひどく衝撃を受けたのか、その気が失《う》せちまったようでな……。どんなに宥《なだ》めすかしても聞く耳を持たん。本殿に引きこもったきり出てきやしねえ」

視界を遮るほどの瘴気の濃さを目の当たりにして恐怖に取り憑《つ》かれたのか、それとも手には負えないと匙《さじ》を投げてしまったか。どちらにせよ、本人がそこまできっぱりと祭主役を拒否しているのなら、無理に担ぎ出すわけにはいかない。

雪緒たちのあいだに重い沈黙が流れたとき、子狐姿の白月が呆《あき》れたように溜《た》め息を落とした。

「なにを悩むことがあるんだ？　雪緒が筆を持てるようにすればいいだけのことだろうに」

それを聞いて、由良がむっとしたように腕を組む。

「だから、この女は非力な人の子なんだ」

「天狗《てんぐ》の怪は風を操る術に長けている。なら、そいつの妖力で筆を軽くできるだろ。です！」

無垢《むく》な子狐姿であることを思い出したのか、最後だけとってつけたような敬語になった白月に、皆の視線が集中した。おお、と由良と井蕗が感心する。

(白月様ってよく色々な姿に変身するけれども、意外と雑って言うか、素が出るの、早い)

子狐のふりをすることに、もう飽き始めている。

雪緒が笑いをこらえたとき、ふとべつのことが意識に引っかかった。

(あれ、待てよ？　紅椿ヶ里でも御前祭を開くよね？　そっちの祭主は白月様じゃないの？)

だが当の白月はと言うと、ここで子狐の姿を取り、くつろいだ様子で宵丸の肩に乗っている。

「……。い、いや～、撫子御前祭って、準備が多くて大変ですよね～。ところで、紅椿ヶ里だったら白月様が祭主となるんですよね。郷《ごう》の御館《みたち》様が担うくらいの重要なお役目を、私のような人の子なんかにまかせてはいけないと思うな～」

雪緒は作り笑顔を浮かべて白月を見つめた。遠回しに「白月様、あっちの祭主なのに、白桜ヶ里で油を売っていて大丈夫？」と伝えるためにだ。

わざとらしすぎただろうか。だが、もしも白月が本当に祭主の役目をほったらかしにして白桜へ来ていた場合、紅椿ヶ里の屋城《やしろ》は今頃《いまごろ》てんやわんやの騒ぎになっているだろう。

子狐姿の白月は、一瞬怪訝《けげん》そうに雪緒を見つめ返したが、すぐになにを心配しているか察したらしく、ぴょこっと耳を立てた。

「あ、ああ、紅椿ヶ里のほうは問題ない。ですよ！　――ちょっと私情こみで、楓《かえで》のやつに嫌がらせをしたかったんだ。これは絶好の機会であろうと思って、面倒事の一切合切《いっさいがっさい》をあいつに押しつけてきた。だから御前祭は、あいつがなんとかするだろう。しなければ葬ってやる。どうだ雪緒、俺は有言実行《ゆうげんじっこう》の恋する狐様だぞ。……と、白月様がおっしゃっていました！」

子狐が、尾でぺしぺしと宵丸の頬をはたきつつ答える。

「有言実行って……、前に不義どうこうって変な言いがかりをつけたときの話ですか!?」

楓様かわいそう、と雪緒が本気で同情したら、白月の目が急に淀《よど》んだ。

「だいたい雪緒様に原因があるかと思います」

「なんで!?」

理不尽な責任転嫁に驚く雪緒に、宵丸までもが変な目を向けてくる。

「わかる。薬屋って、なんかやけに楓を気に入っているよな。あからさまに贔屓《ひいき》しやがって」

「まったくやるせない。もっと雪緒を責めてやれよ宵丸……と、白月様もたいそう憤慨されるに違いありません。たぶん」

雪緒が悪いという流れになぜなってしまうのか。納得できない。

（いや、だって私、楓様に意地悪されたことないし！　優しくしてくれたら、贔屓をしたくなるのは人間の性《さが》じゃないでしょうか！）

その後、宵丸と白月に冷たくひそひそされながら、雪緒は祭の準備をするはめになった。

真の戦場はこのあとに待っていた。

「皆さん――びっくりするほど不器用ですね」

世辞も愛想も捨てざるを得ない惨状を前にして、雪緒は愕然《がくぜん》とした。まずは折り鶴作成から始めることになったので、皆で六角堂のなかへ移動したのだが、なぜこうも不器用な怪ばかりが集まってしまったのか。由良と井蕗は論外と撥《は》ね除《の》けたいくらいだし、子狐たちが連れてきた半天狗も怪力特化で絵画の心得は皆無、宵丸なんかはそもそも手伝う気すらない。

子狐たちは人の姿に変じるのが苦手なこともあって、細かい作業は難しいらしい。白月は……本当ならこの面子《めんつ》のなかで一番器用だろうが、子狐に化けていることが災いした。

(頼れる者が自分しかいない！　今日中に準備が終わるんだろうか)

雪緒は遠い目になった。折り鶴くらい簡単と豪語したいところだが、なにしろ紙だって筆同様に規格外の大きさだ。一辺が五尺――約百五十センチメートルもある正方形の千代紙を使う。名称も、五尺紙という。

「すまん……俺はこんなにも役に立たねえ怪なのか」

「私に生きる価値などない……」

真面目な由良と井蕗がさっそく絶望したので、雪緒は「大丈夫ですよ、私一人でも問題ありません」と、見得を切った。切ったそばから後悔した。

「だが、九十九枚も折るんだぞ」

「九十九」

由良が示した非情な現実に、雪緒も絶望したくなってきた。五尺の折り紙をそんなに折るのか。普通の大きさならまだなんとかなったのに。

「そのあとに短冊と網飾り、吹き流しにくす玉を作って、笹を立て、川の図を地に描く――おい雪緒、しっかりしろ！」

意識が遠のいた雪緒の肩を、由良がゆさぶった。

(だめだ、無理……、努力や根性では辿《たど》り着けない次元で無理……)

雪緒はそこで、はっと閃《ひらめ》いた。

「そうだ！　烏那さんたちに手伝いを頼めませんか？」

大匠の彼らは手先も器用で、力もあるはずだ。が、最後の希望を由良は粉砕した。

「あいつらは木精のやつらと回廊の外に出ている。浄化の範囲を少しずつ広げるために、桑《くわ》の木を増やしているんだ。……頻繁に増やさねば、次々と木が枯れるんだよ。ほかの大匠らは、鍛冶《かじ》場や神饌《しんせん》所に入ってる」

これは引き下がるしかない。皆には皆の仕事がある。

「……わかりました。私も修羅になりましょう。由良さんたちに、折り方を厳しく指導させてもらいます。よろしいですね？」

雪緒が覚悟を決めて熱血宣言をすると、由良と井蕗は、か弱く震えた。

「え……っ、俺たちって、指導でどうにかできる程度の不器用さなのか……？」

子狐たちまでなぜか涙目になっている。雪緒は視線を彼らから宵丸へと移した。

「宵丸さんも、御前祭の準備が終わらない限りご飯には辿り着けません。……今日はなにも口にできないかもしれませんね」

「嘘《うそ》だろ」

すでに興味をなくして居眠り態勢に入っていた宵丸が飛び起き、「……がんばる」と、珍しく殊勝な発言をする。

――そして、修羅と化した雪緒の厳しい指導により、夕暮れ前に折り鶴とその他の飾りが完成した。たぶん宵丸が一番がんばった。死屍累々《ししるいるい》の光景に、子狐たちが隅で震えていた。

あとは敷地を囲む塀《へい》代わりの回廊内に、雪緒が川の図を描けば、準備完了となる。

「皆さん、お疲れ様でした。それでは最後の仕上げをしましょうか」

雪緒が労《いたわ》りをこめて言うと、「力仕事なら」と、井蕗が拷問《ごうもん》から解き放たれた表情になって顔料入りの壺を軽々と持ち上げた。由良や半天狗も皆、息を吹き返し、画具を外へ運び出す。

そうして六角堂の前に、全員が集まった。

「じゃあ、筆に浮力を与えればいいのだな」

半天狗が筆にふうっと息を吹きかける。すると筆を中心に、透明の小さな竜巻が発生したが、あっという間に消滅する。

「持ってみよ」と、半天狗は一番細い筆を雪緒に差し出した。重量に負けて倒れるのではないだろうか。そう危惧《きぐ》の念を抱くも、両手で受け取った直後、雪緒は目を見張った。

「軽い！　とても軽いです！　片手で持てる！」

調子に乗って片手でくるっと筆を回し、雪緒は歓声を上げた。

筆の見た目はそのままなのに、蜜柑《みかん》一個分ほどの重さに変わっている。

「妖術《ようじゅつ》ってすごいですねえ！」

すごいすごいとはしゃいでいたら、「まあ、うむ」と、半天狗が照れた。

「これならすらすら描けますよ、まかせてください」

雪緒は豪語すると、筆を両手で持ち直し、穂先を顔料の壺につけた。軽量化したと言っても軸の形状に変化はないので、片手での描写はさすがに難しい。顔料は全部で五種類。青、赤、黄色、緑、白。まず『水』を表す青を使う。溶き皿で、筆に浸した顔料の濃度を調整する。この溶き皿も当然大きく、直径が三尺以上……一メートル以上ある。

「おっと、待て。御前祭で描く図は見本があるんだ。これを参考にしてくれ」

由良が思い出したように告げ、地面の上に巻物を広げた。蔵屋敷を出る前に宵丸から渡された絵巻物で、そこには紙芝居のような、拙《つたな》い筆致の川の図が描かれている。そのほかに祝文も記されている。こちらに関しては崩し文字が使われており、読解に集中する必要があった。

雪緒は祝文を口のなかで幾度か繰り返し、頭に叩きこんだ。

言葉を舌に馴染《なじ》ませてから息をとめ、起点の地に筆を下ろす。そして、息を深く吐く。

「呪《じゅ》して請う。水穂国《みずほのくに》にささら鳴りまし時に、銀人茉莉《ぎんじんまつり》、禍遷《わざわいうつ》し、ほむらみむらの扶桑《ふそう》の木以《もち》て金を為《な》さん」

草も生えていない黄土に筆をすばやく走らせる。地に、青い顔料がすうっと乗る。

祝文を唱えながら地に川を描く雪緒の後ろを由良たちが続き、脇《わき》に笹を立てる。折り鶴を川の上に置く。網飾り、吹き流し、短冊も載せる。金箔《きんぱく》をばらまく。

すると――絵の川が動き始める。ざぶんざぶんと、水の音が響き出す。折り鶴や短冊、網飾りが川に沈む。次の瞬間には水面に浮上し、また沈み、浮き、沈み、流れていく。いつしか、真っ赤な魚や、真っ白の魚、青い魚が地に描かれた川のなかを泳ぎ始める。

「かわのは　さらさら　おきさき　ゆうけ　おことさま　そらぞら　そらざまちとせ」

雪緒は回廊内の建物のあいだを縫うように絵の川を描いたあと、今度はほかの顔料を使って地に星を描いた。つまり地面に、擬似的に夜空と天の川を作る。

地に描いたいびつな形の星がちかちか、瞬いた。

白月が、地中で回転する星を踏みかけて、おっとと、と言うように横に飛び退《の》く。

その様子にふっと笑い、視線を巡らせば——日が木々の向こうに消え去ったせいばかりではない、透き通った宵《よい》の色があたりに満ち始める。ふわりと青が、匂《にお》い立つ。

「光を生みましょ」

子狐たちが気を利かせて狐火を作る。

その青白い火が、星のように、あるいは天灯《てんとう》のように宙へ舞い上がる。

——すべての作業が完了したのは、戌《いぬ》の刻である。

「早く湯浴みを済ませろ。明日は、水が終日使えなくなるぞ」

慌ただしく片付けをして、交替で湯浴みをする。

雪緒の順番は最後にしてもらった。疲れを洗い流す前に、夜ご飯の準備を済ませておきたい。

しかしこの時間から炊きこみご飯などの、手がこんだ食事を用意するのは難しい。

「……困ったときの鍋《なべ》頼み」

鍋はいい。万能だ。手早くできるし、美味しいし、栄養も摂れるし、腹も膨れる。

囲炉裏の間を借りて鍋の用意をしていると、湯から上がってさっぱりした宵丸が顔を出した。鍋を覗《のぞ》いてちょっと残念そうな顔をしたが、蟹《かに》が入っているのに気づくと表情をゆるめ、いそいそと雪緒の横に座った。続いて空腹の怪たちがぞろぞろと囲炉裏の間に押しかけてきた。

「どうぞ。でもまだ味がしみこんでいないかも……」

雪緒は彼らに椀《わん》を差し出した。最初はそこはかとなく警戒していた怪たちだったが、思い切ったようにぱくっと口に入れた瞬間、「なにこれうめえ」「うまっ」「えっ、うまっ」「うま……！」と、身を震わせ、一心不乱《いっしんふらん》に貪《むさぼ》り始めた。

（鍋が……まるで汁のように怪の方々の口に流しこまれていく……）

彼らの勢いに、雪緒はおののいた。すぐに鍋が空っぽになるので、途中から隣の間も開放し、そちら側の囲炉裏も使った。「この飯のために生きてる」「明日も生きていける」などと、怪たちが大げさな発言をして、戸惑う雪緒の手を熱く握って感謝する。

「あの、ただの鍋ですので……そんなすごい料理ではないです」

「鍋を讃《たた》えよ」

「鍋神か。そなたが鍋神だったか」

「鍋大神様がここにおわすぞ」

真顔で平伏されてしまった。……皆が壊れかけている。そんなに空腹だったのか。

やがてどこからか巨大な酒樽が運ばれてくると、彼らの理性は完全に消滅した。琵琶《びわ》や笛をでたらめに演奏し、笑い転げ始める。そして鍋の具を、汁のように口に流しこむ。

（こんなにたくさんの怪たちと賑《にぎ》やかに食べるのは、久しぶりかも）

無意識に雪緒は微笑んでいたらしい。ぴょんと膝《ひざ》に乗ってきた白月が、甘えるように雪緒の手に顔をこすりつける。口のまわりに鍋の汁がついていたので、手ぬぐいで拭《ふ》き取ってやる。

「……白桜、早く蘇《よみがえ》るといいですね」

雪緒がそう囁《ささや》くと、ぷるっと頭を振った白月が、金色の目を蕩《とろ》かして見つめてきた。子狐姿ではあるが、白月の眼差《まなざ》しがとても優しく見えて、雪緒は嬉しくなった。

その感情のままに白月の頭を撫《な》でる。ふわふわとした毛の感触も優しいし、鍋の湯気のゆらめきも優しいいし、皆の笑い声も、空気も、みな優しい。優しいもの尽くしの夜だ。

(この時間を宝箱にしまいたい)

雪緒の胸にふと強い感情がよぎる。これは雪緒がずっとずっと夢見ていた、安らぎと幸福の光景だ。だって一人じゃない。一人きりの無音の夜じゃない。でも本当は、白月の屋敷にいたときに、こういう夜がほしかった。叫びたいほどにほしかった。寂しいのは、嫌いだ……。

――そんなことを思っていたら、なぜか急に目頭が熱くなって涙がこぼれた。

撫でられてぬくぬくとした表情を浮かべていた白月が、ぎょっと耳を立て、両前肢を雪緒の腹部に押し当てた。雪緒は慌てて、手の甲で顔を拭《ぬぐ》った。気づいたら、あんなに騒々しかった場がしんとしていた。だれもが動きをとめて雪緒を見ていた。

「すみません、本当に手抜きの食事で……、ちゃんと炊きこみご飯、作ればよかったなって」

雪緒は、知らず注目されていたことを恥じて、早口で弁明した。

ぽかんとしていた化天と井蕗が、見るからにぎこちなく座り直し、口を開く。

「いや、美味い。……美味いぞ、大丈夫だ」

「たいへん美味《おい》しいです。できれば毎日いただきたいです」

烏那や半天狗も慌てたように這《は》い寄ってきて、雪緒に触れ、慰めようとする。

雪緒はほとほと困った。自分でもまさか急に泣き出すとは思わなかったのだ。

千速や子狐たちまでも心配そうに集まってきて、雪緒を見上げる。

「雪緒様、雪緒様。大丈夫ですよ」

「きっと緊張のし通しで、気持ちが乱れてしまったんですよう」

「雪緒様、いっぱいがんばりましたね」

日頃かわいがっている子狐たちから優しくあやされ、雪緒は「うん」と、うなずいた。

（そうかあ、私はずっと、緊張していたのか）

育て親がいなくなり、一人きりの生活が始まってから今日までずっと、緊張していたのか。

自分のことなのに、それに気づかずにいた。

また明日も優しい夜が来ればいいと、雪緒は祈るように思った。


その夜、明日に備えて雪緒が床《とこ》についたあとのことだ。

子狐やら白月やら井蕗やら……、雪緒の様子をうかがいに、代わる代わる障子を開けて部屋を覗きこんでくる。千速などは一歩一歩静かに歩み寄り、雪緒の布団に潜りこんだ。

宵丸までも、そうっと覗きに来たのに気づいたときは、笑ってしまった。

そんな優しい夜だったから、朝日が昇っても、すべてうまくいくような気がしていたのだ。

――けれども現実は、そう容易《たやす》く願望通りには進んでくれない。

✿

翌朝、雪緒は妙な胸騒ぎを覚え、床を抜け出した。

さっと着替えを済ませ、いつ何時《なんどき》も忘れない仕事道具の入った巾着《きんちゃく》を帯にさげて部屋を出る。

その直後に、雪緒を起こしに来た井蕗と鉢合わせした。今日の彼女は、硬派な雰囲気の漂う詰《つめ》襟《えり》仕立ての薄手の上衣に、脚の形にそった細い作りの穿《は》きものを合わせている。異境《いきょう》の武官めいた恰好だが、凛《りん》としている井蕗にぴったりだ。

雪緒はと言うと、袖に白花を散らした薄青の上衣に、鮮やかな桃色の袴を合わせている。

「雪緒様、急いで外へ向かってください」

井蕗は朝の挨拶《あいさつ》も飛ばして硬い声を聞かせた。昨夜の優しい気配は消えていた。

「なにがあったの？」

井蕗の緊張した様子につられて、雪緒も身を強張《こわば》らせる。彼女は首を横に振るだけで説明せず、雪緒をしきりに促して本殿の外へ急いだ。本殿を出てすぐのところに、由良や烏那たちの姿があった。子狐姿の白月を肩に乗せた宵丸も揃っている。

彼らは、昨日、本殿前にも雪緒が描いた絵の川を見下ろして深刻な表情を浮かべていた。

「どういうことだ」

上衣も袴も黒一色で統一している由良が、怒りを滲《にじ》ませた声でつぶやいた。

「なぜ川のなかの網飾りが壊されている？」

井蕗とともに彼らのほうへ歩み寄った雪緒も、絵の川を見下ろして絶句した。由良の指摘通り、絵の川に沈めたはずの網飾りがずたずたにされている。それに吹き流しもちぎれていた。

（ちゃんと作ったのに、どうして？）

網が破れると、自由を取り戻した魚が折り鶴を食べてしまう。

吹き流しがちぎれると、川の流れが狂う。

「地に立てていた笹までが枯れているぞ」

薄灰色の上衣に黒袴姿の宵丸が、顔をしかめて告げる。

「――凶事の前触れだ」

と、独白したのは、雪緒が呪詛祓えを行った怪の一人だ。外見は三十代の男性で、怪の要素は表に出していない。茜《あかね》色の薄手の袈裟《けさ》に、同色の穿きもの、腰布は橙《だいだい》色。髪と目は黒い。

（確か、梅嵐《うめあらし》ケ里《がさと》出身の、百舌《もず》の怪の方だったか）

呪詛祓えのとき、そういえばやけに熱心にこちらを見ていたが――。

「資格のない者が祭事に関わったせいだ。撫子御前の不興を買ったんだよ」

さらに確信を持った様子で主張し、百舌の怪が恐ろしげに雪緒を見る。

「おい、妙な憶測はやめろ！」

由良が厳しく叱責《しっせき》したが、目を血走らせたその怪は口を閉ざそうとしなかった。

「うちの里に来た行商のやつからとんでもねえ噂《うわさ》を聞いたんだ――この、ここにいる雪緒という薬屋は御館様の元奥方なんだろ。だが鬼に祟《たた》られて離縁したって言うじゃないか」

急な名指しに、雪緒は驚いた。その場にいた全員の視線が雪緒に集中する。

鬼の祟りが原因で白月と離縁したわけではない。が、祟られていたのは事実だ。それが、雪緒をうろたえさせた。そして百舌の怪の言葉に説得力を持たせてしまった。

「なんで不吉な祟られ女に、祭事の支度をまかせたんだ？　あんたらの浅慮《せんりょ》のせいで、見ろよ。祭具が壊されてるじゃねえか！」

「ちょっとあんた。一昨夜、子兎《こうさぎ》ちゃんに助けてもらっておきながら、なんて言い草なの」

烏那が眉根を寄せて、百舌の怪を咎《とが》める。だが彼を黙らせても、もう遅い。いまの訴えをきっかけにして、皆のあいだに不安が広がった。それは猜疑《さいぎ》の種となり、彼らの心のなかで瞬く間に芽を伸ばしたようだ。――雪緒を見る目に、ひやりとした危うい色が乗っている。

「だったらなんでこんな異変が起きる？　そいつの言うように、祟られ女の影響が災いを引きこんでいるんじゃないのか？」

べつの妖が百舌の怪の主張を支持し、いきり立つ。

「あんたの目は節穴なの？　いまの白桜の状態をよく見なさいよ。山の輪郭も掻き消されるほどの濃厚な瘴気が隅々まで蔓延《はびこ》ってんのよ、なにが起きたってふしぎはないでしょ」

「だが回廊の一画はしっかり浄化されていただろ！」

その妖が語気荒く反論したときだ。すぐそばで、ざぱっと豪快な水音があたりに響いた。

だれもが、はっと振り向いた。雪緒も皆の視線が向かう先を振り向いて、硬直する。

絵の川から化け物が顔を出していた。腕を回しても足りぬほどの巨頭の女だ。

それにしてもでたらめな顔の作りをしていた。大きく裂かれた口は額にあり、左右の頬に目があり、喉仏《のどぼとけ》の位置に鼻がある。幼子が目隠しをして描いた絵のようにいびつで、醜い。川に浸《つ》かっている首から下の部分は、烏賊《いか》のような足が伸びている。

見る者を不快にも不安にもさせる巨頭の女の口には、折り鶴が咥《くわ》えられていた。

(私たちが昨日、協力し合って折った鶴だ)

雪緒は無意識にそちらへ手を伸ばした。しかし、巨頭の女は、骨を砕く音や肉を食いちぎる音を響かせながらあっという間に折り鶴を食べてしまった。最後に、長い舌でべろりと口のまわりを舐《な》めると、全員に微笑みを振りまき、とぷっと青い絵の川に沈む。

そうして巨頭の女は、水中で真っ赤な魚に化け、悠々と泳いでいった。

緊張を孕《はら》んだ沈黙が皆のあいだに広がる。

やがて、絵の川からじりじりと後退する怪が現れ始めた。

「――悪いが、俺は日付が変わり次第、自分の里に帰らせてもらう」

「俺もだ」

次々と避難を望む声が上がる。全員が示し合わせたように、戦慄《せんりつ》の眼差しで雪緒を見る。

彼らは、いまの化け物を生んだのも雪緒だと思っている。そうわかって雪緒が呼吸を忘れていると、井蕗が目の前に立ち、皆の剣呑《けんのん》な視線を自らの身体で遮ってくれた。

「なんて恩知らずな！　手当てを厭《いと》わず情を差し出してくれた人の子に唾《つば》を吐くのですか！」

「まったくだ」と、化天も嫌悪を滲ませた表情で皆を見回す。

井蕗たちの態度に、呪詛祓えを受けた怪は気まずげな顔を見せた。が、本殿の奥に引きこもっていた者たちはと言うと、とくに怯《ひる》むこともなく、強気にこちらを睨《にら》みつけてくる。

「鬼に祟られ、御館様に離縁されるとは、よほどのことだぞ」

静かに言ったのは、金髪を肩まで伸ばしている怪だ。

見た目は人間と同じで、すっと目尻《めじり》の上がった美青年だが、少しばかり神経質そうな雰囲気がある。年は、二十代後半だろうか。彼は縦縞《じま》の黒い着物に身を包んでいた。

「そういえば白桜が穢れたのも、御館の前妻が関係しているのではなかったか」

彼の隣にいた怪が、ふとつぶやく。

疑惑を強める彼らに対して、雪緒は反論できなかった。実際、雪緒は関係者の一人だ。

「撫子御前は鬼女の、もうひとつの姿だ。とするなら、鬼が——この娘の気配を嗅《か》ぎ取り、祭事を利用して回廊内に侵入したんじゃないか？」

「じゃあ、ようやく清めた回廊内も、もうだめだろ。やってられねえ」

「いい加減にしなさいよ、あんたたち」

烏那がはっきりと苛立《いらだ》ちを見せたときだ。身軽な動作で宵丸の肩から飛び降りた白月が、前肢で気怠《けだる》げに顔を掻き、「つまらん話をするものだなあ」と言った。

「なんだこの狐は……？」

怪の一人が険しい目で白月を見下ろした。

いまの白月は子狐姿だ。まさかこのかわいい子狐が御館だとは思いもしないのだろう。

「怪のくせに情けないことを言う。御館の前妻が鬼に祟られていたから、なんだって？　神使《しんし》の鬼をも惑わすほどに雪緒が魅力的なだけだろ？」

「おまえは御館の一族の狐か？」

その怪は不審げに尋ねたが、白月はまともに答えず、呆れたように髭《ひげ》を動かした。

「どこまでも見る目がない。あぁ、だから雪緒の希少さもわからないのか」

「さっきからわけのわからないことをべらべらと……なんなんだ、おまえは」

「わざわざ教えるのもなんだが、いいだろう、聞かせてやる」

白月の発言に、まわりの怪たちも戸惑い始めた。雪緒本人はと言うと、寒気がとまらない。

(待って白月様、なにを言うつもりですか。――やだこの流れ、すごく不吉な予感がする)

そう、たとえば、いつの頃からか、たいへんな親ばかと化した設楽《しだら》の翁《おきな》が他者に雪緒を紹介するときのような、いたたまれない気配。なぜか白月からも同じ空気をひしひしと感じる。

「雪緒は純血たる人の子で、なおかつ飯も美味いし健気《けなげ》だぞ」

やっぱり恐れていた展開になった！

「薬師としても優秀で、神階《しんかい》を問わずどんな怪にも好意的だ。器量だってよいだろ。長い黒髪も豊かで美しく、頬は咲き初めの桜の色そのものじゃないか」

つかの間、この場の空気が微妙なものに変わった。

「名は体を表すという。雪のように清いんだ。泣き顔もなかなか」

「そのへんでやめましょう、私が死にたくなる前にぜひ口を閉じて」

雪緒は早口で白月の言葉を遮った。

怪たちの視線が痛い。……でも、白月のおかしな惚気《のろけ》もどきの身贔屓を素直に受けとめた由良と化天のように、目が合った瞬間恥ずかしげに逸らされるのも、とてもつらい。

「おまえたちはなにか思い違いをしているようだが、白桜ヶ里を滅ぼしたのは御館の妹だ。前妻の雪緒は巻きこまれたにすぎない。その後、御館は身内の不始末の責任を取り、妹を処分したぞ。もちろん、妹に加担した者どもにも、罰を与えている」

白月の淡々とした説明を聞いて、いまのいままで頬を染めていた由良がすっと表情を消し、目を伏せた。――由良は、白桜の元長の子だ。きっとだれよりも白月の妹の鈴音《すずね》を恨んでいるだろう。だが白月が鈴音を嬲《なぶ》り殺しにした場に、彼も、それから雪緒もいた。

　鈴音が起こした悲劇の凄まじい顛末《てんまつ》を、おのれの目で見ている。

「……ま、前提として、里の統治はそれぞれの長に一任している。だれに騙《だま》され、殺されようとも、責任は長自身にある。んで、次の長を御館の白月は指名できるが、それだってべつに絶対じゃないさ。そこの鵺野郎は白月の話を聞き、納得の上で長になると決めたんだ」

　宵丸が耳を掻きながら口を挟んだ。皆の視線が彼に向かう。

「ここで責任の在処《ありか》をねちねちと問い詰めたところで、なんになる？　そりゃ元凶は白月の妹だ。だが、女狐に付け入る隙を与えて里を引っくり返した白桜の元長の放蕩《ほうとう》ぶりは、どうなんだ？　だらしのない長を諫《いさ》めもせず、見てみぬふりをしてきた里の民どもに罪はないのか？」

　珍しく、宵丸が理性的に話している。

「根本的な問題として、いまの十六夜郷《いざよいごう》に、自身の尾を切断してまで地に加護を与えようとする……、いや、郷を平《たい》らかにするほどの加護を与えられる怪が、白月以外にいるのか？　いるのなら話は簡単だ。白月を殺して自分が御館に取って代わり、自由に郷を作り替えればいい」

　極論を披露する宵丸に、全員が黙りこむ。

（妖力重視の怪の常識に照らし合わせたら、宵丸さんの話はそう突飛《とっぴ》でもないのか）

　雪緒は複雑な感情を抱いた。強者の主張こそが正義の世だ。

　おそらく皆も、宵丸の話には一理あると感じたのだろう。さらに空気が重くなる。

　だが、その重苦しい空気を切り裂くように荒い語調で訴える者がいた。百舌の怪だ。

「いまはそんな大げさな話をしてるわけじゃない！　俺が言いたいのは、なんでこういう迷惑な娘を、わざわざ白桜ヶ里に連れてきたのかってことだ」

「だから、それが白月の決定なんだろ。気に食わないと思うんなら、さあ、白月を殺しに行け。鬼里《おにざと》の存在を許したのも、古《いにしえ》の祭事を継続させると判断したのも白月。白桜を更地に変えず、復興させると決めたのも白月だ」

宵丸が一歩踏み出すと、百舌の怪は逆に一歩下がった。

「それでもって、白桜ヶ里の復興に協力するって話は、強制じゃない。危険があると承知の上で自ら足を運んだんだろう。なのに今更文句を言うのかよ。くだらなくて腹が減る」

彼らの対話に、雪緒は内心驚いていた。宵丸の言葉は容赦も慈悲もないが、あきらかに白月を贔屓している。白月自身も庇《かば》われたと感じたらしく、戸惑いの目で宵丸を見ている。

「……なんでおまえらは、そんな目で俺を見る？　勘違いするなよ。俺は弱いやつがごちゃごちゃ言うのが耳障りなだけだ。本当に、本っ当に、それだけだぞ」

雪緒たちの視線に気づいた宵丸が、眉根を寄せて言い訳めいた発言をする。

（やっぱりこの大妖《たいよう》たちって仲良しだ）

雪緒は確信した。いや、好敵手みたいな間柄と評するほうが相応《ふさわ》しいだろうか？

「――御館の話はあとにしろ。いまは無益な口論を続けるよりも、御前祭が成功するように解決策を探るべきだ」

化天が気を取り直した様子で咳払《せきばら》いし、由良と井蕗を見やる。

「子兎が絵の川を描く場に、井蕗と由良もいたのだろ？　不審な出来事はなかったのか？」

由良と井蕗が顔を見合わせ、同時に首を横に振る。

「とくにおかしなところなどなかったぞ」

「むしろ私たちの不器用さが最大の問題だったかと……」

井蕗が自身の長い髪の先をいじり、切なげにつぶやく。

「なら、原因はほかにある。回廊内は浄化しているが、完全には瘴気を遮断できていない。この瘴気こそが原因かもしれないし、結界をくぐり抜けてきた小魔や蟲《むし》の仕業かもしれない。あるいは、使用した祭具に不備があったのかもしれない」

「そうね、もしかしたら結界に綻《ほころ》びが生じているのかもしれないわ。回廊の状態や、外の桑の木を調べてみたほうがいいんじゃないの」

いくつかの可能性を挙げた化天に続いて、烏那も頬に手を当て、冷静に提案する。

――だが、この場に集まっていた者の大半は雪緒が元凶であると判断し、拒絶の姿勢を見せて本殿内へ戻った。ここに残ったのは先ほどの宵丸に煽《あお》られた数名と、雪緒に対して友好的なこの化天たちだ。百舌の怪は雪緒を監視したいらしく、一応協力すると言う。

「まずは結界の状態を確認するか」

由良が重い溜め息を落とし、この場に残っている者を順に見た。

「皆にはすまないと思う。撫子御前祭は参加者の妖力を引き上げる。そして、徳を積むことにもなる。そういう貴重な祭だろ。だが失敗すれば、皆の妖力に影が落ちる恐れがある」

「由良ちゃんは真面目すぎるわ～！　宵丸ちゃんも言っていたけどね、そのへんもわかった上で俺たちは白桜ヶ里に来てんの！　ほら、未来の長でしょ、いつでも毅然《きぜん》としてなきゃ。とびきりの凛々《りり》しい顔を俺に見せてごらんなさい！」

烏那が、ぱんっと小気味よい音を立てて、由良の背中を叩いた。その勢いによろめき、驚く由良の頬を、強引に両手で挟んで顔を覗きこむ。

「あらっ、本当にいい男ね。仄《ほの》かに色気が香るところなんて、なかなか……」

「やめろ、顔を近づけるな！」

由良が烏那に遊ばれている。

雪緒はひそかに胸を撫で下ろした。十人十色《じゅうにんといろ》。人がそうであるように、怪だって心の形は千差万別《せんさばんべつ》だ。色々な考えがあって当然だった。ただ、二人のじゃれ合いを見てなにか少し引っかかったが、それに関しては不吉な感じはしないので気にせずともかまわないだろう。

巻きこまれたくないのか、宵丸と白月がさりげなく烏那から距離を取っているのがおかしい。

「子兎」と、化天が雪緒の袖を引く。

「君が昨夜使用した筆や顔料を確かめたい。蔵屋敷に行こう」

「はい。……あの、私は雪緒です。子兎ではなくて、雪緒」

雪緒は自分を指差して、化天に主張した。しかし「もう子兎でいいだろ」と、言わんばかりの目を向けてくる。

（怪って最初に覚えたことをいつまでも信じるところ、あるよね。あれかな？　雛《ひな》の刷りこみかな？　……いや、単純に気まますぎるだけか。繊細な人の子をもっと労って……）

雪緒が呼称の訂正をあきらめかけたときだ。

「――雪緒！」

白月が鋭く名を呼んだ。

驚きとともにそちらを見やった直後、子狐姿の白月が濃厚な白煙を舞わせて人の形に戻った。

なぜ急に変化を解いたのかと、雪緒は呆気《あっけ》に取られた。

だがその理由を問う前に、背後でざぱっと波の音が響く。雪緒は振り向き、身を強張らせた。

あちこちの地面で絵の川が荒れ狂い、青色の波が立ち上がっていた。大樹ほども立ち上がった高波の凄まじさに圧倒される。ほかの者たちも雪緒同様、身動きできないでいる。

（なにこれ――）

その高波の壁に、次々と大きな黒い穴が開いた。いや、違う。口だ。鯨《くじら》のような巨体を持つ、鯉《こい》の口。波の向こうから、目を見張るくらいの巨大な鯉が勢いよく飛び出してくる。

それは一瞬のことだった。雪緒たちは、鯉の仄暗《ほのぐら》い口内になすすべなく呑《の》みこまれた。

◎肆・禁忌も　さかし

「――皆、無事か」

すぐそばで白月《しろつき》の安否を尋ねる声が聞こえ、雪緒《ゆきお》は、はっと瞼《まぶた》を開いた。

「ここは!?　さっきの波はいったい――！」

飛び起きようとする雪緒を、隣にいた白月が片手でとめる。

「雪緒、怪我《けが》はないな」

「は、はい！　白月様もご無事ですね」

見つめ合って、雪緒は唐突に子狐《こぎつね》姿の白月とのじゃれ合いを思い出し、激しく動揺した。

白月もまた、挙動不審になった雪緒を見て、つられたように目を泳がせた。

「……あ、あれれっ、白月様ってば、どうしてここに？　すごく驚きましたあ！」

「……雑な嘘《うそ》はやめろ。おまえ様、とっくに俺《おれ》だと気づいていたな？」

白月は、膨れ上がる羞恥《しゅうち》心をごまかすように雪緒を責めた。

「とんでもない、白月様だとわかっていたら、あんなに子狐を撫《な》で回せないし、布団のなかにも連れこめないし！」

余計な言い訳をしてしまった。雪緒は下を向いたあと、すぐにぱっと顔を上げて言った。

「でも白月様だって、楽しそうだった！」

「俺は子狐に化けていたんだから、無邪気に振る舞う必要があったんだ！」

「うっそだあ！　時々、素の顔が出てましたよ！」

「おまえ様、言うようになったな！　なら雪緒は俺とわかった上であんなに、あんな――」

「あー、あーあー!!　なにも聞こえませんーー！」

雪緒たちは、ぽわっと頬《ほお》を染めて、お互い目を逸《そ》らした。

「……ちょっとぉ。あなたたち、まわりを見てからいちゃつきなさいよぉ」

白月とともに恥じらっていると、呪《のろ》わしげな男の声が割りこんできた。これは烏那《からすな》の声だ。

「そ、そうだ！　私たちって、どうなったんですか！　――え、なんですか、ここ？　……海？　って、舟に乗ってる？　いえ、羽根？」

雪緒は無理やり話題を変えようと、周囲を見回し、唖然《あぜん》とした。

地面が瑠璃《るり》色に変化している。いや、地面ではない――透き通った水面だ。

雪緒と白月は、ふわふわとしたふしぎな舟に乗っている。たとえるなら青い鳥の羽根だ。羽弁の縁が受け皿のようにゆるく弧を描いている。羽軸がちょうど舳先《へさき》のように上がっていた。

「化天《かてん》ちゃんの羽根を舟代わりにしてるのよ」

左隣に、雪緒たちが乗るものと同様の羽根舟《はねぶね》が浮いており、そちらには烏那と化天の姿があった。烏那がこちらに向かって軽く手を振る。彼に手を振り返し、視線を巡らせば、後方には宵丸《よいまる》と井蕗《いぶき》、由良《ゆら》や半天狗《てんぐ》たちの乗る羽根舟が見えた。

(化天さんの羽根……？　そうか、本性は化鳥だっけ。自分の羽根を巨大化させたのか)

ひょっとして化天はかなり妖力《ようりょく》の高い妖ではないだろうか。

これだけの人数を守る力をとっさに使えるなんて、小妖《しょうよう》にできることではない。

雪緒はもう一度、慎重に周囲の景色《けしき》を眺めた。羽根舟を浮かべた瑠璃色の水面は、時折淡い波紋が広がる程度で、海のようなゆれは見られない。

遠方は白く煙っており、判然としないが、木々の黒い輪郭が薄らとうかがえる。水面には所々、妙な棘《とげ》が突き出ていた。目を凝らすと、それは棘ではなく、枝の先端だとわかった。

(枝？　ってことは、水中に木が立っている？　なんでだろう)

雪緒はしばらく悩むと、羽根舟から身を乗り出して水面を覗《のぞ》きこんだ。白月が「危ないぞ」と、雪緒の腕を掴《つか》み、羽根舟の縁から転落せぬよう支えてくれる。

ふしぎな水面だ。上のほうは透き通った瑠璃色だが、底側は絵の具が滲《にじ》んでいるかのように青緑がまざっている。美妙な色合いを見せるこの水は、それだけ深さがあるらしい。

しかし水面の美しさに見惚《みほ》れていたのは、わずかのことだ。

「……里が、沈んでいる？　白月様、ここは白桜ヶ里《しろさくらがさと》ですか？」

水底でゆらめく青緑色の正体は、木々の葉だ。時折ちらつく赤や黄色は、建物の屋根ではないか。雪緒がそう理解するよりも早く、白月はこの異常さに気づいていたのだろう。

「白桜ヶ里ではないな」と、警戒の伝わる声で言った。

「そこじゃないなら、いったい……？」

「白桜は南東の里だ。だったら、おそらくは左右の里のどちらかだろうよ」

「左右？　東か、南の里ですか？」

雪緒は茫然《ぼうぜん》とした。次いで、爪先《つまさき》から寒気が這《は》い上がってくる。もしも東なら、紅椿ヶ里《あかつばきがさと》だ。

再度、雪緒はぞっとするような思いで水面を覗きこんだ。――どうか違いますように。

ほかの里であってほしいわけじゃない、でも紅椿ヶ里はだめだ。

(だって紅椿ヶ里までなくなったら、私はどうなるの)

神隠しの子。ただでさえ過去がない。思い出せない。いまはもう紅椿ヶ里だけが拠《よ》りどころだ。だから、ここだけはだれも手出しをしないで。私から、二度も故郷を奪うな。

「……違う」

雪緒は、まだ寒気と恐怖による興奮が収まらない状態でつぶやいた。

違う。紅椿ヶ里じゃない。

「ああ。これは南の里。梅嵐ヶ里《うめあらしがさと》だな」

白月は、雪緒の内面に吹き荒れた感情の嵐《あらし》には気づかずに、淡々とうなずいた。

「俺たちは、絵の川――高波の幕から飛び出してきた鯉《こい》の口内に呑《の》みこまれただろ。その途中で化天が化鳥の形に戻り、鯉の腹を裂いて脱出した。……のはいいが、いざ腹の外へ出てみれば、地面が消えている。それで急遽《きゅうきょ》、化天が羽根を落として舟に変えたんだ」

雪緒は落ち着きを取り戻し始めた鼓動を意識しながら、殊更《ことさら》ゆっくりとした口調で尋ねた。

「……絵の川が氾濫《はんらん》して、梅嵐にまで水が流れこみ、水没させてしまったんでしょうか？」

「その可能性が高いなあ」

白月が片側の狐耳を後ろに倒し、真剣な顔で肯定する。そのとき、「おおい」と、遠くから雪緒たちを呼ぶ声が聞こえた。呼んでいるのは、烏那たちではない。

「おおい、こっちだ、こっち」

「こっちだよ」

白月やほかの羽根舟の者が、声のしたほうを眺めた。雪緒も戦々恐々《せんせんきょうきょう》とそちらを見やる。霞《かすみ》の衣に包まれた遠くの水面を、しばらく警戒の目で見ていると、やがて黒い点が現れた。それが次第に大きくなる。少しずつこちらへ接近している。

「あれは……川舟ですか？」

近づいてくるのは雪緒たちが乗っているような羽根舟ではなくて、一般的な弓なり形の細長い木製の舟だ。それに二、三の人影が乗っている。

顔が認識できる位置まで舟がやってきた。どうやらそちらに乗っているのは梅嵐ヶ里の民のようだ。爽《さわ》やかな薄緑色をした矢絣《やがすり》模様の夏仕立ての着流しを身にまとう狸《たぬき》と、色違いの恰好《かっこう》をした大鷲《おおわし》の怪だった。彼らはどちらも顔は獣、肉体は人という『獣人』のなりをしていた。

雪緒たちは互いの姿を確認し合うと、同時に困惑の表情を浮かべた。

「あんたらはうちの里の者じゃないね？」

狸の怪が恐る恐るという体《てい》で尋ねた。それに答えたのは、隣の羽根舟に乗っている烏那だ。

「俺たちは白桜ヶ里の復興の手伝いに来ていた大匠《たいしょう》よ。でもねえ、思いがけない変事に巻きこまれちゃって。ほら、今日って御前祭《ごぜんさい》でしょ？　だから当然、里の地面に絵の川を描《か》くじゃない？　その水がなんでなのか、急にあふれ出したのよね」

「あんたたちもかい？　いや、俺たちのほうもだよ」

「あら、そうなの？」

おひとよしな雰囲気が漂う狸の怪が、うんうんとうなずく。

「俺たちは上里《かみさと》側に住んでいるんだけれどもな、なぜか朝方になって絵の川がどわっとね、氾濫したんだ。それで、このありさまさ。里が『水海《みずうみ》』化してしまったよ」

「えっ、待ってちょうだい。ここらって上里になるの？　下里《しもさと》側じゃなくて？」

烏那の質問は、もっともだ。大半の里は、上里側のほうが下里よりも地表の位置が高い。こもその理屈通りなら、先に水没するのは下里側のはずだった。

「ひょっとして上里側が地盤沈下《じばんちんか》でも起こしたのかしら？」

「やあ、それがまことによくわからんのだよ」

狸の怪は困ったように、ぽこっと出ている自分の腹を撫でた。

「なにしろあっという間に上里全域が水に呑まれちまってねえ。下里側がどうなったのかは確かめようがないのさ」

そこで烏那は、同じ羽根舟に乗っている化天と顔を見合わせて首を捻《ひね》った。

「確かめようがないって、どういう意味かしら」

「言葉のまんまさ。行けねえんだよ」と、狸の怪が遠方を指差す。

「それ、向こうに濃厚な霞が立っているだろ。あっちが下里側へ続く上里の端に当たるんだが、舟を進めてもその先にゃ行けんのだ。んで、どこか抜け穴はないかってね、こうやって俺たちは舟を出して何度も見回っているんだよ。その途中であんた方を発見したってわけだ」

雪緒たちは言葉を失った。

「……つまり、俺たち全員――あなた方も含めて皆、上里に閉じこめられているってこと？」

「おうよ。まあ、ここいらは上里っつっても、下里に近い区域だから完全に水没しちまっているがよ。もうちょっと上がりゃあ、一階は水浸しだが、上の階は使える屋敷もあるでな」

彼らの会話に、雪緒は「あの」と、口を挟んだ。

「上里にはいま、どのくらいの民がいますか？」

「ん？　そうさな。百は、いるかな」

「……少ないですね」

雪緒が眉《まゆ》を下げると、狸の怪は、にぱっと笑った。

「深刻な顔をなさるなよ、別嬪《べっぴん》さん。いまのところだれも水死はしとらん。なにせ明け方に起きた異変だったんでね、大半の者は夜のうちから下里の盛り場に繰り出していて、どんちゃん騒ぎよ。祭の前夜ってそんなもんだろ？　上里に残っていたのは屋城《やしろ》仕えのお固いやつらばかりさ。と言っても下里の状態がさっぱりわからんので、そう悠長なこともしてられんがね」

「そうですか」

雪緒は、ほっとし、肩の力を抜いた。少なくとも上里側に残っている民は皆、無事だ。

──本音を言うと雪緒は、梅嵐ヶ里の民には少しばかり思うところがある。

（私を鬼に攫《さら》わせようとした、伊万里《いまり》さんの故郷だもんなあ）

梅精の彼女とは一応、和解済みではあるものの、複雑な気持ちをまだ消せないでいる。

それに先ほどの、どの里が『水海』化したのか知る前の、自分の胸に湧《わ》いた偽らざる本音。

紅椿ヶ里だけは水没してほしくない、紅椿ヶ里でなくてよかった──確かに雪緒の心にはそういう安堵《あんど》があった。梅嵐の民を前にすると、より後ろめたく思う。だがそれでも、「紅椿ヶ里でなくてよかった」という思いは、この瞬間も変わらない。

「とりあえずあんた方、一緒に上里へ来るといいよ」

狸の怪は同情した声で誘ってくれたが、仲間の大鷲の怪が慌てたように彼をとめた。

「待て、余所《よそ》者をそうほいほいと要《かなめ》の地へ招くわけにはいかんぞ」

「この状態で要もなにもなかろ。おまえはまこと、まこと、頭が固くて敵《かな》わんよ」

「そ、そういう問題ではない！」

「どんな問題だね。そんなら、行き場のないこの者たちをここで見捨てろって言うのかい」

「いや、そうは言っていない！　だが！」

……どちらも善良な怪で間違いなさそうだ。

「あら、助かるわ～！　ここで往生していたものだから、困っていたのよ！　ね、御館《みたち》様！」

無邪気さを装った烏那の言葉に、狸と大鷲の怪がぎょっと振り向いた。

（えっ、どうしてこのお狐様が御館の白月様だとわかったの――って、私か。私がさっき名前を呼んで、ばらしてしまったか）

だとしても、もっと驚いていい気がするが――ともかく、雪緒は心のなかでひとしきり懺悔《ざんげ》すると、表情を真面目《まじめ》なものにし、片手をすっと白月のほうへ向けた。

烏那と化天も、雪緒を真似《まね》してすいっと白月を指差す。白月も、空気を読んだ全員を見回したのち、狐耳をぐいっと前に倒して大儀そうにうなずいてから片手を挙げた。

「俺が八尾の白狐、白月だ。……御館だぞ」

「みっ、御館様⁉　本物ですか？　なぜここに⁉」

狸の怪が、ひゃああとひっくり返りそうになっている。

「……白桜の浄化の進み具合を視察しに来ていたが、俺もこの怪しい事態に巻きこまれた」

雪緒は胸中で、「実際は、楓《かえで》様に祭主のお役目を押しつけたあと、子狐に変装して白桜にい

らしたんですよ」と訂正した。声には出さなかったのに、まっすぐに前を見ている白月から、尾でばしっと腕を叩《たた》かれた。

御館様の威光のおかげで雪緒たちは全員、上里に保護してもらえることになった。

「うへえ、こりゃあ大変なことになった」

狸の怪が目をぐるぐるさせてぼやく。

「おいおまえさん、先に屋城へ駆けて御館様を保護したと伝えておいでよ」と、大鷲の怪をせかす。

大鷲の怪はあたふたしながらも真っ白な鷲に変化し、力強い翼の音を立てて飛んでいく。

「やあまったくねえ……、絵の川はあふれるわ、上里は水没しちまうわ、うちの長《おさ》は寝こんじまうわ、御館様を保護することになるわ……変事の目白押しで、落ち着かない」

にしても暑い、こうもかんかん照りだと喉《のど》が渇いてたまらんねえ、と狸の怪は、小さくなっていく鷲の姿を見送りながら、うんざりとした様子で顔を拭《ぬぐ》った。

言われて、雪緒も暑さに気づいた。いまは夏の季節。だがそれにしたって、雲ひとつない天空から水面を見下ろす太陽は、大気すらもじりじりと焦がすほどの強い光を投げつけていた。

❀

狸の怪の説明通り、舟を進めていくと、そのうち瑠璃の水面に変化が見え始めた。建物の屋根がにょきっと突き出ていたり、木々の上部が水面から顔を覗かせている。

また、水面には舟ほども大きさのありそうな睡蓮《すいれん》の葉が浮かんでいた。それを足場にしてひょこひょこと移動したり、あるいは魚釣りに勤《いそ》しんだりする怪の姿も見られるようになった。

ふしぎなことに睡蓮の花は水中にも咲いていた。そのどれもがやはり大きい。水のなかでゆらめいている紫や黄色の花弁が美しかった。

「言い忘れていたが、あんたたち――いや、御館様、ほんと、茹《ゆ》だるような暑さだから水に飛びこみたくなるかもしれませんが、やめたほうがいいですよ」

睡蓮の葉の上で昼寝中の怪を、白月とともに雪緒が横目で見ていると、先頭の舟に乗る狸の怪が振り向いてそう忠告した。

「……好んで飛びこもうとは思わんが、理由を聞こう」

白月がかすかに眉をひそめ、尾をゆらして尋ねる。

「よく見てください。……あっ、ほら、あそこ。見えました？」

狸の怪が指差す方向に、雪緒たちは視線を集中させた。時折、魚影がよぎるのがわかる。青緑色の木々のあいだを器用に縫い、深い場所へと潜ってゆく。

（めちゃくちゃ大きくない？　いや、大きすぎない!?）

目の錯覚ではないかと疑いたくなるほどに、体長があった気がする。

「……もしかして鯨《くじら》か鮫《さめ》でも泳いでいます？」

雪緒が白月の横から怖々と尋ねると、狸の怪は顔の前で「いやいや」と手を振った。

「そんなもんじゃないさ。もっとよく見てみなされ」

雪緒だけでなく、ほかの羽根舟に乗っている宵丸たちも、神妙な表情で水面を覗きこむ。

（やっぱりものすごく大きい魚影だ。本当に鮫じゃないのか）

そんな不吉な予感を雪緒が抱いたとき、魚影が水面すれすれまで浮上した。

雪緒は知らず、あっと声を上げた。

「鯉だ！」

赤や白、黒、あるいは金と、色鮮やかな斑紋《はんもん》が背に浮かぶ鯉が泳いでいる。

（これって私たちを呑みこんだ巨大な鯉と、同じ種じゃない？）

斑紋は花のように美しいが、どうしてか、眺めていると背筋に冷たいものが走る。

「空腹に耐えかねた仲間がね、こいつを捕まえて食ってやろうとしたんだが、どうも手に負えない。怪も真っ青になるくらい凶暴なんだよ。誤って水中に落ちた家畜なんかもね、こいつは瞬く間に食っちまった。仕掛けた頑丈な網も食いちぎるし、鱗《うろこ》は鋼のごとくで、刃《は》も通らん」

丸っこい尾で舟の縁を叩く狸の怪の説明に、白月が難しい顔をした。

「……絵の川に泳ぐ花鯉か」

「普通の鯉ではない？」

尋ねる雪緒の膝《ひざ》に、白月の尾がふさっと乗る。

「体長からして普通ではないだろ。これは天の魔物。竜のように大きく、凶悪なのは道理だ。本来は天帝のおわす世の池を……夏の銀河を泳ぐモノだ。いや、それそのものではないか。絵の川から現れたのであれば、いわば影のような存在だな」

「影……って」

「絵の川自体が、天の川を写したようなものだろう。花鯉も同じだ。ああ、天の川に泳ぐモノの分身と言うほうがわかりやすいか？　あるいは鏡に映ったような存在とも言える。だが、たとえ影や分身にすぎずとも、そこらの怪に倒せるものではない……」

膝に乗せられた白月の尾を撫でていると、それでふさふさと手のひらを叩かれる。……なんだかいつもより白月の毛が膨らんでいる気がする。

「雪緒。間違ってもこの川で泳ごうとするなよ」

「しません」

雪緒は即答した。そんな命がけの川遊びをする気はない。

「ええ、くれぐれも水に落ちませんように――。我等の長が暮らす屋城が、ここいらでは一番建物が高いんで、そこへお連れしますよ」

狸の怪は櫂《かい》を水中に潜らせて、また舟を動かし始めた。

睡蓮の葉の上で釣り中の怪が、列を作って舟を進ませる雪緒たちを物珍しげに見送った。

その後に雪緒たちが案内されたのは、曲輪のごとく立ち並ぶ梅の木に囲まれた、五階建てと思《おぼ》しき豪華な屋城だった。真っ赤な切妻破風《きりづまはふ》の屋根が特徴的で、各階の廻《まわ》り縁《ぶち》の欄干《らんかん》も梅の細工がある。また、窓枠も梅の形。さらには鯱《しゃちほこ》の代わりなのか、屋根には梅の枝に止まる鶯《うぐいす》の装飾も見られた。随所に遊び心のある造りだ。

(伊万里さんに話を聞いていなければ、けっこう好みの里だったんだけどな)

雪緒は残念に思いながら建物の観察を続けた。本殿となる屋城に連立する形で四層、三層の建物が造られているようだが、そちらは上階部分、あるいは屋根部分のみが水面に突き出ている。肝心の本殿も水没を免れているのは三階より上の部分で、その下は完全に沈んでいた。

視線を周囲へ向ければ、やはり、ある程度の高さを持つ建物の上階部分のみ水面から飛び出ている。それより遠方は白く煙っており、どんな状態かは不明だった。

「無作法で申し訳ないですが、正門も水没しちまっているので、欄干を乗り越えて屋城んなかに入ってください」

狸の怪は舟を本殿に接近させると、手本を見せるように三階の廻り縁から建物へ入った。

廻り縁にはすでに、数名の怪が待機していた。彼らのなかでもとくに大柄な、象の頭部に人の肉体を持つ怪が丁寧に頭を下げた。藍《あい》染めの着物をまとうその身体《からだ》はまるで関取のようだ。

「恐れながら白月様、我らの長はいま、里を襲った不吉な変事の影響か、ろくに起き上がることもできぬ有様です。ですのでこの私、補佐の塩々《えんえん》が皆様のお世話をさせていただきます」

先に大鷲の怪を屋城へ向かわせていたため、白月の存在が屋城の民に伝わっている。伝令役を担った当の大鷲の怪はと言うと、塩々の背後で所在なげに肩をすぼめていた。

「長はそんなに具合が悪いのか？」

雪緒が羽根舟から降りるのを手伝うと、白月は狐耳を震わせて尋ねた。

「ええ、まあ……このところ煩事《はんじ》が重なったせいでしょう」

塩々は慎重な態度を見せ、明言を避けた。彼の横に控えていた怪が興味津々《きょうみしんしん》の眼差《まなざ》しをこちらへ向け、「ですが白月様が来てくださったのなら、これほど心強いことはございません。すぐにこの忌《い》むべき変事も平定してくださるでしょう？」と、調子のいいことを言う。

「さて」

白月は安易に請け負う真似をせず、温度のない目で全員をぐるりと見回した。

雪緒たちに続いて廻り縁に降りた宵丸が、疲労の滲む仕草で首元をさする。

「言っておくが白月、俺の助力は期待するなよ。俺はとても繊細な怪だから、妖力がまだ安定し切っていないんだ。こたびの俺は、飯を食うばかりのか弱い存在だと思え」

「……堂々と戦力外宣言をするんじゃない、ばか者」

白月は呆《あき》れたように言い返すと、ふたたび感情を押し隠して塩々を見やった。

「俺が本気で力を振るえば、地に満ちる異様な妖気《ようき》を吹き飛ばせぬこともない。……が、その手段を選んだ場合、梅嵐にどんな影響が出るか予測できん。むしろそちらのほうが問題だ」

雪緒は、白月の整った横顔を見上げる。

(白月様は、こういう面では用心深さを見せて、理《ことわり》を通す)

とくに狐の妖《あやかし》は種族がら、変事の類《たぐ》いやその発生原因となる祟《たた》り、呪詛《じゅそ》の恐ろしさをよくわかっている。不用意に他者が手を出せば状況を悪化させかねない。

できれば犠牲《ぎせい》を出さず、穏便に変事を鎮めたいところだろう。

(でも、いよいよわからなくなってきたな)

雪緒は内心、嘆息する。白桜ヶ里に限定された話であれば、隅々に満ちる濃密な瘴気《しょうき》や小魔の仕業ではないかとも考えられた。だが、梅嵐ヶ里でも絵の川があふれるという不可解な事態が発生している。白桜ヶ里で雪緒が描いた川の水がこちらにまで流れこんだため、不運にも共鳴してしまったと受け取るほうが、一番筋が通っているような気がする。

「ここでなにが起きているのか、見極めねばならない」

白月は冷淡に告げた。彼は御館として振る舞うとき、感情の動きを他者に悟らせない。

「ですが、異変を招いた原因さえ突き止めてしまえば、白月様のお力でうちの里を元に戻せるのでしょう?」

先ほどの怪が期待をこめて言い募る。それを塩々が、長い鼻をゆらして窘《たしな》める。

「やめよ。我らの里で生じた問題は、我ら自身の力で解決せねばならんのだ。異変が起きるたびに御館様を頼るようでは、ほかの里にも示しがつかん」

「そんな悠長な……」

その怪が不満そうにぼやくのを、塩々はひと睨《にら》みして黙らせた。

「なんにせよ、俺たちは、こちらでしばらく厄介になる。宿代分の手助けはしよう」

白月は彼らのやりとりを見守ったあと、静かにそう言った。

❁

その後雪緒たちは、殺風景な大広間に案内された。

よく磨かれた板敷きの間で、灯台が四隅に置かれている。座布団も奥側に積まれていた。床《とこ》の間には、枯れかけの花を一輪さした瑠璃色の花瓶があった。ほかに調度類は見られない。

「まことに不調法ですみませぬが、皆様、こちらの部屋でご勘弁を。屋城仕えの者もやはり、相部屋の状態なのです。布団は夜にこちらへ運ばせます」

塩々は気遣いを滲ませて説明した。上里側だけでも大半の屋敷が水没中だ。部屋数が不足している状況で、余所者の雪緒たちばかりを贔屓《ひいき》はできないだろう。ただ、さすがに御館たる白月にはきちんと別室を用意するつもりだったらしい。が、当の白月が「俺もここでかまわない」と塩々の申し出を断った。そういえば、意外にも白月は他者に傅《かしず》かれるのを好まない。

（宵丸さんとかに目の前で悪口を言われても、とくに仕置きをするわけじゃないし……こう考えると白月様って案外寛容な方だ）

あからさまに礼を欠いた態度を取られたときには、容赦をしないけれども。

「まずは一息つかれてはいかがでしょうか。白湯《さゆ》をご用意しますので、少しお待ちください」

早口で提案すると、塩々は、背後に従えていた怪たちを連れてそそくさと去っていった。その際、雪緒たちとともにこちらへ流されてきた百舌《もず》の怪や彼の仲間が塩々を追いかけた。

彼らは梅嵐ヶ里出身の者だ。白桜ヶ里で体験したことを報告するつもりなのだろう。

百舌の怪は、大広間を出る直前、こちらに目を向けた。

苦い感情が胸に広がるのを自覚して、雪緒はとっさに視線を逸らした。

「……なーんか変な感じよね」

大広間の中央にどかっと男らしく胡座《あぐら》をかいた鳥那が、眉根を寄せてつぶやいた。なんとなく全員、円陣を組む形で座りこむ。白桜ヶ里から流されてきたのは、雪緒を含めて十六名。立ち去った百舌の怪たちも勘定している。

雪緒は居心地の悪さを払拭《ふっしょく》しようと、立ち上がって、隅に積まれている座布団のほうへ近づいた。そうして座布団を抱え上げたとき、あとをついてきた井蕗が「私がやりますよ」と微笑《ほほえ》んだ。雪緒の手から座布団を奪い、皆に配り始める。親切な妖だ。

「どうもきな臭いって言うかさあ。天下の御館ちゃんが現れたってのに、挨拶《あいさつ》にも来られないほど、ここの長は不調なわけ？　この変事の影響で？」

座布団の上に座り直した烏那が不満げにこぼす。だれも烏那の疑問に答えられない。雪緒は話の内容よりも、烏那の「御館ちゃん」発言に衝撃を受け、絶句した。白月も微妙な表情をしていたが、これはもうこういう個性の怪だと観念したのか、とくに訂正しなかった。

「……変な感じと言えば、こちらに流れ着いたあたりから、だれかに見られている気がしてならない。私の勘違いかもしれないが」

烏那の横に座った化天が落ち着かない様子で訴える。

「ええ、私もなにか気が騒いでなりません」

全員に座布団を渡し終えた井蕗までもが、もぞもぞしながら化天の言葉に同意する。

「白月様も、妖気以外に、不自然な気配を感じますか？」

雪緒は、自分の隣にゆったりと腰を下ろした白月の反応をうかがった。

妖力の見分けがつかない雪緒には、彼らが抱く懸念をうまく呑みこめない。

「ううん、感じぬ日はないというかな、俺は絶えず色々な者に見られているからな……」

深く考えるとこわさしか感じない発言をして、白月は、耳を横に倒し、むむと唸《うな》る。

「だが、いや、確かに時折、首筋がちりっとする。これが化天の言う視線かもしれないな」

「……それって悪《あ》しき存在の視線ですか？」

　雪緒がおののきつつ尋ねると、白月は軽く尾をゆらし、「はー」と大仰に吐息を落とした。

「雪緒は何度忠告しても忘れてしまうんだな。俺以上にこわいものなど存在しないといつも言ってるだろ？　最大の恐怖たる俺がこうしておまえ様の隣にいるんだぞ。おまえ様は安心して俺だけを恐れていればいいいんだ」

　雪緒はなにも聞かなかったことにして、無言を貫いた。

（甘やかしたいのか恐怖を与えたいのか、はっきりしてほしい）

　その前に、皆の目がある場所で軽口を叩くのはやめてほしい。烏那など目を輝かせている。

「白月野郎、無駄に遠慮なんかせず、とっととこのおかしな妖気をぶった切ってしまえよ」

　宵丸が面倒そうに過激な発言をする。

「こら、白月野郎ってなんだ。おまえは日に日に口が悪くなる。俺だって怒るんだぞ。……だから状況を正しく見極める前に動くのは、まずいと言っただろうが。里の水没に御前祭が関わっているのは間違いないんだ。白桜にだってどんな影響が出るかわからん」

「すぐに手を下せないって言うならさあ、長を締め上げようぜ。いかにも怪しいだろ」

「そうだな。それには同意する。やはり挨拶くらいは、しに行かねばな」

「いちいちあの鬱陶《うっとう》しい象野郎に断りを入れていたら、きりがないぞ。こういうときは、いきなり押しかけたほうが真実を掴《つか》みやすい」

「たまにはまともなことを言うじゃないか。よし、行ってみるか」

うんうんと白月と宵丸がうなずき合う。

雪緒はなんとも言えない気持ちになった。白月の忍耐は、持続しない。

力こそ正義を地で行こうとする大妖《たいよう》たちを、ほかの怪が引いた様子で見ている。

「ねえ子兎《こうさぎ》ちゃん、あなたの元旦《だん》那《な》様っていつもあんな感じ？」

呆れたふうの烏那が、雪緒に耳打ちした。

「だいたいあんな感じです。交渉と書いて恐喝、挨拶と書いて脅迫と読む、みたいな」

「聞こえているぞ、雪緒」

白月がじろっと雪緒を見た。

「いえ、その――千速《ちはや》たちは無事なのかと、烏那さんと心配し合っていただけです」

とっさにごまかしたが、実際、子狐たちの安否が気がかりでならない。

あの子たちも高波に呑まれてしまったのだろうか。

「雪緒様、おれはここですよお！」

と、突然白月の尾のなかから千速が元気に飛び出し、仰天する雪緒の膝に着地した。

「そんなところに隠れていたの⁉」

そういえば羽根舟に乗っていたとき、尾に触らせてもらったが、いつにも増してふっくらしていたような。白月に怒られないかと雪緒はひやひやしたが、彼は悟りを開いた顔をしている。

この程度では折檻《せっかん》対象にならないらしい。それにしても千速は相当図太い性格だと思う。

「ここより安全な場所はないですもの！　でも兄弟は白桜に取り残されていると思います……」

しゅんと耳を下げる子狐の頭を、雪緒は労《いたわ》りをこめて撫でた。千速の兄弟たちの無事を確かめてやりたいが、まずは梅嵐からの脱出方法を探らねばならない。被害の程度が予測できない白月の力に頼るのは、その手段以外に道はないと覚悟を決めたときだ。

「……とにかく、梅嵐の長に会ってくる」

白月が尾をゆらめかせ、腰を上げた。

「はい、いってらっしゃい」

雪緒が軽く手を振ると、つられたのか白月も同じ動作をしかけた。途中で我に返ったらしく、つんと顔を背けて大広間を出ていく。

「俺も行こーっと。じゃあまたあとでな」

宵丸のほうは恥ずかしがりもせず、笑顔でぶんぶんと手を振り、白月のあとを追った。

「……で、子兎ちゃん。本命はどっちなの？」

二人が去ったあと、烏那が真剣な表情で雪緒に尋ねた。

「やるじゃないの！　大妖たちを手玉に取るなんてぇ！　御館ちゃんも宵丸ちゃんも癖が強いけど、いい男よね。あっ、でも化天ちゃんだって彼らに負けてないわよ。どお？」

雪緒は無言で彼の瞼に千速の両前肢を押しつけた。手玉に取られているのは雪緒のほうだ。

梅嵐ヶ里の長をぎゅっと締め上げるまで大妖たちは帰ってこないだろうと思ったが、雪緒の予想に反して彼らはいくらも経《た》たぬうちに、こちらの大広間に戻ってきた。

「長は最上階の霊廟《れいびょう》に引きこもっている。さすがに聖なる場を荒らす気にはなれん」

白月はふたたび座布団に座ると、戸惑いと苛立《いらだ》ちの両方がうかがえる口調で説明した。

「途中であの根暗っぽい象野郎と鉢合わせしたんだ。慌てるあいつを連れて長を捜そうとしたら、実は霊廟に入ったきり出てこなくて自分たちも困っているんだ、ってようやく白状しやがった。それも渋々だぞ。腹立つぅ」

宵丸も、消化不良という荒《すさ》んだ目つきをして、ごろっと板敷きに転がる。

「不調という話は嘘だったんですか？」

雪緒が膝の上の千速を撫でながら尋ねると、宵丸は板敷きを軽く叩いた。

「いんや。具合が悪いってのはまことだと必死に主張された。が、怪しいもんだ。あぁつまらん。白湯なぞいらんから暴れさせろっての。白月がとめたせいでそれ以上脅せなかった！」

妖力が安定しないと言っていたのは、どこのだれだったか。

「梅嵐ヶ里の長からなにも情報を引き出せないのであれば、ほかの者たちに聞くしかない」

白月が面倒そうに言う。

「もやもやするわねえ。目に見えて異変が生じているのに、それ以外の部分がなにもかも不透明なのよね」

烏那が不快げに顎《あご》をさする。彼の言う通りだ。白桜ヶ里に到着して以降、雪緒は喉に小骨でも引っかかっているかのような不快感をずっと拭い切れないでいる。

（知りたいのは、なぜ異変が起きたか、だ。人為的なのか、予期せぬ災いなのか。もしも人為的だとしたら、いったいだれがなんの目的で仕掛けたのか。そして二つの里で同時発生した理由はなんなのか……偶然共鳴しただけなのか。それさえ意図的な行為なのか）

雪緒は疑問点をひとつひとつ、頭のなかで整理する。さほど重要ではなさそうだが、先ほどの塩々の言葉にも少々気になる部分があった。そのへんも念のために確かめたい。

「白月様、少し外に出てもかまいませんか？」

千速を抱えて雪緒が立ち上がると、なぜか無表情になった白月と宵丸の両方から、ぱっと腕を引っ張られ、座布団の上に戻された。

「雪緒は出歩かないほうがいいと思う」

「白月なんかに賛同するのは腹立たしいけど、俺もそう思う」

「お二方って本当、息ぴったりですよね。やっぱり仲良し……」

雪緒は彼らを順番に見た。

「違うぞ」

「死んでも違う」

睨み合う二人を前にして、雪緒は悩む。

そのとき、これまで気配を消して沈黙を貫いていた由良が、急にこちらへ膝を寄せた。

「……なあ雪緒、ひょっとしてなにか不審なことにでも気づいたのか？」

真剣な眼差しで問われ、雪緒はわずかに気圧《けお》された。

「いえ、不審と言うほど大げさな話じゃないのですが――」

「些細《ささい》なことでもかまわねえから、言ってみろ」

「補佐の塩々様は、なぜあえて『白湯』とおっしゃったのだろう、とふしぎに思ったんです」

皆の視線が雪緒に集中する。雪緒は居心地の悪さを抱いて口を閉ざしたが、話の先を促す由良の視線に負け、続きを説明した。

「私のような一般の民だけならともかくも、御館の白月様にも白湯を出すのかなって」

「ふうん？　それで？」と、宵丸が、おもしろそうに眉を上げた。

「御館様を迎え入れるのだから、普通はもっと――ええ、その、お酒なりなんなり、手のこんだものを用意するんじゃないでしょうか。……でも、ここへ来るまでのあいだに、釣りに勤しむ怪の方を複数見かけました。危険な花鯉が泳いでいると承知の上でべつの魚を釣ろうとしている。私たちを屋城まで案内してくれた方も、仲間が空腹だという話をされていた。ということは、水没が原因で食料も足りない。それどころか水すらも貴重な状態になっている……？」

だがなぜか塩々は、死活問題だろう食糧難の事実を白月に報告しない。

（もしかして、異変が生じた理由を知っている？　それとも感づいている程度なのか）

こういう疑問も、外にいる怪たちから情報を集めれば、おのずと見えてきたりしないだろうか。そんな期待を雪緒は持った。

「うん、ここでじっとしていたって、なにも始まらないわよね。手分けして、外のやつらから話を聞きましょ」

烏那がぱんと手を打ち、明るく笑った。前向きな彼の態度に場の空気もいくらかやわらいだとき、「悪いが、俺は遠慮したい」と、一部の怪が斬《き》りつけるような声で拒絶を示した。百舌の怪の主張を信じて、白桜ヶ里にいるときから雪緒に否定的だった綾槿《あやむくげ》ヶ里《がさと》出身の怪だ。

「民の怒りを買って追い出されては困る。ただでさえ奇っ怪な目に遭っているってのに……」

まるですべての災いの発端が雪緒にあると言わんばかりに、彼はきつく睨みつけてくる。

「あんたねえ……」と、むっと顔をしかめて言い返そうとした烏那を、化天が押しとどめる。

「無理に手伝わなくていい。この場に残って、上里の民たちと連携を取る者も必要だ」

「余計な真似をして、どうなったって知らねえよ」

その怪は、ふんと鼻を鳴らして横を向いた。

雪緒の近くに座っていた井蕗が困ったように彼を見て、俯《うつむ》いた。彼女も綾槿出身の妖だが、彼とはどうも親しくないようで、話しかける素振りすら見せない。その怪もまた、井蕗にかまうことはなかった。と言うより、井蕗の存在をつれなく無視しているような節がある。

井蕗が同里の者と行動せず、こちら側にいるのは、彼の態度が関係していそうだ。しがらみのない他里の者のほうが気兼ねなく話せるいうこともあるだろうと、雪緒はぼんやり考えた。

✽

その後の役割分担で、雪緒は白月と一緒に行動することが決まった。気まぐれな宵丸は「俺は寝る」と宣言し、本当にその場にごろっと横たわって動かなくなった。もしかしたら寝ると見せかけて、大広間に残ると決めた数名の怪の言動を監視するつもりなのかもしれない。

由良は井蕗や半天狗の怪と動くようだ。千速はと言うと、雪緒たちとともに行動する予定が、かわいいものが大好きな烏那に攫われてしまった。千速に目で助けを求められたけれども……真面目な化天も烏那についていくらしいので、大丈夫だろう、きっと。

雪緒は、ずっとおとなしい由良の様子が気になった。白桜ヶ里を心配しているのだと思うが、それにしたって表情に覇気がないし、大広間の外へ向けられている眼差しには影がある。

彼のためにも、自分自身のためにも、早くこの閉ざされた奇妙な空間をどうにかしたい。

(なんで災いって、息つく間もなく次々と雪崩《なだ》れこんでくるのかな！)

嫌なことじゃなくて、幸せなことや楽しいことこそ数珠《じゅず》つなぎで来てほしいのに。

ふしぎそうにこちらを見下ろす白月の腕を引っ張って、雪緒は大広間を抜け、赤茶色の床板を敷き詰めた廻り縁に出る。化天が作った青い羽根舟がまだそこの欄干に縄でつながれていたので、ありがたくそれを借りることにした。

「白月様、向こうの、蓮《はす》の葉の上で釣りをしている怪の方を訪ねましょう」

雪緒は遠方を見やると、白月の手を借りて羽根舟に移動した。水面に浮かんでいた手頃《てごろ》な長さの枝を拾い上げて櫂の代わりにする。羽根舟はゆらりと水面をゆらして進んだ。

「本当に美しい水面ですね。狸の方は、水海と呼んでいましたが……」

瑠璃色の水面に、陽光を浴びてつやめく蓮の葉。水の深いところには、沈んだ木々が枝葉を広げている。それが水面からだと青緑色に映り、神秘的な眺めを生む。

波の立たぬ面に優しいゆらめきを与えるのは赤に黄色に紫などの、華やかな斑紋を持つ花鯉たちで、悠々とその泳ぐ姿がまた美しく、水中に花吹雪《ふぶき》でも流れたかのように見える。

「こわさを感じずに済む普通の湖や泉だったら、純粋に見惚れていられたのになあ」

雪緒は小声でぼやいた。凶事が生んだ眺めだと思うと、複雑な気持ちにもなる。

「美しければ美しいほど、こわいものじゃないか？　力があるとはそういうことだ」

ところが白月は、平然と受け入れるような返事を寄越した。雪緒は少しばかり呆れたあとで、ふと納得する。そうだ、この方だってとてもこわいから、こんなに妖《あや》しく美しい。

「雪緒」

白月は前方を見据えて、静かに名を呼ぶ。

「だれになにを言われても気にするな、と宥めてもおまえ様の性格上、吹っ切るのは難しいだろう。それでも俺をあきらめるなよ。俺はちゃんと、雪緒の手の届く位置にいる」

雪緒は驚いた。いつもなら白月は雪緒の恋情を見透かして、余裕たっぷりに「おまえはあきらめるはずがないよな」といった態度を取る。なのに、今日はいったいどうしたのだろう？

訝《いぶか》しむ雪緒に、白月は苦笑とも自嘲《じちょう》ともつかぬふしぎな表情を見せた。

「俺はだんだんわかってきた。おまえ様は設楽《しだら》の翁《おきな》という目隠しが外れて……いま何気なく口にしたように、次々と美しいもの、知らず見惚れる類いのものを視野に入れ始めているんだ。きっとおまえ様の目に、この景色は抗《あらが》えぬ魅力を秘めたものとして映るんだろうな。こわいながらも通らずにはいられぬ道のような……、本当に、なぜこうも……雪緒を夢中にさせるようなものが、どっと現れるのか」

雪緒の胸に妙な焦燥感が広がる。そんなわけがないのに、なんだか白月が恐れを抱いているように見える。いや、やはりありえない。白月が、雪緒のなにを恐れると言うのか。

「それとも人の心が多彩だから、なんの変哲もないものにすら魅力を見つけてしまうのか？」

「あの、一番惹《ひ》かれる美しいものが白月様なので……ほかのものがどれほど優れていて、どれほど美しかろうとも、根本では興味ないって言うか。せいぜいその場で感嘆する程度ですよ」

櫂代わりの太い枝を動かしながら雪緒が答えると、白月は虚を衝《つ》かれたようにこちらをじっと見つめた。

「雪緒、俺は——水が嫌いだ」

「水が？」

「触れただけで容易《たやす》くゆらめくような、形の定まらぬものが、ことごとく嫌いなんだ」

なにかを暗喩《あんゆ》しているかのような、含みのある言い方だ。どう答えるべきかも決められぬまま白月を呼ぼうとしたとき、睡蓮の葉の上で釣り糸を垂らす蛙《かえる》の怪の横に羽根舟が到着した。

口を閉ざす雪緒の横で、白月が余所行きの笑みをさっと顔に張りつける。

雪緒たちは、羽根舟から葉の上へ移動した。葉の直径はおよそ八尺。本当に驚くほどの大きさだ。厚みもそれなりにあるらしく、足を乗せるとわずかにやわらかさを感じた。

「やあ、なにか釣れたか？」

白月は気さくな調子で蛙の怪に声をかけた。

狐一族は数が多い。どの里にも存在し、系統が多種多様《たしゅたよう》だ。白狐、赤狐、黒狐、灰狐……、そこからさらに妖狐《ようこ》、神狐《しんこ》、魔狐《まこ》と、とにかく細かに分類される。どこでも見かけるが他種族には正確に系統を把握できない、それが狐という一族である。そのため、膝元の紅椿ヶ里を除き、政《まつりごと》と関係なく暮らす下里の民が御館の姿を知らなくてもふしぎはなかった。

若竹色の着物をまとう、ころんとした体型の蛙の怪も、目の前で朗《ほが》らかに微笑む狐耳の青年が御館その人だとは気づいていないようで、もともとへの字の形をしている口の端を、よりぐうっと下げた。獣人とは違ってこの怪は顔も身体も蛙そのものだが、人のように器用に手足を動かしている。背丈は雪緒の胸あたりまであるだろうか。

「いーや、だめだめだよ。ちっとも釣れん」

「それは残念だ」

白月は、へにょ……と狐耳を力なく倒した。

「困ったものさね。針の先に餌《えさ》をつけると、花鯉にぱくっと食われちまう。でも餌なしで釣り糸を垂らしても小魚一匹引っかかってくれやしねえ」

「へえ、小魚は、いるのか」

「いるいる。食えるかどうか、まだわからんがね。しかし、里が水に沈んだせいで、食い物もなけりゃ水すらねえ。せめて魚の血でも飲まんと、霊力が底をついちまうよ」

「食い物も、水もまったくない？」

「ないない。我ら怪、本来なら一年も百年も、飲まず食わずで耐え抜けるはずさ。だけども、平和続きでとっくにぼんぼんのぼんくらになっちまってるもの。いまなんか、数日飯を抜くだけで気力もなくなり、立ちゆかぬ。そうなると、いよいよ怪の本能が目覚めてさあ、昨日笑い合っていた友を食っちまうかもしれねえよ。やだやだ」

葉の上で胡座をかく蛙の怪に、雪緒はふと思いついたことを尋ねた。

「水もないと言いますが、これは飲めませんか？」

水面を指差す雪緒を、蛙の怪がぽかんと見やる。

「食べ物も、たとえば蓮の花びらは？　あっちにはフキっぽいものや茸《きのこ》っぽい植物も生えていますよね。……通常よりずいぶん大きいですけれども。天ぷらにできませんか？」

「あんたさん、なに言ってんの？　この水、毒よ。猛毒よ。水を吸ってる草も花も当然、毒に染まってらあ。せいぜい洗濯にしか使えねえ。俺が証明するよ、ほうらこの腕、見やがれって」

蛙の怪はふてぶてしく言い放つと、釣り竿《ざお》を持った腕をぐいと雪緒のほうに突き出してきた。めくれ上がった袖《そで》から覗く緑色の腕は、まるで墨でも付着したかのようにところどころがまだら模様に変わっている。

「これは……爛《ただ》れているのとはまた違いますね」

「喉の渇きに我慢できず、この水を飲んじまったのよ。で、この有様だ。すっげえ痛いよ」

雪緒と白月は顔を見合わせた。蛙の怪は、水かきのある手を自分の顔の前で振った。

「俺だけが意地汚い真似をしたんじゃないよ。ほとんどのやつが同じ失敗をしたもんさ。だがね、しかたないだろ。喉が渇いたもん。もう七日も椀《わん》一杯の水と握り飯ひとつだけでしのいでいるんだよ。長も悲観しちゃってさあ、俺たちを放《ほう》って霊廟にこもるなんてさあ……」

「待ってください、七日？　上里が水没してから七日も経っているんですか？」

「そうだよ、がんばってるだろ、俺たち。……ん？　あんたさん、そういや見ない顔だね。だれだい？」

雪緒はそれには答えず、さらに質問を繰り出した。

「すると梅嵐では、八日も前から撫子《なでしこ》御前祭の準備を——絵の川を地面に描いていた？」

はああ？　と蛙の怪は円《まる》い目をさらに丸くし、変な顔をした。

「んなわけあるかい。絵の川は祭の前日に描くもんと決まってんだろ。そうしないと水の使えねえ日が無駄に増えちまうでしょ」

蛙の怪は、釣り竿をゆらして訴えた。

（でも、私たちを保護してくれた狸の怪は、『朝方に絵の川が氾濫した』と言っていた）

なのに水没は、七日前から？

混乱する雪緒に代わって、白月が蛙の怪に問いを投げかける。

「祭とは無関係に、通常の川が突然増水したという可能性もあるのかな？」

それに対して蛙の怪は、焦《じ》れったそうに、「んーん」と、首を横に振った。

「違う違うよ。水没の理由はもちろん、絵の川さあ。朝方に水がかさを増して、ざーっと上里を呑みこんじまったの」

雪緒は混乱を深めた。だが白月のほうは至って冷静に、質問を続ける。

「そうかあ。『八日前に……御前祭の前日に描いた絵の川が、翌朝氾濫した』ってわけだね」

白月の横顔を、雪緒はひたすら見つめた。

「そうそう」と、蛙の怪が肯定する。

「だがね、それよりも前からあっちこちで異変が起きていたよ」

「へえ、たとえば、どんな？」

「それがさ、こええのよ。屋城の部屋がひとつ、ふたーつ、みっつ、ってな具合に増えたり、通路がろくろ首みてえに伸びたりさあ。だれも後ろにいねえのに、足音とかすんの」

蛙の怪は、ぶるっと身を震わせた。

「このかんかん照りはね、絵の川の氾濫後さ。ずううっと、夜が来ねえのよ」

「氾濫した日から、昼のままということかな？」

白月が、天に浮かぶ黄色い太陽を見上げる。

「そうだよ。だもんで、喉が渇いてしかたねえのよ」

蛙の怪の話に、雪緒は言葉を失うほどの衝撃を受けた。

「ふうん、貴重な話を聞けたなあ」

腕を組んで感じ入ったようにうなずく白月に、蛙の怪が「へへ、そうかい？」と、笑う。

「ああ。かんかん照りのままで夜が来ない。するとこの閉ざされた上里は、七日も前から時間が凍りついているんだね」

「へっ？」

蛙の怪が、ぽかんとする。

「ああ、いや。昼の刻をひたすら繰り返していると言うほうが正しいかな？　……同じか」

雪緒は必死に白月の言葉を咀嚼《そしゃく》した。

（この里のなかだけ、時間にズレが生じている？　今日が御前祭当日なのに、彼らの体感的にはもう七日前のことになっている……ってこと？）

蛙の怪の反応を見るに、夜が来ないのはわかっているが、時間が凍っていることまでには気づいていない。——それなら。

（ひょっとして前提が間違っていたんじゃないだろうか。てっきり白桜が梅嵐に影響を与えたとばかり思っていたけれど、実際は、その逆が正解なのでは？）

いや、まだ二つの里で発生した凶事が連動しているとは断定できない。偶然の可能性も残っている。できればこの蛙の怪から、もう少し詳しく話を聞きたい。

雪緒がそう思ったとき、前方に群生する、見上げるほど背の高い杜若《かきつばた》のそばに川舟を寄せていた鼠《ねずみ》の怪が、水面にくぐらせていた網を掲げて歓声を上げた。

「おーい、藤間《ふじま》！　やった、ついにやったよ、小魚を捕らえたぞ！」

それを聞いた蛙の怪——藤間が葉の上に立ち上がり、「本当か！」と興奮した声で叫んだ。

「無論さ！　小さいが、大漁だ」

鼠の怪は、こちら側へ川舟を寄せてきた。どうやら自分の成果を自慢したいらしい。

「おお、いいねえ！」

「だがこいつぁぜんぶ、俺んだからな。俺が捕ったんだもん、だれにもやんねえよ！」

前歯を見せつけるようにして鼠の怪が笑った瞬間、彼の掲げている網が突然激しく動いた。と思いきや、なにかが鉄砲玉のような勢いで網を破り、飛び出す。

それは小魚ではなかった。人の形にもトカゲの形にも似た、ぬるっとした皮膚の化け物だ。体毛はいっさいなく、丸裸。目も鼻もないが、牙《きば》の生えた口だけはある。

その六寸ほどしかない不気味な化け物が、羽虫のように、鼠の怪の身体にたかった。

鼠の怪が悲鳴を上げた。瞬きするあいだに鼠の怪は血肉を食い尽くされた。

小さな化け物の群れは、鼠の骨をそれぞれ口に咥《くわ》えて睡蓮の葉の上を這い回り、そして水中に逃亡した。水中では、その姿は小魚群にしか見えなかった。

「……ひっ、ひええ！」

藤間が素っ頓狂《とんきょう》な悲鳴を上げて、睡蓮の葉の上にどすんと尻餅《しりもち》をついた。

その際に大きく葉がゆれて、彼は水中に転がり落ちそうになった。

雪緒はとっさに腕を掴み、藤間が落下しないよう力をこめて引っ張った。

が、重い！　彼の身体を支え切れず、雪緒まで葉の上から滑り落ちそうになる。悪いと思ったが遠慮なく襟《えり》も掴ませてもらい、自分たちの落下を防ぐ。藤間が「ぐええ首が絞まる」と、悲痛な声を聞かせた。が、ここで雪緒が手を放せば、その先に待っているのは地獄だ。

襟を掴む手にいっそう力をこめたとき、ふと指先にざらっとしたものが触れた。

（襟になにかくっついてる？　……紙切れ？）

指に当たった感触の正体を確かめようとした直後、近くを悠然と泳いでいた赤と桃色の斑紋を持つ花鯉が、ざぱっと音を立てて水面から頭部を出した。その水上に出ている部分が変化していた。鯉の頭部ではなく、山姥《やまんば》のような恐ろしい顔になっている。蓬髪《ほうはつ》に、らんらんと光る目玉。額には二本の赤い角。口の端は耳のつけねまで裂けていて、乱杭歯《らんぐいば》が覗いている。花鯉の体長はそれこそ竜のように大きいため、山姥の頭部も当然、大岩ほどもあった。

山姥に睨まれ、雪緒と藤間は震え上がった。山姥は腕も水上に出して、節くれ立った手をこちらへ伸ばしてきた。水中に浸《つ》かっている下半身は、人魚のように花鯉のままだった。

固まっている雪緒たちがその手に捕らえられる前に、青白い狐火が山姥の顔に衝突した。

「去れ」

狐火を放って山姥を牽制《けんせい》したのは、白月だ。

山姥はすばやく腕を引っこめると、恨めしげに白月を睨み、水中に戻っていった。

「あ、あんたさん、支えてくれて、ありがとうね……」

「いえ、お気になさらず……」

雪緒と藤間は、ぶるぶると全身を震わせながら頭を下げ合った。

「おっきかったね、化けもんの顔……」

「一口で呑みこまれそうでしたね……」

「ひぃ、嫌だ！　ほんとあんたさんたち、命の恩人だよお」

「や、そんな……」

「おまえたち、呑気《のんき》に恐縮し合っている場合じゃないぞ。早く屋敷に戻ったほうがいい」

白月は宙に浮遊させていた狐火を消すと、厳しい顔をして雪緒たちをせかした。

「急げ、雪緒。――おまえも俺たちの舟に乗れ。化天の羽根舟だ、多少は加護もあるだろう」

震えのとまらぬ雪緒を羽根舟へと急がせながら、白月は藤間にも視線を投げた。

加護。化天はかなり格の高い妖なのだろうか。そんな疑問が雪緒の脳裏をよぎった。

「立てないよお。水にさえ落ちなきゃ平気だったのに、あいつら進化してるじゃないか」

「ごちゃごちゃ言わずに動け」

愛想のいいふりをやめた白月が、腰の立たない藤間を俵《たわら》でも運ぶがごとく、ひょいと片腕で担ぎ上げた。絶句し、目を剥《む》く藤間をいささか乱暴に羽根舟に下ろす。

白月はすぐに羽根舟を屋城へと進めた。移動中、木舟の上で衣を洗濯する若い怪を見た。二十歳前後の青年のなりをしている。目に見えてわかる怪の要素は頭に生えた羊の角のみだ。

彼にも屋城へ避難するよう呼びかけるべきか、雪緒は迷った。

(前まではそこまで危険じゃなかったのに、変事のなかで生まれた異形が進化している？

……それとも変事自体が、生物のように成長しているってことなの？)

そんな変事、あるだろうか？　それに藤間の襟首に付着していた紙切れの正体も気になる。

忙《せわ》しなく考えていると、ふいに「きゃあっ！」という女の悲鳴が聞こえた。雪緒は我に返り、

声のしたほうへ視線を走らせた。青年の乗る木舟のそばで、長い黒髪の女が溺《おぼ》れていた。

「おい、大丈夫か！」

青年は慌てた様子で女に手を差し出した。

「よせ！」

白月が鋭い声を上げて青年の行動をとめた。青年は、溺れる女に手を差し伸べた体勢のまま、びっくりした顔をこちらへ向けた。雪緒は、溺れている女に視線が釘付《くぎづ》けになった。

(どうして裸なの？　いつ、溺れたの？)

女の周辺には、上に乗れそうな浮き草や花がない。では彼女は、どこから水に落ちたのか。

(落ちていない。最初から、水のなかにいた)

茫然と頭のなかで結論を出したとき、白月が軽く舌を鳴らしてもう一度狐火を生み出した。

だが、それを操る前に、溺れていた――溺れる演技をしていた女がこちらを見た。振り向いたのではない。ぐるっと首を背中側に回転させたのだ。

女は雪緒と目が合うと、どろっと顔面が溶けたかのような、醜い笑みを浮かべた。

「あっ」

声を上げたのは、雪緒か。青年か、藤間か。

女が突如、飛び魚のように水中から勢いよく跳ね上がり、筋張った両腕を伸ばして青年の頭を抱えこんだ。後頭部に噛《か》みつきながら力尽くで青年を引き落とし、水中に逃げる。

　雪緒は羽根舟から身を乗り出して、女の行方《ゆくえ》を追った。くすんだ黄色の斑紋を持つ花鯉が水面付近を泳いでいた。その、竜のように大きな花鯉の口に、ぴくぴくと痙攣《けいれん》するなにかが咥えられている。そこから、赤煙のような色が水中に流れ出ている……。

「雪緒」と、白月に呼びかけられた。雪緒は呆《ほう》けたまま、白月のほうへ視線を向けた。

「あまり身を乗り出すな。落ちる」

　白月の忠告に、雪緒は忙しなく目を瞬かせる。──普通はこういうとき、まず「見るな」と気遣ってくれるものだ。こわい眺め、こわい存在から庇《かば》ってくれる。目隠しすることを、許してくれる。けれども怪は……白月は、そういう優しい一言を与えてくれない。

（姿形ばかりじゃなくて、心までもがこんなにも、人とは違う）

　何度だって、互いの違いに驚かされる。

　先ほどまでの白月は、雪緒が『魅力あふれる物事』を目にする日々に、どこか恐れを抱いているようにも思えた。でも、だからと言ってそれらのものを「見るな」とは、願わない。

「……雪緒？」

　白月が、反応のない雪緒を訝しむ。

「なんでもないです。……落ちないよう気をつけますね」

　雪緒は震える指を握りこみ、かぶりを振った。

（私の好きな方は、恐怖の色をしている）

雪緒が目の前で起きた惨事に心底怯《おび》え、水中に広がる血の色にも吐きそうになっていることを、白月はきちんと気づいている。その上で彼は真剣にこう考える。「雪緒や、人に感覚が近い下位の妖怪は、本当に心が儚《はかな》い。血にも弱い」――そうであるから、見るな、ではなくて、怯えすぎて落ちるなよ、と注意する。それがこのお狐様の優しさだ。

いや、ここは『大妖』の、と限定するべきか。決して雪緒をばかにしているのではない。からかっているわけでも、適当な扱いをしているわけでもない。

「雪緒、こわいのか？」

白月は耳をゆらして問う。

「はい」

雪緒が肯定すると、白月は満足げにうなずいた。目を奪われるような、整った微笑みだ。

「そうか、こわいか。なら、そうやって俺をずっと見ていろ」

❀

雪緒たち同様、外へ聞きこみに行った烏那、化天、千速の組はまだ屋城に戻ってきていなかった。屋城内での聞きこみ組は由良と井蕗、半天狗とほかの怪で、残りは最初に集められた大広間で待機中のはずだった。ただし百舌の怪とその仲間の二名はどこにいるかわからない。

いまだ震えのとまらぬ藤間を放置もできず、雪緒たちは彼を連れて大広間へ足を運んだ。

「なんだこの蛙野郎は。……食うのか？」と、居眠り中だった宵丸が、むくりと起き上がって物騒な発言をする。雪緒は少し考えた末、いついかなるときも携帯している仕事用の煙管《キセル》を取り出した。だが、術用の札は貴重だし、枚数にも限りがあるので使えない。

「あの、白月様、少々お願いが……」

雪緒は自分史上最高に乙女《おとめ》な表情を作り、白月を見つめた。……と言うのに白月は引いた。

「え……、なんだその顔。こわい。雪緒、こわっ……」

「ちょっと、尾の毛をくださいません？」

「はっ!?　なんでだ。嫌に決まっている。雪緒……、雪緒さん、こわいぞ！」

「ちょっとだけ！　ほんのちょっと、ぷちっと毟《むし》るだけだから！」

本気で怯え始めた白月に、雪緒は息荒く詰め寄った。

「なんだよ、こいつの毛がほしいのか？　――そらよ！」

と、いつの間にかこちらににじり寄っていた宵丸が、背後から、むしぃっと勢いよく白月の尾の毛を数本、毟り取った。白月が「ひっ!!」と、悲鳴を上げた。

「おっ……、おまえたちを、俺は絶対、絶対に、許さない……!!」

こんなに悲痛な白月の声を聞いたのは、はじめてだ。まあいいや、と雪緒は笑顔でごまかし、にっこにこの宵丸から白月の毛を受け取った。それを指先で丸め、煙管の雁首《がんくび》に詰めこむ。

「あ、白月様、狐火もお願いします」

「おのれ雪緒、俺は火打ち道具じゃない!! 御館だぞ、一国の主《あるじ》のような存在だぞ……!」

自身の尾を抱きしめて打ち震える白月を「早く早く」とせかし、狐火を作ってもらう。

「しんしんふれふれ、しらゆきよきゆき、やねきぎてのひら、ゆるりふれ」

雁首に火をつけたのち、煙管に口をつけ、ふっとひと吹き。すると——大広間の天井に煙管の煙が広がった。すぐさま霧散して、ひらひらとした白い雪片に化ける。

「おおっ!? こりゃ冷たいっ」

隅っこで縮こまっていた藤間が、ぴょんと跳ねて雪片を掴んだ。

「あんたさん、すごいねえ! 本物の雪を生み出せるのかい? こりゃいいよ、涼む、涼む」

藤間が歓声を上げて、はしゃぐ。

こわい思いをした彼の慰めになればと思ってのことだったが——札を使ったわけではないので、本当なら、ただの幻影しか描けないはずだった。そのつもりで雪緒は術を使った。

(でも、本物の雪のように冷たくなるなんて)

白月の毛の効果であることは間違いない。人の子にも、利用できるとは思わなかった。

「……白月様って、本当にすごく妖力が高いのですね」

「なんだなんだ、ほめたって許さないからな! 俺の毛をよくも……、雪緒め!」

白月は涙目で雪緒を睨んだ。雪緒は微笑み、もう一度、力をこめて煙管の煙を吐き出した。

びゅうと広間に、吹雪が生じる。「ひゃあっ」と、藤間が嬉《うれ》しそうに叫んだ。雪風は、大広間を涼しくすると、開放したままの障子からびゅおおと外へ流れていった。

しばらくして、屋城のあちこちから驚きの声が上がる。やがてばたばたと、大広間のほうへ足音が近づいてきた。

「おい、いきなり屋内に雪が舞いこんできたぞ！」

現れたのは、由良だ。大広間にいた者たちが、同時に雪緒を指差す。

「ああ、そうか、あんたの術か！　……さすがだなあ」

由良は目を見張ると、微笑んだ。なぜか泣きそうな笑みに見えた。

「人の子は本当に、なんて心がやわらかいのか……」

「由良さん？」

戸惑う雪緒の頭を、由良が撫でた。幼子でもあるまいに、と思いつつも雪緒は胸が弾んだ。

「――使ったのは俺の！　御館の、俺の毛だ！　もう、使わせないぞ……！」

空気を読まずに、白月が低い声で叫んだ。

その隣から、さらに空気を読まない宵丸が、そっと自分の毛を数本、雪緒に差し出した。

「俺の毛のほうが絶対すごい。使えよ」

それから三十分ほど雪が上里内を駆け巡り、ひとときの涼を皆にもたらした。

◎伍・こしげし　たわたわ

しかし――大変なことになった。その日を皮切りに、不気味な現象が激増したのだ。
いたるところで、異形が笑う。

――雪緒《ゆきお》たちが梅嵐ヶ里《うめあらしがさと》に流れ着いてから、数日が経過した。あくまで体感的にだ。

藤間《ふじま》に聞いた通り、上里《かみさと》には夜が来てくれなかった。日は天の頂にどかっと腰を下ろし、わずかたりとも動かない。黄金の光が絶えずじりじりと空を焦がしている。

それに、いまが夏季ということもあってか、常に気温が高い。少し歩き回った程度で全身が汗ばみ、頻繁に喉《のど》も渇く。ところが、水は上里全体を沈めるほど豊富なのに、それを飲めないでいる。目の前に餌《えさ》をぶら下げられたまま、「待て」をされているようなもどかしい状況が長引いている。それがことのほか、民の神経を削った。屋城《やしろ》内に邪霊の類《たぐ》いが出没して怪《かい》たちを襲い始めたこともまた、神経をすり減らす原因のひとつになっている。

おかげで、些細《ささい》な行き違いで揉《も》め事が発生し、屋城の雰囲気は最悪に近い状態だった。

それでも一日目は、御館《みたち》である白月《しろつき》の存在が盾となり、雪緒たちは彼らから丁重にもてなされた。だが二日目、悪いほうに変化があった。屋城の者がなぜか雪緒にだけ、冷ややかな目を向けるようになった。三日目に入ると、彼らは雪緒が一人になった瞬間を見計らって、聞こえよがしに「この女が祟《たた》られてるせいだ」と陰口を叩《たた》いた。

（きっと、私を嫌っている怪の方からなにか聞いたんだろうな）

悪い噂《うわさ》はあっという間に屋城中に浸透する。白月の目があるからか、いまのところは表立って排斥《はいせき》されることはない。だがそれも時間の問題だ。なにかがきっかけで、民の鬱憤《うっぷん》が爆発しかねない。そんな緊迫した、とげとげしい雰囲気が屋城に充満している。

――そして、とうとう四日目……今朝の出来事だ。

雪緒は、ふと目を覚ました。時計で昼と夜の区別をつけているが、空の色が変化するわけではない。おまけにこの暑さで、熟睡は難しい。過敏になった神経がなにかを感じ取り、浅い眠りを繰り返していた雪緒の意識をはっきりと覚醒《かくせい》させたようだった。

雪緒は静かに寝床《ねどこ》から這《は》い出ると、そっと障子を開けて外へ出た。むわりと熱気が押し寄せてくる。それに顔をしかめて視線を上げ、雪緒は驚いた。廻《まわ》り縁《えん》の欄干《らんかん》の手前に、浴衣《ゆかた》姿の白月と宵丸《よいまる》がいた。彼らは雪緒の気配を察して振り向いた。

「……なにかあったんですか？」

雪緒が忍び足で大妖《たいよう》たちに近づき、尋ねると、彼らは揃《そろ》ってううんと唸《うな》った。

「あった。というか、なくなった」

頓知《とんち》めいた返事をされ、雪緒は戸惑った。白月が溜《た》め息を落とす。

「――俺《おれ》も宵丸も、妖力《ようりょく》がほとんど使えぬようになっている」

雪緒たちは大広間の者を叩き起こし、彼らにも妖力の状態を確認してもらった。その結果、妖力を操れなくなっている者が半数以上いた。

「完全に使えねえってわけじゃないようだな。……人の姿は保てている」

手を握ったり開いたりして、由良《ゆら》がつぶやく。

「俺はとくに違和感がないが」

まったく影響のない者もいた。化天《かてん》がその一人だ。大広間で寝泊まりするようになっていた藤間も、変化はないと言う。

「ますます面倒なことになったな」

白月が耳のつけねを掻《か》きながらぼやいたとき、補佐の塩々《えんえん》が大広間に顔を出した。朝餉《あさげ》の膳を従者に運ばせたあと、大きな耳を動かして丁寧に白月に頭を下げる。

「皆様、おはようございます――ところで白月様、朝餉の前に……情けのないことですが、ご理解いただくためにも包み隠さず内情をお伝えせねばなりません。こたびの変事により米蔵などがすべて沈んでしまい、食料の備蓄が底を尽きました。水もまた花精、水精の民の協力を得て最低限の量は用意してまいりましたが……日ごとに増す災いが原因か、彼らの妖力にまで影が差して、とうとうそれすら満足に生み出せなくなりました。この朝餉が最後の食事です」

大広間がどよめいた。この場には隣里から流れてきた雪緒たちのほか、一部の梅嵐の民も寝泊まりしている。邪霊や化け物に襲われて負傷した民を、雪緒が手当てしているので、はじめの頃《ころ》よりも数が増えている。

「じゃあ今後の飯はどうなるんだ？」と、だれかがつぶやく。

雪緒は膳の上に視線を落とした。

膳には丸い握り飯と汁物、山菜の小皿という、質素な食べ物が載せられている。

「妖力に狂いが生じているのは、こちらも同じだな」

白月は厳しい声で言った。ちょうどいまその話を皆でしていたところだ。

宵丸はもともと不安定な状態だったのでさほど影響を受けていないが、御館の白月までもが呪《じゅ》を編み上げられぬのは一大事。せいぜいが狐火《きつねび》を生むくらいという状態である。

「どうも、妖力の高い者ほど使えぬ傾向にあるようだ……、例外もなかにはいるが」

白月は、ちらっと化天のほうを見た。

（いま、白月様はかすかに悔しげな顔をした気がする）

雪緒の勘違いかもしれない。瞬きするあいだに、白月はいつもの食えない表情に戻っている。

「……ええ、白月様。我ら怪にとって妖力が封じられる状況はなにより恐ろしいものです。このままでは民同士で共食いが始まるでしょう」

共食い。事態の深刻さを伝えるためとはいえ……ずいぶん強烈な表現をする。

「だから原因を突き止めるべく、俺たちもできる範囲で動いている」

白月の返答に、雪緒はひそかに眉《まゆ》をひそめる。

原因解明のため皆で調べようとはしているのだが、そのたびあちこちで異変が発生し、足止めされてしまう。それが今日まで続いている。いまのところ有益な情報と言えるのは、雪緒たちが藤間との会話で得た『上里の外と内で生じている時間のズレ』程度だろうか。

「おかしなことです。これまでは屋城内なら安全でしたのに……」

塩々がやけに含みのある冷えた声を聞かせた。雪緒たちが……雪緒が梅嵐ヶ里に来たせいでついに建物のなかも安全が失われてしまった、と塩々は遠回しに責めているようだ。白月もそういう空気を感じ取ったのだろう、座り直すと、尾を一度、ぱさっと板敷きに打ちつけた。

「なにを言いたい」

「白月様、ここは御館として正しい判断をすべきではありませんか」

身を乗り出した塩々が一瞬、雪緒に目を向けた。

「正しい判断？」

白月が自分の尾を撫《な》でて、気怠《けだる》げに問う。

「ええ。民から聞いた話ですが、浄化作業を進めていた白桜ヶ里《しろさくらがさと》のほうでも我らの里と同様の異変があったそうですね。皆様がこちらへ流れてくる原因となった絵の川の氾濫《はんらん》だけの話ではなくて、小さな災いがたびたび発生していたと」

塩々はあらかじめなにを言うのか決めていたように、滑らかに話す。

「それらは鬼の祟りが発端だというではありませんか――あなたの前の奥方様が鬼の気を引いてしまったからだと」

雪緒は、自分に視線が集中するのがわかった。

（身体《からだ》に穴が開く……）

居心地の悪さに、背筋がぴりりとした。白月の隣に控えていた千速《ちはや》が心配そうに雪緒を見上げ、そっと近づいてくる。雪緒は千速を抱き上げて、自分の膝《ひざ》に乗せた。

「噂を鵜《う》呑《の》みにするのか。民とは、おのれが信じたいものを、さも真実であるかのように噂するものだぞ」

尾を撫でる手をとめて、白月が柔く微笑《ほほえ》む。塩々は焦《じ》れたように大きな耳をぱたつかせた。

「白月様、いまは悠長に問答を楽しむときではありません。聞けば、ふた月ほど前にも、穢《けが》れた白桜で大いなる災いが生じたそうですね。死者が行き着く黄昏《たそがれ》の場、朱闇辻《あかやみのつじ》とつながったとか。……その際も、あなたの前の奥方が白桜にいらしたのでしょう？」

「うーん、俺も一緒にいたけれど？」

「白月様」

はぐらかすような白月の物言いが癇《かん》に障ったのか、塩々は少しずつ遠慮を拭《ぬぐ》い去り、苛立《いらだ》ちを覗《のぞ》かせ始めた。

――また、この流れだ。雪緒は苦い思いで瞼《まぶた》を伏せた。

梅嵐ヶ里の民も、紅椿ヶ里《あかつばきがさと》の民のように、雪緒を贄《にえ》にして災いを鎮めよと訴えたいのだ。

(翁《おきな》がいなくなってから、怪たちの本音に触れる機会が増えた。でも、いいことばかりじゃない。胸を切りつけられるような言葉を投げられることも多い)

交流のない相手からであっても、はっきりとした拒絶を見せられると、息がとまりそうになる。心を拳《こぶし》で殴りつけられた気分になり、その痛みをこらえるように勝手に身体が縮こまる。

(ほかの『人の子』も、やっぱり私と同じような体験をしているんだろうか？)

いつもぼんやりと死を意識して、感覚が麻痺《まひ》して――けれども本当は、頭を掻き毟《むし》って叫びたくなるくらいの恐怖と寂しさを抱えているのだろうか。

それを雪緒は、ほかの『人の子』らに聞いてみたくなった。

「……てめえは、つまりなんだ。こいつを殺せとでも言いたいのか？」

膳を乱暴に脇《わき》へ押しやって、由良が低い声を聞かせた。

こいつというのは雪緒のことだ。口は大変悪いが、雪緒のために怒ってくれている。

「白桜で起きた変事の数々は、なにもこいつのせいじゃない。もともとあの地には瘴気《しょうき》が蔓延《はび》こ《こ》っていたんだぞ、どんな災いが生じたっておかしくねえんだよ」

塩々は、由良の剣幕に動じなかった。

「しかし、あなた方がこちらへ流れる直接の原因は、御前祭《ごぜんさい》の川の氾濫で間違いないのでしょう。絵の川を描《か》いたのも、前の奥方だと聞きましたよ。すべてにそこの彼女が関係している。これが偶然だと言うのですか」

「偶然じゃないさ。だが勘違いするなよ。こいつが率先して災いを招いているんじゃねえ。こいつはただの、善良な人の子だ。まわりのやつらが好き勝手に繰り広げる争いに、なすすべなく巻きこまれてるだけだ」

由良は怒りを隠さずに吐き捨てた。

雪緒は、嬉《うれ》しさをごまかそうと、千速を両手でこねた。

(いい鵺《ぬえ》だなあ、もう！　由良さんの清廉《せいれん》さがまばゆい)

今後、彼が危機に陥ったときは必ず駆けつけて、恩返ししよう。雪緒は力強くそう誓った。

「――周囲で争いが起きるのは、彼女が火種となる定めを持っているからではありませんか」

塩々が皮肉げに応酬した。するとこの会話の行方《ゆくえ》を静観していた怪が、塩々を支持する声を上げた。雪緒たちとこちらへ流れてきた、百舌《もず》の怪とはまたべつの、梅嵐出身の者だ。

「ああ、おかしいと思ったんだ。廻り縁の角を曲がった途端に化けもんと鉢合わせしたり、見えぬ手に転倒させられたり――俺たちばかりが被害に遭っている。だが、その人の子だけはなんの被害も受けていない。いや、娘が気を許しているやつらも、平穏のおこぼれに預かっている。台風の目は、いつだって静かなもんだからな」

――それは、雪緒も薄々察していた。屋城内でも異変が生じるようになったと言うが、雪緒や白月たちは、直接には恐ろしい目に遭っていない。

「まったくひどい話です。情を砕いて保護して差し上げたというのに、仇《あだ》で返されるとは」

塩々の痛烈な言葉に、雪緒は俯《うつむ》いた。鼓動が速くなっている。本当に自分が原因なのか。

「おい、いい加減、口を慎めよ。雪緒の罪ではないと何度言えば理解しやがる」

唸る由良に、それまで黙々と握り飯を食べていた宵丸が、「若造、おまえの言い方がなまぬるいんだよ」と、煽《あお》るような言葉を投げつける。

「海千山千《うみせんやません》の象野郎に、そんな青臭い主張が通るもんかよ」

「青臭い!? 大妖だからって、俺を愚弄《ぐろう》するのか?」

由良が怒りの矛先を宵丸に移した。仲間割れしそうな雰囲気に、雪緒ははらはらした。

「鵺野郎め、親切な俺が教えてやる。脅されたときは、それ以上の力で脅し返すんだよ。うるさいことを言われたら、首を切って黙らせろ。正義とはなんたるものか、とくと見せてやれ」

宵丸は握り飯を食べ終えると、胸を張って自信満々に言い切った。

雪緒は突っこみたくなった。それは正義と言わない。単なる実力行使だ。

「よし、手本を見せてやる」と、宵丸が先輩風を吹かせ、塩々に視線を投げた。

「なあ象野郎、おまえに薬屋を始末する勇気があるのか?」

「……宵丸様、なにをおしゃりたいのです」

塩々が警戒の目を宵丸に向ける。宵丸の悪評を知っているのかもしれない。

「こいつに執着してんのは鬼ばかりじゃないんだぞ。なあ、薬屋」

「この流れで私本人に話を振るなんて、鬼畜すぎませんか……」

雪緒様しっかり、と千速が小声で励ましてくれた。だが宵丸は、反省しない。

「だって薬屋は、賢者の化生《けしょう》、設楽の翁に愛《め》でられていた娘だぞ。翁の天昇《てんしょう》は有名だろ。それも、普通の天昇じゃない。老いて死ぬが、翁は生まれ変わって神階《しんかい》を駆け上がる」

「俗世を離れて神なす者が、いまさら彼女を気にかけますか？」

強気に応じる塩々に、宵丸は明るく笑いかけた。

「そしていまは郷長《ごうおさ》の大妖、白狐の白月にこうして目をかけられてる」

「だからこそ白月様が責任を持って、長らしく処断なさるべきなのです」

「さらに暴れ者との悪評轟《とどろ》く黒獅子《くろじし》の大妖が、目に入れても痛くないほどかわいがっている」

宵丸の宣言に、白月が大きく顔をしかめた。由良は驚いたように、笑顔の宵丸を見ている。

雪緒もまた驚きに打たれ、動けずにいた。いつもの冗談のようには聞こえなかった。

「もうひとつ、薬屋は、半神の木霊《こだま》野郎の目にもとまった」

宵丸はおかしそうに続ける。

「とどめに、神使《しんし》にも選ばれた鬼にも目を向けられたんだ。神なる怪、狐と獅子の大妖、半神、神使の鬼。やあやあ、大物揃いじゃないか。いったいいくつの目を集めたんだ？　めったに見られぬ強烈な縁の鎖で守られた人の子を、たかが怪異の発生程度で殺すのか。度胸があるなあ、おまえ。どれほどの恨みを背負う覚悟でいるんだよ」

色をなくした塩々を見やる宵丸の目つきが、妖《あや》しい。

「少なくとも俺は、おまえたちが薬屋を安易に殺したら祟るぞ？」

頬《ほお》にかかった横髪を耳にかけながら、宵丸は微笑みを絶やさずに言う。

「俺は手っ取り早く噛《か》みつくほうが好きなんで、呪詛《じゅそ》とか祟りはあんまり得手じゃないんだけどな。やってやれないことはない……はずだ。たぶん」

たぶんって。

「どうだ薬屋、俺って本当に健気《けなげ》だろ。愛くるしい大妖だと認める気になっただろ？」

だからここで私に振らないでほしい。雪緒は切実にそう思った。

(でも、確かにある意味、凄《すさ》まじいお手本にはなっている)

あんなに強気だった塩々を、見事に黙らせた。味方側の白月や由良たちにまで衝撃を与えているけれども。

ともかくも宵丸の脅迫は成功し、この場での話し合いはうやむやな形で終わった。やりこめられた塩々は、恨めしげな顔を最後に見せて大広間を出ていった。

しかし、これで全部解決したわけではない。言い方は悪いが問題を先送りにしただけだ。

雪緒はなんとなくだれとも視線を合わせられないような心境だった。心に積み重なった思い

をごまかすため、困った目をしている千速を撫でた。

✽

「あやしなるもの、御弓《みとらし》ねつきつらぬき、いしくらのみや鎮め末都莉《まつり》、湛《たた》え末都莉、桑枝《くわえ》しなる音のごとさやさやときこしめせ」

雪緒は詞《ことば》を紡いだあと、愛用の真っ赤な煙管《キセル》に口をつけ、ふうっと煙を吐き出した。

禁術で作り出すのは、淡い色が美しい螢石《ほたるいし》だ。

なぜこの石が必要かと言うと、浄化に最適だから――と言う理由ももちろん正しいが、もっと切実な本音を吐露するなら、数少ない札を少しでも節約するためである。

雪緒はいつも禁術用の札や煙管を持ち歩いている。起床後、あるいは入浴後も身支度の一環としてこれらを入れた巾着《きんちゃく》を帯にさげる。梅嵐ヶ里に流される前もしっかり準備している。だが巾着に詰めこんでいる札はあくまでも予備だから、最低限の枚数しかない。わずか十枚だ。

(屋城内に出没する化け物に襲われて負傷した民もいる。でも不運なことに、ここにはいま、私以外の薬師がいない。その上、水や食料もない……。たった十枚の札で問題のすべてを解消できるわけがない)

長考の末、雪緒は三枚の札を一度に使用し、螢石を大量に生み出すことを決めた。

「食い物じゃなくて、なんで石？」

少し残念そうな顔をしながら宵丸がこちらににじり寄ってきた。術がなされて、どん、と雪緒の目の前に転がり落ちた蛍石の塊を、むっと見つめる。

白月や由良、烏那《からすな》たちまでも雪緒の作業に興味を引かれたのか、すすすと集まってくる。怪たちに取り囲まれた雪緒は、戸惑いながら説明した。

「地上に満ちるあの水が飲めぬと言うのなら浄化しよう、と思いまして」

「ふうん？」

桶《おけ》に水を汲《く》み、そこに蛍石の欠片《かけら》を投げこめば、毒素が消えて飲み水として使えるのではないだろうか。

「こちらの皆さんのなかには怪我《けが》を負った方、不調を訴える方がいますが、それも通常の切り傷などではなくて穢れによるものですよね。でしたら、石を粉薬にして服用するのはどうでしょうか。それと、屋城の要所に石を置けば護符代わりにもなります」

食料問題については、あえて明言を避けた。

(手持ちの枚数じゃ、お屋城にいる全員の空腹を満たすほどの食材を作り出せないもんね)

一致団結《いっちだんけつ》しているわけでもない状況で中途半端に食材を出せば、間違いなく災いの種になる。

「……子兎《こうさぎ》ちゃんて有能なのね」

烏那がゆるく腕を組み、いくつもの感情が浮かぶ表情でつぶやく。

「ああ、ばかにしたわけじゃないのよ。ただ、なんと言うべきなのかしらね……」

烏那がごまかそうとした部分を、彼の隣に正座していた化天が言葉を濁さず口にする。

「普通は、第一に自分が飢えぬよう、あるいは穢れを受けぬようにと考えて行動するだろう。子兎の術は無制限で使えるものには思えない。余裕がない状況なら、なおさら」

「ええ、できることがある、自分が助かる道がある、という事実をまず隠すわね。……人の子って本当、ふしぎだわ」

烏那は組んでいた腕をほどき、呆《あき》れたようなやわらかい微笑を見せた。

「俺だったら、さっきみたいに他者の前でああもおのれを軽んじられたら、『そうかよ、おまえたちなぞ勝手に死にやがれ』と嘲笑《あざわら》って、間違っても助けようとは思わないもの」

清々《すがすが》しく感じるほどきっぱりと言われて、雪緒は笑った。

「それでいいんじゃないでしょうか？　でも私は薬師という立場を生きています。薬師は、救う者を選んではいけないのだと思います」

「そこがふしぎなのよ。薬師という役目を担おうと、あなたはあなたでしょ」

烏那が、片手で板敷きをとんと叩く。おぉ、怪も無精髭《ぶしょうひげ》って伸びるんだなあと、雪緒があさってのことを考えたとき、化天の横に座っていた由良が悩ましげに目を伏せるのに気づいた。

彼に声をかける前に、烏那が話を進める。

「べつの存在に変わるわけじゃない。なのにその役目がおのれの命を省《かえり》みぬほどの崇高《すうこう》な使命、志を与えるんだわ。憎い相手でさえ当たり前に救うのよ。人って、なんでそうなのかしら？」

「人もだが、天昇して神階を駆け上がるような者もまた、似た性質を持つと思う」

化天がしみじみと答える。

「……我らには持ち得ぬ感性だな。人の心は驚くほど柔軟だ。炎のように燃え盛る恨みも、情で、使命で、封じられるんだ。とても俺たちには真似《まね》できん」

白月まで変なことを言う。雪緒は曖昧《あいまい》に笑ってやりすごした。

感じ入った様子の彼らには悪いが、「憎い相手も愛で包みたい！」というような美しい志など持っていない。ただ単純に、いままで薬屋として生きてきたから今回もそのように対処する。目の前で苦しむ者は患者か否か。重要なのはそこだけだった。

「蛍石を作ったのはいいけれど、私の力では削れないんですよね、どうしよう。こんなときに石を粉砕できるくらい力に自信のある方や、護石を作れるような細工技術のある方がいたらいいのにな～。……あっ、井蕗《いぶき》さん、石を割ってくれるんですか？　嬉しいー！　えっ、化天さんは加工が得意なんです？　わあさすが天下の大匠《たいしょう》様ですね、すごく助かる～。ぜひ虎《とら》の形に石を削ってくれません？　上手《じょうず》に仕上げてくださいね」

雪緒は、ちょろい怪たちを大いにおだてて作業を手伝わせることにした。本当に崇高な志を持つ薬師だったら、これほど遠慮なく他者をこき使わない。

「由良さんと白月様は、こっちの欠片を石鉢で潰《つぶ》して粉末状にしてください。……あーっ、だめだめ、そんなんじゃ粒が大きすぎる！　もっと丁寧に！　……烏那さんと天狗《てんぐ》さんはお屋城の民からなるべく大型の樽《たる》か桶を借りてきてください。ほら急いで」

……大半の作業を皆に振り分けてしまった。雪緒が一番楽をしているかもしれない。札で螢石を作り、仕事の指示をしただけだ。

千速が「雪緒様、すごいなあ……」と、まぶしいものでも見るような目を向けてくる。

仕事をまかせた烏那たちが、いそいそと桶を担いで戻ってきたので、雪緒は廻り縁に移動した。欄干近くの水面に花鯉《こい》の影が見えないことを確認して、桶に水を汲んでもらう。

「きゃあ、さっすが怪の方、お強い！　こんな大きな桶も軽々と持っ……、それにしてもずいぶんと大きな桶ですね。入浴できそうなくらいに……」

想像していた以上の大きさの桶を見て引きつる雪緒に、烏那たちが胸を張る。

「俺って最高でしょ？　もっとほめていいわよ」

「烏那さんも天狗様も、すてきー！　恰好《かっこ》いいー！」

笑顔で愛想を振りまきつつ、雪緒は水を張った桶に、試しに螢石の欠片を投げこんだ。

「うまくいくかなあ」

皆でじっと見ていると、桶の底に沈んだ螢石が、突然ガタガタと振動した。皆が同時にのけぞったとき、石は鳴動をやめて濁った紫色に変化した。

「ねえ大丈夫なの、これ。石がひどい色になったわよ」

　烏那が青ざめながら桶を指差す。

「飲んでみるか」と、白月が飄々《ひょうひょう》と言って、自分の手で水を掬《すく》う。ほかの者たちはぎょっとしたが、白月は気にせず水を口にした。雪緒も同じように手で水を掬った。

「ちょっとちょっと、平気？　喉爛《ただ》れない？」

「爛れるものか」

　慌てる烏那に、白月が呆れたように答える。

「この類いの浄化で、雪緒が見誤るわけがない」

「やだ、厚い信頼。愛ね……！」

　感激し、両手で口元を押さえる烏那に、白月が変な顔をした。

「いや、感情の問題ではなくて、薬師としての知識と力量を信じているんだ」

「愛が世界を駆け巡るわ……！」

「話を聞けというに」

　水を口に含んだ白月が無事とわかって、由良たちもおそるおそる水を掬い始めた。

「水がこんなにうまいと思う日が来るとは」

　化天もいつになく嬉しそうにつぶやく。

「俺は酒がほしい……、食いもんもほしい……」

　強欲発言の主は、宵丸だ。雪緒は笑うと、仕事道具の巾着に入っていた、さらに小さな袋を取り出した。そこには、愛らしい色合いの金平糖《こんぺいとう》を入れている。白月に文《ふみ》を届けてくれる子狐への駄賃代わりにと、最近になって持ち歩いているものだ。

「お仕事を手伝ってくれた方のみの特権です。……ほかの方々には内緒ですよ」

雪緒は冗談めかして言うと、金平糖を宵丸の口に入れた。

「あっ」「あー！」と、羨《うらや》ましげな顔をする烏那や井蕗の口にも、ひとつずつ。

由良と化天、半天狗にもあげたときは、非常に照れられた。千速は素直に喜んでくれた。

最後に、白月の口にもひとつ。

「……俺は、ほだされないぞ。こんな……金平糖ひとつ程度で……」

白月が狐尾を忙《せわ》しなく振りながら、ぐぬうと呻《うめ》く。

(こういうところが、怪ってかわいいんだよなあ)

雪緒が頬をゆるめていると、心優しい千速が「雪緒様の分は？」と、見上げてきた。

「私はもう食べたの」

雪緒はそう答えて、千速を抱き上げ、自分の肩に乗せた。そのとき大広間から、ほかの怪たちがもの言いたげにこちらを見ているのに気づき、雪緒は手招きをした。

「どうぞこちらへ。安全な水ですので、飲んでも問題ありませんよ。塩々さんにも、水に関してはしばらくのあいだ持ちそうですと伝えてもらえますか？　穢れの影響を強く受けている方には粉薬をお渡しします」

雪緒がそう告げると、金平糖をころころと口のなかで転がしていた烏那が頬を膨らませた。

「本当、人の子って。これを脅しの材料にしちゃえばいいのに……」

「しません」

怪って基本の思考が物騒だ。

❁

喉を潤したのち、雪緒たちは作業を分担した。聖獣の形に掘った螢石を各所に置いたり、必要な民のところに粉薬を届けたりした。白月たちは、時折難しい顔をしてなにかを話し合っていた。そのあいだ雪緒は、念のためにと、螢石の欠片をいくつか大広間の長押《なげし》の上にこっそりと隠した。もしものときに役に立つかもしれない。

そのもしもの意味を考えると多少憂鬱《ゆううつ》になるが、身を守るためにも備えは必要だ。

(皆の反感を抑えられているあいだに、度重なる凶事の発生原因を突き止めたいな)

雪緒は今後の行方を懸念し、表情を曇《くも》らせた。危機をひとつ乗り越えれば、次の問題もどうにかなるのではという根拠のない期待がいずれ皆のなかに生まれる。希望を抱くこと自体は、悪くない。だが、それを楽観視するようになると、一気に危険が増す。

水を清められただろう、粉薬も用意できただろう、だったら食べ物だってどうにかなるはずだ、と気軽に訴える者が、この先きっと現れる。ふたたび言い争いが起こる前に、なにかしらの手がかりを掴《つか》んでおきたい。

（と言っても、藤間さんから得た以上の情報がない）

あの日、ほかの者と接触していた由良たちも、災いを目撃したと言う。

（それに、上里に生じた時間のズレについても、よくわからないな）

井蕗、千速と一緒に革袋に入れた水を配り歩きながら考えていると、赤毛の犬の怪に雪緒は呼び止められた。顔は犬で、身体は人と同じ作りをしており、青い着物をまとっている。

「薬屋殿、すまんが俺にも水をくれるか」

はいと雪緒はうなずいたが、ちょうどそのとき前方の部屋からもべつの怪が顔を出し、「おーい、こっちにも水をもらえるかね」と、頼まれる。戸惑う井蕗を前方の部屋へ行かせて、雪緒は千速を肩に乗せ、最初に声をかけてきた赤犬の怪に歩み寄った。

「助かった。こっちの部屋にも臥《ふ》せっているやつがいてね。そいつに水を飲ませたいんだよ」

「そうでしたか。……その方には粉薬もお渡ししましょうか」

赤犬の怪に続いて、廻り縁を折れた先にある一室に足を踏み入れたときだ。

「……!?」

ふいにがくっと足の力が抜けた。肩に乗っていた千速までもが大きく目を見開いたあと、ころっと床に転がり落ちる。

「おっとと」

雪緒の手から滑り落ちた革袋を、赤犬の怪が片手で掴み取る。

「水は貴重だ、もらっとくよ」

床に倒れた雪緒を見下ろして、赤犬の怪が苦笑した。

「あんたの立場には同情するが、うちの里に鬼を招かれるのは困るんだよ。自分の不始末は、自分で片をつけとくれ」

なにひとつ言い返せない。赤犬の怪の言葉に降参したのではなく、現実的に声が出なくなっている。意識にも薄らと靄《もや》がかかり始めて焦りが生まれるも、完全に気を失うまでには至らなかった。だが、手足はもうぴくりとも動かない状態だった。

(どうなってる……？　身体を麻痺させる香でも部屋に焚《た》かれていた？)

だがそれなら、嗅覚《きゅうかく》の鋭い千速がすぐに気づいただろう。

雪緒は必死に瞼をこじ開けて、すぐそばにくたりと横たわっている千速を見つめる。

「俺はね、怪としては弱いんだけどもさ、吐息に毒を含むのよ。毒と言っても、わずか数分、身体を痺《しび》れさせる程度のものなんだけどね。——はは、まさか、この頼りない妖力が役に立つことになるとはねえ」

赤犬の怪は、自嘲《じちょう》した。

「妖力の大半が封じられてんのって、強いやつらばかりだろ？　俺みたいな弱小のやつらはさ、とくに変化がねえんだよ。微量の妖力なんかどうでもいい、って感じだよな」

赤犬の怪は革袋を床に置くと、動けぬ雪緒を抱き上げた。

どこへ運ばれるのかと思いきや、部屋の隅に置かれていた大型の桶のなかに胎児のごとく手足を曲げた体勢で入れられる。烏那が用意した桶と同形のものだ。冗談で、入浴でもできそうなどという感想を抱いたが、その直後に自分が詰めこまれるとは、なんとも皮肉な話だった。

彼はついでのように、意識のない千速も桶に入れた。千速の狐耳が雪緒の顎《あご》に触れる。

「じゃあな。俺を恨まんでくれな」

そんな勝手な頼みをすると、彼は雪緒たちの身体を覆い隠すように、桶の上に厚地の麻布をかけた。蓋《ふた》をされた状態になり、視界が真っ暗になったが、やがてがたごとと音が響く。

どうやら雪緒たちを詰めこんだ桶を持ち上げているらしい。

移動する気配。……廊《ろう》へ出た？

「——おい、なにをしている？」

雪緒は、はっとし、暗闇《くらやみ》のなかで耳を澄ませた。これは由良の声だ。

桶を担ぐ赤犬の怪の動揺がこちらにまで伝わってくる。

「なんだそれは……、桶か？」

「すまねえ、水桶のなかに吐いちまったやつがいてさ……。ほら、こんなときだし、洗うのも面倒だから、いっそ桶ごと外へ流しちまおうと思ってよ」

違う、と雪緒は胸中で必死に叫ぶ。

(気づいて、由良さん！)

桶の布をめくってくれるだけでいい。お願いだから。

「頼むよ、ほかのやつには内緒にしてくれ。そいつもわざと吐いたわけじゃねえしさあ」

「不調の者がたくさんいるんだ。嘔吐《おうと》くらいでだれも責めないだろ」

「いや、だってせっかくの貴重な水を無駄にしたしよ……」

「……黙っていてやるから、早く捨ててこい。ほかのやつに見つかるぞ」

「悪い悪い」

雪緒は激しく落胆した。由良の長所は、清廉、誠実で他者を気遣えるところだ。そのまっすぐな性格がいまは裏目に出ている。

ふたたび移動する空気。だめだ、由良に気づいてもらえない。

(どうしよう、せめて千速だけでも逃がしたいのに！)

手足を動かそうとしても、やはりどうにもならない。帯の内側に、螢石を用意するついでに作っておいた護符が何枚かあるが、それを取り出すことさえ無理だ。

赤犬の怪に対する怒りはすぐに鎮火し、自分への苛立ちに変わる。軽率に井蕗から離れてはいけなかったのだ。護衛としてついてきてくれた彼女と、なぜ別行動を取ってしまったのか。怪の多くが持つ非情さは、わかっている。わかったつもりでいた。

だが雪緒は心のどこかできっと、「こうして役に立ったのだから、当分は手出しされずに済むだろう」と、甘く考えていた部分があった。千速も一緒だし、大丈夫だと。

——そんなわけがなかった。警戒に警戒を重ねるくらいでちょうどいいくらいだった。

(怪は、思い入れのない相手を切り捨てることにためらいがない)

人なら多少は罪悪感も抱きそうだが、彼らにはそれすらない——そうだ、白月が言っていたのも、こういうことなのだ。

しばらくして、桶がゆらっと大きくゆれた。耳元で、ちゃぽっと水のはねる音が響く。

雪緒は戦慄《せんりつ》した。赤犬の怪は、桶を『水海《みずうみ》』に浮かべている。

桶が押しやられ、流される気配を感じた。しかし通常の海や川と違って、上里を沈めている『水海』には波が生まれない。すぐに動きはとまるはずだった。ところが、そうなる前に、がりっという奇妙な音が響いた。がりっがりっ。桶の外側をだれかが引っ掻いているような音に聞こえた。雪緒は暗闇のなかで視線を動かした。外の様子を確かめたい。

その祈りが聞き届けられたかのように、上部を覆っていた布がずるっとずれた。

(——だれ)

恐怖で喉が震えた。布の隙間《すきま》から巨頭の山姥《やまんば》が桶を覗きこんでいた。花鯉の変化した姿だ。

雪緒と目が合うと、山姥は布の蓋を元通りに直した。再度の暗闇が押し寄せる。

桶が動き出す。山姥に運ばれている。連れられた先にあるのは、恐怖に彩られた凄惨《せいさん》な死だ。

生きたまま食われるか、殺されてから食われるか。

(ああ、動け、動いて。お願い、私の身体)

何度も念じて、ようやく指の先を上げることができた。だが、それが限界だった。

——手足を動かそうと躍起になるあいだに、どのくらい屋城から引き離されたのか。

急に桶が傾いたような感覚に襲われる。愕然《がくぜん》と視線を上げれば、山姥がふたたび布を持ち上げて、桶を覗きこんでいた。どうやら桶をひっくり返し、雪緒を水海に落とす気でいる。

(落とされたら、私は、もう)

雪緒が身体を強張《こわば》らせ、歯を食いしばったとき、山姥が急になにかを警戒した様子で視線を巡らせた。桶が激しくゆれる。

(なにが起きたの)

状況を把握できず、ぞっとしていると、桶を覆う麻布が完全に取り外された。

雪緒は視線を動かし、息を呑《の》んだ。

先ほどの山姥とはまたべつの、蓬髪《ほうはつ》に般若《はんにゃ》の面をつけた何者かが雪緒を見下ろしていた。巨頭ではなく、普通の人間と同じ体型をしている。

その者が軽々と雪緒と千速を腕に抱え、自分の乗っている川舟へと移動させる。

「……怯《おび》えるな」

般若の面の者が、抑揚のない声で囁《ささや》いた。聞き覚えのある声に雪緒が息を潜めていると、その者は蓬髪ごと般若の面を外した。あらわになったその者の顔を見て、雪緒は仰天した。

(耶花《やか》さん!?)

——鬼だ。先月開催の祭事に絡む騒動で出会った鬼の一人。おそらくあの場にいた鬼衆のなかで最《もっと》も高位。姿形は女のように美しい。茶色の長い髪はさらさらで、身体つきも華奢《きゃしゃ》。十代後半の雪緒と同じ年頃に見える。額には花鈿《かでん》のような、蓮《はす》の模様が小さく描かれている。

「声が出ないのか」

耶花は小首を傾《かし》げると、口づけできそうな距離まで顔を近づけてきた。ぎょっとする雪緒の口に、息を吹きこむ。冬の風のような、冷たさを感じるふしぎな息吹だった。

「あ……」

息吹効果で、すぐに声が出るようになった。それどころか、多少の痺れは残るものの、上体を起こせるまでに回復している。雪緒は、いまだ意識の戻らぬ千速をしっかりと抱きかかえたのち、耶花へ困惑の眼差《まなざ》しを向けた。

耶花のほうも、雪緒を害するようなそぶりは見せず、静かにこちらを見つめ返す。

(閉ざされた上里に、なぜ耶花さんが、というのは愚問か)

撫子《なでしこ》御前祭の力を借りているに違いない。祭名にもなっている撫子御前は、鬼女の一面を持つ。祭りの最中に非礼を働けば、御前は鬼女に化ける。鬼衆の渡りを許してしまう。

白桜、梅嵐ともに、理由は依然として不明だが、絵の川に異変が生じている。鬼に、里の内部へ潜りこむ隙《すき》を与えてしまっている。

（あらためて考えると、鬼に絡む祭事がずいぶん多い）

雪緒はそんな疑問をふと抱いた。

「もう話せるだろう？」

「……はい」

雪緒がためらいとともに返事をすると、耶花は微笑んだ。花が綻《ほころ》ぶような淡い笑みに、雪緒は、ぐっと息を詰める。

（鬼も普通に笑うんだよなあ！　いっそ終始不気味な振る舞いをしてくれたほうが後ろめたさを感じなくて済むのに！）

状況だけを見れば、耶花は先ほどの山姥を追い払い、雪緒を助けたように思える。

だが雪緒は、恩人の耶花からどうやって逃げようかと焦っている。

「……少しお聞きしてもいいですか？」

「なんだ」

ぶっきらぼうな応答だが、これが耶花の普通らしい。

「耶花さんが……鬼が、白桜や梅嵐に災いを招いて、凶事を引き起こしたんですか？」

もっと言えば、紅椿ヶ里を襲った祟りも、耶花たちの仕業なのか。だが、「私を攫《さら》い、さらには白月様を懲らしめるためなのか」と、はっきり聞く勇気はない。

耶花はゆっくりと瞬きをした。

表情が読みにくい。なにを考えているのかさっぱりわからない。

「雪緒」

名を呼ばれ、流れで「はい」と答えかけたが、寸前で耐えた。耶花がくすっと笑った。

「災いの気を消してやると言えば、おまえは私たちのもとへ来るか?」

私たち、という表現に雪緒は身構えた。慌てて周囲を確認し、どきっとする。

桶と木舟は水面に浮かんでいる。睡蓮《すいれん》の葉や浮き草もぷかぷかと浮いている。経過時間を考えると屋城からそれほど離れたようには思えないが、正確なところは不明だ。見上げるほど茎の長い巨大なフキがあちこちに水面から飛び出ていて、傘《かさ》のように視界を遮っている。

そしてそのフキの上に、般若の面を装着した不気味な集団がしゃがみこんでいた。衣も袴《はかま》も、赤に緑に青にと派手な色合いで、異民族のような貝の首飾りや腕輪をはめている。

耶花の仲間の鬼衆で間違いなかった。ざっと数えても六、七人は、いるだろうか。

(これって絶体絶命《ぜったいぜつめい》じゃない? 私は無事にこの場を切り抜けられるのかな!?)

耶花だけでも難しいのに、ろくに武器も持たぬ人の子が多数の鬼を手玉に取れるわけがない。

「助けてやってもいいぞ、雪緒」

耶花が、百面相する雪緒に淡々とした口調で交渉を持ちかける。

ず、図々しい!

雪緒は胸中で叫んだ。自分たちで災いを招いておきながら、悪びれもせず恩を売るのか。

「私の弟たる三雲《みくも》がおまえ恋しさに、日々苦しんでいる。無垢《むく》な鬼を狂わせた責任を取れ」

「もう色々突っこみたい。えっ、三雲って、耶花さんの弟なんですか？」

驚きの事実をさらっと口にされ、雪緒はつい反応してしまった。耶花は深々、うなずいた。

「そうだ。だから私が弟のために、おまえを我らの地へ連れ帰る」

「帰らないでください。行きません」

白月や宵丸とはまた系統の違う気ままさを、この耶花から感じる！

「だが雪緒は、難儀しているのだろう。こうして里の民に欺《あざむ》かれ、流されるほどに」

鬼めー！　と雪緒は悶《もだ》えた。だれのせいで苦労をしていると思っているのやら。雪緒がふたたび百面相をすると、耶花は「どうどう」とでも言うように、肩を叩いてきた。

「雪緒は御館の元妻だそうだな。怪や妖《あやかし》を抵抗なく受け入れられるのなら、鬼の仲間になったっていいじゃないか。見た目だけで言うなら、怪より我ら、人に近いぞ」

そうですね、そうなんですけれどもね！

「我らのなにがだめなんだ」

真面目《まじめ》に聞かれて、雪緒は困った。鬼だからだめだ、という答えは卑怯《ひきょう》な気がした。

「確かに我ら、人を食う」

「うん、すごくだめだと思います」

「だが、番《つがい》は死んだあとでなければ食わないんだぞ」

「まず食べようとするのをやめてほしい……」

「食べねば、腐るだけじゃないか」

なぜそんなことすらわからんのだ、といった呆れた目を向けられる。

えっ、そういうものなのかな……？　と、雪緒も次第に混乱した。いや、待てよ。

「番は大事にすると言いますが、そもそも鬼様は頻繁に人や怪を襲うじゃないですか！」

「なるほど。我らの多くが、野蛮《やばん》であることが恐ろしいのか」

納得したようにうなずく耶花に、雪緒は言い募った。

「大半の鬼様は、私たちと会話をしないでしょう？　聞く耳を持たないというよりは、獣のような者が多い——いえ、悪口じゃないんですけれども！」

「いや、言いたいことはわかる。若い鬼は、知もなければ堪《こら》え性《しょう》もない。人を見れば食いたがる。本能のまま動く。だが雪緒。それは、我らだけなのか？」

耶花の問いに、雪緒は気圧《けお》された。

「人の子だって、赤子のうちは獣となんら変わらぬ。善悪の判断もできぬ。欲のままに泣き、食い、眠る。それが成長し、理知を得て、言葉を操るようになる。違うか？」

……その通りだ。

「どうだ、人と鬼、よく似ていると思わないか」

似てる。……からこそ、ここで肯定できない。

「三雲は、よくはないのか？」

雪緒が頑《かたく》なに拒む気配を伝えたためか、耶花はどことなくしょんぼりした様子で尋ねる。

（いいか悪いかの問題じゃない）

苦い思いを雪緒は抱いた。鬼と理性的に問答するはめになろうとは。

「我らが他種族に対して、これほど譲歩することはまずないぞ。雪緒は以前に我らを救ったろう。だからこそ力づくで攫う真似はせず、自ら歩み寄ってくれるよう誘いの声をかけている」

「でも、もしも私が拒否した場合は、最終的に攫うつもりでは……？」

「当然だ」

即答する耶花に、雪緒は胡乱《うろん》な目を向けた。鬼は天然が多いのだろうか。

「だって結局、人は落ちる」

雪緒の表情をどう解釈したのか、耶花は遙《はる》か彼方《かなた》を睥睨《へいげい》するような目つきをした。

「落ちる？」

「鬼が愛せば、人は落ちる。抗《あらが》えるわけがない」

耶花の口調に迷いはない。ただ事実を述べているといった、自然な雰囲気がある。

受け取り方によっては情熱的にも思える耶花の言葉に、雪緒はどきりとした。

どういう意味で、人は落とされてしまうのか。魂の堕落《だらく》を意味するのか。それともまさか、恋に落ちるという意味なのか。雪緒の脳裏に、雄々しくも美しい鬼、三雲の姿が蘇《よみがえ》る。

あの鬼は、愛はわかるのに、恋を知らずにいた。

(三雲と、恋を？　そして、愛し、愛される関係になるの？)

そんな──。

「それに、人肉だって一度食べてしまえば美味《うま》いとわかる。雪緒もいずれ、そうなる」

耶花が確信を持って言った。

「絶対なりません」

雪緒はきっぱり否定した。危なかった！『人肉のススメ』という、とんでもない一言がなければ、耶花の澄んだ眼差しと独特の気配に惑わされていたかもしれない。

む、と耶花が眉間《みけん》に皺《しわ》を寄せたときだ。大きなフキの葉の上で待機していた鬼が、ばっと勢いよく背後を振り返った。その動きと同時に、鬼を乗せていたフキの茎がいきなり破裂する。

鬼は獣のように跳躍し、べつのフキへと飛び移った。

なぜ突然フキの茎が弾《はじ》け飛んだのか。雪緒は唖然《あぜん》とし、無意識に耶花の袖《そで》を掴んだ。耶花が微妙な視線を向けてきたが、それを気にする余裕はない。

破裂の原因を探るため、戦々恐々《せんせんきょうきょう》とあたりをうかがえば、遠方から黒い獣がぴょんぴょんとフキや睡蓮の葉を踏み台にしてこちらへ近づいてくる。体躯は虎、尾は蛇。猿めいた険しい顔。

(あれは鵺……由良さんだ！)

雪緒は目を見張った。鵺は、雪緒たちの乗る舟のそばに浮かんでいた睡蓮の葉の上に飛び移ると、そこで獣の姿を解き、人の形へ変化した。

(由良さん、大丈夫なのかな。妖力をほとんど封じられている状態なのに)

鬼の乗るフキの茎を破裂させたのは彼だろう。由良の本性は鵺なので獣姿に戻ることは可能だが、無理に妖力を絞り出せば、体内の霊力まで大きく損なう。霊力は、命に直結している。

「鬼どもめ。その女をどこへ連れていく気だ」

由良が襟《えり》の内側に入った髪を荒っぽく手で払い、怒りを滲《にじ》ませた声で問う。

「どうもおかしいと思ったんだ。赤犬のやつは水を捨てると言ったが、桶から水の音がしない。気になって確認しに戻れば、水中の化け物が桶を抱えて泳いでいくじゃないか。そうして追ってみたら、鬼どもがいやがる」

耶花を睨み据える由良の冷静な発言に、雪緒は胸を熱くした。

(本当に由良さんを讃《たた》えたい！　できる男は違いますね……！)

感謝の念をこめて由良を見つめると、彼はなぜか牙《きば》を剥《む》く獣のようなひどい顔をした。

「こっの、ぼけなす女が……」

「ええっ、なんで罵倒《ばとう》!?　感謝の気持ちが半減しましたよ！」

予想外の反応に驚いて言い返すと、彼は耶花を睨《にら》んだとき以上の凶悪な目を雪緒に向けた。

「なんで鬼に縋《すが》ってやがる。まさかてめえ、鬼と通じているんじゃないだろうな！」

語気荒く指摘され、雪緒はぽかんとしたのち、青ざめた。耶花の袖を掴んだままだった。

慌ててぱっと手を離し、彼に事情を説明する。

「これは、誤解です。……さっき、由良さんがいきなり鬼様を攻撃して、フキの茎を吹き飛ばしたでしょう？　それで驚いたんですよ！」

「言い訳は聞かん」

雪緒たちのやりとりが気にくわないのか、フキの葉の上にしゃがみこんでこちらを見下ろしていた鬼衆が、ぢっ、ぢっと舌を鳴らす。鬼特有の表現方法だ。

耶花がちらっと仲間を見た。その途端、鬼衆の殺気が膨れ上がる。

（もしかして、由良を始末しちゃえよ、とか指示した？）

雪緒は慌てた。多勢に無勢で、どう考えても由良が不利だ。交戦せずに撤退するにしても、ここには雪緒というお荷物がいる。手足の痺れは取れたが、無力な人の子を戦力に数えてはいけない。千速もいまだに気を失ったままだし、由良自身、妖力も存分に使える状態ではない。

だが由良の性格上、雪緒たちを見捨てて一人で逃げるという選択肢は存在しないのだ。自己犠牲《ぎせい》精神あふれる……と言うよりは、敵前逃亡《てきぜんとうぼう》なんて誇りが許さぬと考えている。

「由良さんを殺したら！　私、とても鬼様を受け入れられないです！」

雪緒は焦りと妙な気恥ずかしさと恐れに苛《さいな》まれながらも声を張り上げた。

自分の言葉がどの程度鬼を――耶花を牽制《けんせい》できるのか不明だが、言わないよりはましだ。

「食えばこの男もおまえの一部になる。問題ない」

耶花は動じることなく、冷淡に答えた。

（そうくるかー！）

雪緒は頭を抱えたくなった。言葉が通じようと、鬼に道理を求めるほうが間違っている。

「おい、ぼけなす女！　だからなんで鬼と楽しく口を利いてやがる！」

耶花との会話を唖然と聞いていた由良が、濃厚に怒気を放ち、叫んだ。

「なにも楽しんでません！」

心外だと憤れば、こちらと同じくらいの勢いで由良に切り返された。

「だいたいてめえ、なぜ鬼の言葉がわかるんだ！」

「――え？」

「そいつはてめえに、なにを吹きこんでやがる！」

雪緒は一瞬うろたえたが、すぐに気を取り直して答えた。

……が、自分で思うよりも、冷静ではなかったようだ。

「人肉と鵺肉の誘いです。でも、ちゃんと断りましたよ！」

「はあ⁉」

由良は素っ頓狂《とんきょう》な声を上げると、苛立ちをこらえるように腰に手を当て、溜め息をついた。

「もういい。その鬼に伝えやがれ！　――警戒心の欠落したこのぼけなす女は、それでも俺の恩人だ。勝手に連れ去るな。詳細は知らんが、前の月に鬼がぼけなすを見初めやがったと聞く。ひょっとしててめえがその趣味の悪い鬼なのか？　なにをとち狂ったんだ……、まったく信じられんが、惚《ほ》れた女を力づくで攫うような、卑怯な真似をするんじゃねえ！　惚れてるんなら惚れさせろ、むしろ攫ってくれと相手に乞《こ》われるようなやつになってから出直してこい!!」

「私のことを何度ぼけなすって呼ぶんですか！　すごく怒りたいのに、もおお!!」

凛々《りり》しい主張に、雪緒は身悶えした。ずば抜けて口の悪い怪だが、彼の清冽《せいれつ》な水のごとき爽《さわ》やかさはなんなのか。恰好よすぎないだろうか？

「……この怪は、もしかして鬼の私を窘《たしな》めているのか？」

耶花のほうはこちらの言語も解するのか、異物でも見るような目を由良に向けている。まさかこんなにも正々堂々《せいせいどうどう》、まっすぐに諭《さと》されるとは夢にも思わなかったという表情だ。いや、鬼相手になにを説くのかと、正気を疑っている表情と言うべきだろうか。

「さっさとぼけなすを返せ。惚れた女をてめえが苦しませて、どうする」

由良はどこまでも男前な発言をしたが、だからと言って状況が好転したわけではない。こちらが圧倒的に不利なままだ。毒気を抜かれた耶花はとくに戦意を見せないけれども、まわりを囲む鬼衆は違う。頭たる耶花が責め立てられていると判断し、由良に殺気を向けている。

どこかに突破口はないだろうか。雪緒はすばやく視線を巡らせた。そのとき、胸に抱きかかえていた千速がそうっと瞼を開いたのに気づいた。

（起きないで！　寝たふりをしていて！）

雪緒は目で訴えた。鬼衆は、仲間の三雲を出し抜いて愚弄した白月に、深い恨みを抱いている。気絶中だから見逃《みのが》されていたが、彼と同族の千速が目を覚ましたとわかれば、鬼衆たちは怒りを燃やして危害を加えようとするかもしれない。

利口な千速はすぐに状況を理解したらしく、目を潤ませて、「おれが……、血路を開く！」というような覚悟を見せたが、雪緒は厳しい表情でとめた。気持ちを落ち着かせてやろうと、千速の目元を手のひらで覆い隠す。この子狐もちょっと自己犠牲精神があふれすぎている。

（千速が暴走する前に、だれか援護に来てくれないかな）

雪緒が焦りとともに祈ったとき、今度は白い獣が器用に睡蓮の葉の上を駆けてきた。

珍しく、雪緒の祈りが天に通じたようだった。

「白月様！」

もふもふの白狐が、由良の横の葉に飛び乗り、動きをとめた。ゆらりと長く太い尾をゆらし、冷たさの滲む目を眇《すが》めて雪緒を見る。

その後、色濃い白煙を周囲にまき散らして人の姿に変化した。

「珍しい友が来ているようだが、俺の妻になにか用か？」

白月が優しく微笑む。でも優しいのは見た目だけだ。本性はだれよりも苛烈《かれつ》だ。

「俺の許可なく雪緒に触れないでくれ。他者と分け合う気はないんだ」

彼は、時々胸が苦しくなるほどのつらさを与えてくるけれども、ここぞというときには必ず駆けつけてくれる。そして目のくらむような執着を見せる。

雪緒はそのたび、心が引き寄せられる。

「俺が雪緒の全部を食うんだ。肉一片たりともやらないぞ」

また私を食べる発言をしてる。白月も鬼も、そんなに食べたいのだろうか。

「……御館が相手では、さすがにこの数では分が悪い」

耶花がぽつんと告げた。それを合図に、一斉に鬼衆が動く。攻撃に移るつもりかと雪緒は焦ったが、彼らは獣のような動作で撤退し始めた。耶花も「すぐに迎えに来る。それまでに覚悟を決めておけ」と囁くと、雪緒をすうっと視線で撫でてから、身軽に隣の蓮の葉へ移動した。

(迎えに来られても困る！　いや、でも白月様たちがいまは妖力をあまり使えないこと、鬼にバレなくてよかった)

激突を回避できたことに、雪緒は胸を撫で下ろした。

「逃がすかよ」

そう吐き捨てて鬼衆を追おうとする由良を、白月がとめた。

「俺が行く。おまえは念のために周囲を警戒しておけ」

指示を出したのち、白月は駆け出そうとした。が、ふと気が変わったように、雪緒の乗る木舟に飛び移った。先ほどまで耶花がいた場所に膝をつき、座った状態の雪緒の顔を覗きこむ。

「俺はどんなことがあっても、雪緒を守り切る」

白月の瞳が、驚きに打たれる雪緒の姿を映す。逆光だからか、瞳《ひとみ》が少し茶色っぽく見えた。

「ほかの者がどれほど騒ごうが、どうでもいい。雪緒は俺のそばにいろ」

雪緒は、瞬きも忘れて白月を見つめた。驚きすぎて、抱えていた千速をころんと膝に落としてしまった。空気の読める狐の千速は、寝たふりを続けている。

白月の視線は、一度もゆらぐことなく、雪緒だけを貫いていた。

「俺のそばにいると約束しろ。それで、俺に、恋を。確かな恋をくれ」

「――恋を？」

雪緒は震える声で尋ねた。

「ああ。俺も、雪緒に捧《ささ》げる。全部捧げる」

まさかと思う。白月は恋なんてしない。打算の愛しか掴もうとしない。恋を知らぬわけではないが、彼のなかでは重要視されていない。たぶん最も価値が低い。ただし、恋をしたほうがおのれの利益になるのなら、してもいい――そう冷徹な態度で判断するお狐様だ。

「約束なんか、そんなの……恋は、捧げようと思ってするものじゃないし……」

雪緒は自分の心を守ろうとした。白月に誘惑されるときは大抵、ひどい目に遭う。遭ってきた。じゅうぶん警戒しなければ……。

（恋は、勝手に実って、育って、色づいて、甘く香るものだ）

理性の入る余地なんてない。狂わなければ、恋ではないのだ。

「だが俺は、恋がほしいんだ。雪緒が、俺の恋なんだ。そう思うのは間違っているのか？」

――白月は、いつになく誠実に語っていた。本物の『恋する一途な狐様』のように。雪緒は信じられない思いで彼を見つめた。

「あ……で、でも」

「返事」

「私は、だけど、急に言われても」

「返事だ、雪緒。俺と、恋に落ちよう」

静かに望まれ、雪緒は操られたように「はい」と答えていた。いいえ、という拒絶の言葉など、嘘《うそ》でも口にできない。――だって雪緒はずっと前から白月だけに恋をしてきた。つらくてこわい片恋だった。それがいまようやく、蕾《つぼみ》を開こうとしている。

(――枯らさなくて、よかった)

雪緒は、現《うつつ》とは思えぬようなぼうっとした心地のなかで、そう思った。

「……指切り」

どこか照れを含んだ表情で白月がぶっきらぼうに言い、雪緒に手を伸ばす。

「ゆ、指切り！」

雪緒はもう、気を失ってもおかしくなかった。指切りって。本気で約束をする気だ！

「ほら。指。寄越せ。こう」

わざと作ったようなしかめっ面の白月に、無理やり左手を取られ、指切りをさせられた。

指切ったー、のあと、「よし」と、満足そうに白月が笑う。

(本当に？　本当に、恋を？　私が相手で、後悔しないの？)

指切りした手を見下ろし、なおも信じられない思いで混乱していたら、焦れた由良が「おい！　なにをやっているんだ、おめおめと鬼を逃がす気か！」と怒鳴った。白月は微苦笑すると、ふたたび白狐に変じ、弓矢のような勢いで葉から葉へと渡って、鬼を追いかけていった。

雪緒は放心ののち、両手で顔を押さえた。膝の上の千速も両前肢で自分の顔を覆っていた。

(騙《だま》す必要のないときに、恋をしたがるってことは、白月様は、あれだ。つまり本気で恋する狐様……、だれか！　私を引っぱたいて!!　ちょっと心臓がとまる。あっ、とまる……！)

上里の民に裏切られ、桶で流された苦痛など、跡形もなく吹き飛んだ。

「恥ずかしくて息絶える。私、百年くらい死ぬから、起こさないでね……」

雪緒は千速を掴み上げ、もっふ、と遠慮なく腹部の毛に顔を埋めた。できる狐様の千速は、雪緒の好きなようにさせてくれた。

「……おまえたち、そういう色恋沙汰《ざた》のあれこれは、あとでやれ！」

頬を赤らめて叫ぶ由良に、雪緒は千速で顔を隠したまま勢いよく頭を下げた。

正論すぎて、しばらくは顔を上げられそうになかった。

◎陸・海神《わたつみ》　かいがん

鬼の追跡は白月《しろつき》にまかせて、雪緒《ゆきお》は由良《ゆら》とともに屋城《やしろ》へ急いだ。舟は、耶花《やか》が乗っていたものを使わせてもらった。屋城に近づけば、出入り口代わりの廻《まわ》り縁《ぶち》で、宵丸《よいまる》と井蕗《いぶき》がうろうろしていた。彼らは雪緒たちの舟に気づくやいなや、合図をするように大きく手を振った。

「雪緒様、ご無事でよかった！」

井蕗が安堵《あんど》の表情を見せ、木舟から廻り縁に移ろうとする雪緒に手を貸してくれた。……手を貸すというより担ぎ上げるような感じで、ひょいと身体《からだ》を持ち上げられたのだけれども。

「怪我《けが》もないようだな」

宵丸も表情をやわらげて言った。雪緒が返事をしようとすると、由良が制した。そして「このぼけなすから片時も目を離すな。片時も。いいな、片時もだ」と三度も念を押し、慌ただしく立ち去った。その際、雪緒の腕のなかで丸まっていた千速《ちはや》をむんずと掴《つか》んで連れていく。

(私たちを襲った赤犬の怪《かい》を捜すためかな)

その後、雪緒たちは、寝泊まりに利用している大広間ではなく倉庫部屋へ移動した。空の木箱や行李《こうり》が積み上げられている雑多な部屋だ。清掃もろくにされていないらしく、埃臭《ほこり》い。

「烏那《からすな》様や化天《かてん》様方も、すぐにこちらへ来られますよ」

井蕗が警戒するように廻り縁のほうをうかがってから、雪緒を励ます口調で言った。

「雪緒様を発見したら、こちらの部屋で落ち合おうと決めていたのです。上里《かみさと》の民があまり立ち寄らぬ部屋のようですので」

「……もしかして烏那さんたちも、私を捜してくれている？」

「ええ……、すみませんでした。あなたが攫《さら》われたのは、私の不注意です」

井蕗は、水の分配中に雪緒が消えたため、ずっと責任を感じていたようだ。木箱に並んで腰掛けると、今度は離れまいとするように、きゅっと手をつないできた。

雪緒は彼女の手のあたたかさに胸がちくりとした。

想いのこもったぬくもりが、かつて自分にいたはずの姉を思い起こさせる。

だが雪緒の心には、姉のぬくもり以外に残されているものはない。どんな人となりをしていたのか、優しかったのか、冷たかったのか、親しかったのか……。姉とすごした日々、そのなかで積み重ねてきた思い出、あったはずの愛を、いまはもうなにも覚えていない。

雪緒が落ちこんでいるのを、井蕗は攫われたせいだと勘違いしたらしい。おろおろとしながら背をさすってくれる。その手がまた優しくて、余計に切なくなる。

少しして、悔しげに口の両端を曲げた白月が屋城に帰ってきた。彼の後ろには由良や烏那、化天、半天狗《てんぐ》の怪もいた。どうやら皆、こちらに来る途中で合流したようだ。

彼らは雪緒の姿を確認すると、ほっとしたような顔を見せた。

（紅椿《あかつばき》ヶ里《がさと》に暮らす鳥系の怪とは相性がよくないけど、この方々には受け入れられている）

ふしぎな縁だと雪緒は思う。

彼らも木箱や棚など、思い思いの場所に腰を下ろした。鳥の性《さが》なのだろう、化天と半天狗の怪が止まり木のごとく窓枠に腰掛けている。由良の肩に乗っていた千速がぴょんと身軽に飛び降りて、雪緒の膝《ひざ》にそそくさと移動した。もう身体の痺《しび》れは取れたのだろうか。両手で顔を撫《な》でてやると、千速は雪緒の手首に尾を巻きつけてきた。

「んで、俺が大広間で居眠りしているあいだに、いったいなにがあったんだよ」

木箱の上に胡座《あぐら》をかいた宵丸が、気怠《けだる》げに尋ねる。

「そこの蛇女は薬屋が消えたと騒いでいたが、鵺《ぬえ》野郎と帰ってきたじゃないか」

雪緒は口をもごもごさせた。どう説明すべきか迷っていると、宵丸の隣に腰掛けていた由良が自身の膝を両手で掴み、軽く息をついてから話し始めた。

「このぼけなす女……雪緒は井蕗を連れて、各部屋で休んでいるやつらに水を渡していただろ。その途中で、赤犬のやつに呼び止められたんだよな？」

後半の言葉は、雪緒たちへの問いかけだ。井蕗がしゅんと目を伏せる。

雪緒はつないだままだった手に少し力をこめた。彼女は視線を上げ、微笑《ほほえ》んだ。

「ちょうどそのとき、ほかの怪にも声をかけられたのです。雪緒様と別行動を取るのはその怪に水袋を渡す短いあいだだけだからと、軽く考えてしまいました。反省しております」

「子兎《こうさぎ》が一部の民に狙《ねら》われているから警戒を怠《おこた》らずに護衛しろと言ったのに、おまえは……」

化天が厳しい視線を井蕗に向ける。

（そういえば白月様たち、難しい顔をして話しこんでいたことがあったか。あのときかな）

雪緒は驚くと同時に、なんだか面映《おもは》くも後ろめたくもあるような思いを抱いた。知らぬところで皆に気遣われていた。

「まあまあ。こうして全員、無事だったわけだしね。結果がよければいいのよ。……で？ その赤犬ちゃんが子兎ちゃんを攫ったの？ 由良ちゃんはどこで子兎ちゃんを見つけたわけ？」

長櫃《ながびつ》に足を組んで座っていた烏那が明るく取りなして、話の先を促した。

由良が心配そうに井蕗を見たあと、小さくうなずく。

「廊《ろう》でな、桶《おけ》を担いでいる不審な怪を見つけたんだよ。俺と鉢合わせしたそいつが、くだんの赤犬のやつだったわけだが……汚した水を桶ごと外に流すところだと聞かされたんだ。でも、その桶から水音がしない。奇妙に思って、念のためそいつが捨てた桶の中身を確認しようと廻り縁に出てみた。そうしたら、水中の異形が桶を運ぼうとしていた」

由良の説明中、雪緒は、蓋《ふた》代わりの麻布の隙間《すきま》から桶を覗《のぞ》きこんできた山姥《やまんば》を思い出した。

（あれは、私と藤間《ふじま》さんに手を伸ばしてきた山姥の花鯉《こい》と同種だ）

だが、花鯉のなかには、少し系統の異なるものもまざっている。

たとえば羊の角を持つ青年の怪を襲った花鯉などは、どこか斑紋《はんもん》がくすんでいたし、顔も崩れているような感じがした。なんと言うのか——山姥の花鯉に比べると、後者はずいぶんと不完全な印象を受ける。顔に笑みを張りつけていようとも、人のように手足があろうとも、後者は根本的に『生き物』とは違うのではないか。たとえるなら『生き物を模倣《もほう》した存在』……「念」が人の形をなしたかのような。前者と後者の差に、なにか意味はあるのだろうか。

自分の考えに没頭していると、膝の上の千速が「気分を紛らわせるために、どうぞ……」と言うように、雪緒の右手のなかへ自分の尾をそっと差しこんだ。

雪緒はありがたくもふもふさせてもらった。左側の手をつないでいた井蕗からも、「私もなにかを握っていただくべきか……？」という戸惑いの気配を感じた。

「——単なる汚水なら、異形がわざわざ運ぶはずがねえ。蓮《はす》の葉を渡って追いかけてみれば、どこからともなく鬼どもが現れやがる」

鬼。その言葉に、白月が顔をしかめた。由良も、頬《ほお》を歪《ゆが》めて話を続ける。

「鬼とは、水のごとく性質が変化する『曲者《くせもの》』だったな。だから水分神の神使《しんし》にも選ばれた。きっと水海《みずうみ》を泳ぐ花鯉のなかにまざっていやがったんだろ」

そこで宵丸が、眠たげな声を聞かせた。

「おまえが見たその鬼って、まさか薬屋にまとわりついている三雲《みくも》だかという粘着野郎か？」

皆の視線に晒《さら》され、雪緒はいたたまれない気持ちになった。

三雲本人はいなかったが、耶花率いる鬼衆が雪緒を攫いに来たのは間違いない。

（となると、紅椿ヶ里に白桜《しろさくら》、梅嵐《うめあらし》の、三つの里に吹き荒れた災いって、結局はどれもすべて鬼の祟《たた》りによるもので……私がきっかけなのか）

雪緒の排除を目論んだ赤犬の怪の言い分は、決して的外れではなかった。

落ちこむ雪緒をよそに、宵丸が指先で自分の膝を叩《たた》きながら白月を見やる。

「おい、白月。どうなんだ？　あの気に食わん目つきの、厳《いか》つい鬼野郎が来ているのかよ」

「俺はあいつの姿を見ていない」

白月は不快に感じているのを隠さずに答えた。大妖《たいよう》同士のやりとりに、由良が首を傾《かし》げる。

「厳つい鬼……？　いや、俺が見たのは、髪が長くて女のように麗しい容貌《ようぼう》の鬼だったが？　鬼どもはほかにもいたが、雪緒に話しかけていたのはそいつだけだ」

「はっ？　鬼が麗しいって？　おまえ、さっそく惑わされたのかよ」

宵丸が呆《あき》れたように言った。途端に由良が吼《ほ》える。

「だれがだ！　どういう見た目なのかを説明しただけだろうが！」

「あの鬼は、三雲の血族です！　耶花と名乗っていました、先月に催された鬼の嫁入り行列……祭事にも選ばれていた神使です。たぶん、行列のなかで最《もっと》も格の高い鬼だと思います」

喧嘩《けんか》になりそうな彼らをとめようと、雪緒は慌てて口を挟んだ。

白月と宵丸が示し合わせたように眉根《まゆね》を寄せる。

「雪緒……、人の子は基本懐っこい性情だが、鬼とまで馴染《なじ》もうとするんじゃない」

「薬屋ぁ。おっまえ、本当に大物ばかりを釣り上げるの、どうにかしろよ。入れ食い状態は、俺《おれ》の好物の蟹《かに》だけにしてくれ」

「馴染んでませんし、釣ってませんよ！　あと宵丸さん、その入れ食いはなにか違う！」

雪緒は急いで否定した。だが大妖たちは、「信用できなーい」とばかりに、首を横に振る。

「どうよ白月、ちょっとまずくないか？　人の子ってみんな、こんなもんなのか？」

「そうだぞ。人の子はこれが普通だ。怪より利口でありながら、無防備がすぎるんだ」

「やっぱ。あ、でもそういや昔、設楽《しだら》の翁《おきな》も言ってたな。人の子を育てるのは大変って」

「野生の竜の飼育と、どちらが難しいのだろうな……」

この大妖たち、語り合ってる！

宵丸がこちらに視線を投げ、偉そうにふんぞり返る。

「しかたない、蟹鍋《なべ》作ってくれたら許してやるぞ。卵と一緒に揚げたやつも美味《うま》かったな。あとなんかぴりっとする香辛料で焼いた蟹も好きだ。団子にして焼いたやつも」

「俺は油揚料理のほうが好みだな。焼いてもいいが、汁物とかも――やめろ宵丸。俺まで食い気につられる」

由良たちにじとっと見つめられた白月が表情を引きしめ、雪緒を軽く睨《にら》んだ。

「本当に雪緒、おまえ様は大物にばかり目をつけられる。……まあ、俺が妻にと望む娘なのだから、大物を釣り上げるくらいは当然か」

「ちょっとちょっと。さっきからなんなの？　俺まで蟹と油揚料理を食べたくなってくるでしょうが。ただでさえこの数日、まともなものを食ってないのよ。勘弁してよね。それに御館《みたち》ちゃんも当たり前のように惚気《のろけ》るのはやめなさい」

烏那が顔を引きつらせ、一人感じ入ってる白月をとめた。

「……太平楽《たいへいらく》野郎ども、話を戻してもかまわんか？」

由良が冷たい眼差《まなざ》しで全員を眺めた。

「長《おさ》や大妖になるやつは、自由気ままじゃなければならねえ決まりでもあるのかよ。――それで、雪緒を取り返したあとは、逃走した鬼どもを御館が追っていったんだ」

「いや、追いはしたが、途中で花鯉の邪魔が入って逃げられた。妖力《ようりょく》の不安定ないま、深追いは危険だ。その後は、屋城へ戻り、こうしておまえたちと合流した」

今度こそ真剣な態度に戻った白月の返答に、雪緒はひそかに動揺した。

ひょっとして、鬼を追跡する直前にあんな話……指切りとか、恋し合う約束をしたことも、取り逃がした原因のひとつになったのではないか。と言うより、それが一番の原因では。

(由良さんの言う通り、本当に大妖の方は自由気ままだ。緊迫した場面で、熱く恋を語る)

そのときの会話を思い出すと、雪緒は全身で叫びたくなる。ぐっとこらえたとき、白月と目が合った。彼はいつも通りの冷静な眼差しで、雪緒を見ている。

(白月様って感情を隠すのがうまい)

甘い話し合いなどなかったかのような、澄ました表情が憎い。雪緒ばかり動揺している。

「鬼の追跡中、俺と雪緒は一足先に屋城に戻った。そのあいだ、井蕗たちは屋城内を捜していたんだろ」

「ええ」と、井蕗がうなずく。

「屋城に戻ったあと、俺は雪緒を狙った赤犬のやつを捜した。だが、どこにもいない。いや、きっと屋城の民があいつを匿《かくま》っているんだろうよ」

「霊廟《れいびょう》に引きこもり中だという肝の小さな長のように、お隠れなさったわけか」

皮肉な調子で宵丸が言う。

「おまえらって気が長いし、まどろっこしいよな。最初から霊廟に乗りこんで、長をぶっ潰《つぶ》せばよかったんだ」

「まだ、やめておけ」

すぐさま白月が宵丸を諌《いさ》める。

「なんでだよ。狐野郎は臆病《おくびょう》だな」

「臆病か勇敢《ゆうかん》かの問題じゃない。霊廟はみだりに荒らすものではないんだ。時機を見て動け」

白月は厳しく言った。烏那と化天も同意見のようだが、逆に井蕗と半天狗の怪は宵丸の主張に賛成する表情を浮かべている。

「うるさいな。意味なく荒らしたりなんかしない。長と、そこに匿われている可能性の高い赤犬とやらを引っ張り出すだけだ」

宵丸は鬱陶《うっとう》しげに、白月に向かって手を振った。

「霊廟もだが、そこまで差し迫っているとも言いがたいこの状況で無理を押し通せば、屋城から追い出されるぞ」

手出しをしたくとも状況的に難しい、だから機会を待て、と白月は言いたいのだろう。

凶事の発端が、よりによって『元妻』の雪緒だ。それもあって、なおさら手を出しあぐねているのではないか。御館の身内の不始末だと梅嵐の民が判断し、強気に出てくるかもしれない。

そしておそらくは――鬼の出現により、いまこの場にいる者も、やはり雪緒が原因だったのかと考え始めたに違いない。

「……上里に鬼が現れたことは、すぐに皆さんに伝わるでしょうね」

雪緒が落とした言葉に、隣の井蕗がぴくっと手をゆらす。

「大丈夫ですよ、今度こそはお守りします。雪緒様には手当てをしてもらいましたもの」

だが、井蕗が白桜ヶ里で倒れたのだって、鬼の祟りが原因ではないのか。

「子兎もだが、由良も御館も、今後はとくに気をつけたほうがいい」

化天が皆を見回して忠告する。

「上里の異変は、鬼に執着されている子兎が原因。それを悪化させたのは、穢れに満ちている白桜を浄化し切れず瘴気《しょうき》をこちらへ流しこんだ由良のせい。そもそもは鬼と通じるような不義の娘を妻にしていた御館の浅慮《せんりょ》のせい——と、こんな話が民のあいだでかわされているぞ」

　白月は表情を変えなかったが、由良は瞳《ひとみ》に怒りを宿らせた。

「このまま日照りと飢餓が続けば、冗談ではなく、けだもののように共食いが始まる。そうすれば妖力の高いあなた方が、真っ先に集団で狙われる」

　雪緒は「そんな」とつぶやき、青ざめた。

「まあねえ。力乏しき者はなにかに寄りかかるものだわ。そのなにかは、必ずしも善《よ》きものとは限らない。俺たち怪は、もともと陰の性質に惹《ひ》かれやすいしね。……本当、人とは違うわ」

　烏那の突き放したような言葉に、雪緒は反論せずにはいられなかった。

「そこは、人も同じです。人だって、よくない考えに流れやすい。優しいだけではないです」

「その、流されたときの考え方が根本的に違うのよ。——忘れないでね、子兎ちゃん。たとえばの話よ、共食いが始まるって化天ちゃんが言ったでしょ？　人の子の場合、多くは『餓《う》えているんだから、自分が生き延びるためにはしかたのない行為なんだ』と、考えるわよね？　そうやって罪悪感を打ち消すために、自分を正当化したがるでしょ」

　烏那はちょっと笑った。

「でも怪はね、こういうとき、喜び勇《いさ》んで食いつくのよ。『生きるためにはしかたがない』じゃなくてね、『あacこれで強いやつを食っても許される、とっておきの名分ができた！』って、笑顔で拍手するの。待ちに待った機会だ、強いやつの血肉を食えば自分の妖力を増やせるとね。

そう喜ぶ怪のほうが圧倒的に多いわ」

だがそれだって、『食料』扱いするのは思い入れのない相手限定ではないか。身内や知り合いではなく、自分にとって『どうでもいい』赤の他人。なら、根本の部分は人と変わらない。

雪緒は当たり前のように考えた。そうして皆を見回し——ふっと息をとめる。

暗闇《くらやみ》の塊が、ここに墜落《ついらく》したような感じがした。

(——違うんだ)

考え違いをしていると雪緒は気づかされた。背筋を震わせるような恐ろしい理解だった。

(宵丸さんもよく、空腹を訴える)

烏那の話を聞いて雪緒が一番に心配したのは、梅嵐の民が自分や白月たちを襲うのではないかということだ。彼らにとって雪緒たちは『どうでもいい』赤の他人に相当する。だが——ここにいる白月たちのあいだでさえも、共食いが起きかねないのか。そういうことなのか。

「——最初に食べられるのは、私でしょうか?」

瞼《まぶた》を閉ざして、雪緒は尋ねた。この問いに、だれがどんな顔を見せるのか、知る勇気がない。

膝の上の千速とも目を合わせられなかった。

「雪緒様、私はあなたを食べませんよ。悲しげな顔をなさらないで」

井蕗が慌てたように言う。つないだままの手が、あたたかい。かつての「姉」のようなぬくもりを伝えてくれる。でも、本物の姉ではない。人でもない……。

「……烏那、雪緒を脅すのはそこまでにしておけ」

白月が溜《た》め息まじりに牽制《けんせい》した。それでいくらか、張り詰めていた場の空気がやわらぐ。

「怪に信を寄せすぎる雪緒に危機感を持たせたいのはわかる。鬼すら認める危うさを憂慮したのだろ。だが俺は、雪緒の、人らしい情け深さは消すべきではないと思っている」

「すっごく甘いわあ、御館ちゃん」

烏那が、顎《あご》を片手でさすって、苦く笑った。

雪緒はさらに勘違いをしていた。彼も化天も親切なだけではなかった。雪緒の無知を、考えの足りなさを、彼らはしっかりと咎《とが》めている。そうだ、責められるのは井蕗ばかりではない。

軽率に彼女から離れた雪緒にも、自覚が足りなかったのだ。

「甘くてなにが悪い。薬屋を脅しすぎて、俺が嫌われたらどうするんだ」

宵丸が胡座をかいた体勢で頬杖《ほおづえ》をつき、嫌そうに烏那を批判する。

「飯がまずくなるだろ」

何気なく吐き出されたその言葉に、雪緒はなによりも、ひやりとさせられた。

人の子が作る料理は神饌《しんせん》に似ているという。

(心が隠し味になる。愛情が味を深める。神饌に等しいために)

その料理が今後、「まずくなる」ということは。

✿

倉庫部屋を出たあと、白月が由良を伴って塩々《えんえん》のもとへ脅迫に……話し合いをしに行くと言った。烏那も、楽しそうだからつき合うと挙手する。宵丸は気がついたら消えていた。どんな場所でも自分を貫く彼の行動は、だれにも阻めるものではない。

井蕗と千速が雪緒に張りつき、「護衛する！」と、力強く宣言してくれたのがありがたい。

不測の事態が起きたときのために頭数を揃《そろ》えておこうと、化天も同行する流れになった。

「民を刺激しないよう、大広間へは戻らぬほうがいいな」

別行動を取る白月たちを見送ったのち、化天が普段通りの硬質な声で言う。

「でしたらいっそ屋根の上にのぼってしまうのは、どうでしょう！」

元気に提案したのは千速で、それに井蕗が、う、と気まずげな顔を見せた。

「少々私、熱と乾燥に弱くて……いいえ、耐えてみせますが」

そうか、蛇族だったか。

「無理しないで」と、彼女を慰めていたら、化天は思案げに雪緒を見つめた。

「怪の私たちはまだ耐えられるだろうが、子兎にこの強い日差しはきついだろう。人は脆《もろ》い」

廻り縁から外をうかがえば、ぎらぎら、とか、じりじり、という表現が似合う太陽が天の頂にある。空全体が黄色く見えるくらい、日の勢いが強い。

雪緒は忘れていた暑さを思い出して顔をしかめ、手の甲で首筋の汗を拭《ぬぐ》った。

「ですが、屋城にとどまるほうが、雪緒様には危険な気がしますよう。舟で絶えず移動を続けてもいいですが、もしも、その、鬼がふたたび現れたら……」

千速が狐耳を伏せて困ったように言う。

うーん……、と皆で悩みながら、他者の気配を避けて廻り縁を進んでいたときだ。

「待て」

化天が急に雰囲気を鋭くさせて雪緒たちをとめた。

「──姑息《こそく》なことだ」

咎める口調で言って、彼は身を屈《かが》めると、脛《すね》の高さあたりを指先で弾《はじ》くような仕草をした。

すると、それまではそこになにも見えていなかったのに、足止めを目的としたような、ピンと横に張られた黒い糸が現れた。化天の指がその黒糸をぷつっと切り、跡形もなく霧散させる。

雪緒は目を見開いた。「呪詛《じゅそ》」と、自分の口から無意識の言葉が滑り落ちる。

井蕗が形のいい細い眉をひそめて、黒い糸が張られていた場所を不快そうに見下ろした。

「稚拙《ちせつ》な呪《のろ》いですね。この程度では、私たちをどうこうできるわけがない」

──怪に対しては、という説明が抜けている。これは、人の子の雪緒を狙ったものだ。

化天たちと一緒だったから呪を浴びずに済んだが、もしも一人でいたら危なかった。

雪緒はだれにも気づかれないように奥歯を噛《か》みしめた。

（人は、悪意に弱い。何度も「おまえはいらない」っていう思いをぶつけられると、だんだんと抗《あらが》う気力を失っていく。……ううん、違うな。「人」ではなくて、「私」がだ）

一度や二度の拒絶ならまだ、「私が原因と言われても困る」と強気で退けられる。実際、雪緒は望んで鬼と関係を持ったわけではない。本音を言えば、「怪たちが勝手な理由で私を巻きこんだ」という怒りに似た不満が根底にある。だがここは強者の主張こそが正義の世だ。雪緒の意見は通りにくい。これまで交流のなかった民が相手なら、なおさらだ。

梅嵐の民も里の水没という甚大《じんだい》な被害に遭ったから、より必死になって雪緒を排除したがっている。ただ、そばにいる白月の目がこわいから、簡単に手出しができないでいる。

（必死と言えば……白月様は、積極的には災いの原因を探っていないような印象を受ける）

雪緒の危機にはすぐに駆けつけてくれるが、原因解明のための具体案は出さない。皆の意見を当てにしているふうでもない。どうも違和感がある。たとえばだが、白月を筆頭に、狐一族は呪詛や祟りに敏感だ。呪法《じゅほう》関連の事情に精通しているため、霊廟も軽んじることがない。それはわかる。が、白月はそこで終わるようなかわいらしい性格の狐ではない。

一通り敬意は払うが、必要があれば平気で霊廟でも墓でもためらいなく暴くだろう。なのに今回に限っては、一歩引いた姿勢を見せている。先走る者をせいぜい窘《たしな》める程度だ。

（よくわからないな）

雪緒は、小声でなにかを相談し合う化天と井蕗を視界に捉《とら》えながら、考えこむ。

白月の態度以外にも、些細《ささい》な引っかかりがいくつかある。宵丸の動きがいつもより鈍い点に関しては、妖力がまだ不安定なためだろうから、そこは不自然には思わない。

だが由良のほうは、どうだろう。彼は時々、瞳に影を落としている。

中途半端な状態で放《ほう》り出す形になった白桜ヶ里を案じているだけだろうか。

無意識に雪緒は難しい顔をしていたようだ。肩に乗っている千速が慰めるように頬擦りしてくる。ふわっとした毛の感触に、荒れていた感情の襞《ひだ》が少しなだらかになる。

「私が先を歩く」

井蕗とともに、ほかに罠《わな》が仕掛けられていないか確認していた化天が立ち上がり、こちらを振り向いて言った。いまのような罠や不意打ちの攻撃にすばやく対応するためだろう。

雪緒は小さく頭を下げた。こういうときの自分は本当に無力だ。

「思い詰めないでください、雪緒様。我らにも見せ場をくださいな！」

千速がほんのりと湿っている鼻先を雪緒の耳に突っこみ、囁《ささや》く。くすぐったさに微笑んでから、雪緒は化天のあとに続いた。しかし、いくらも進まぬうちに化天が立ち止まった。

と思いきや、いきなり駆け出して、前方の、廻り縁に面した部屋の障子を開け放つ。

また、罠が？　――どれだけたくさん仕掛けているのかと、雪緒は暗い気持ちになった。

化天がその部屋からだれかの襟首《えりくび》を乱暴に掴み、廻り縁に引きずり出した。どうやら彼は真《ま》面目《じめ》な雰囲気に似合わず、意外と武闘派のようだ。

「ひええ、やめてえ、荒事は苦手だよお！」

化天に襟首を掴まれたまま、わたわたと暴れているのは、雪緒と白月が助けた蛙《かえる》の怪、藤間だ。それと、「兄上を離せー！」と、もう一人、そっくりな体型の蛙の怪が目を剥《む》いて部屋から出てくる。藤間は肌が緑で、あとから現れたほうは桃色だった。どちらとも、顔も身体も蛙そのものだが、子どもの背丈以上あり、粋《いき》な着流しを身にまとっている。

雪緒は彼らを見て、正直なところ、かなり傷ついた。藤間の手には黒い糸が握られている。

(彼が仕掛け人かあ……)

ほかの怪ならしかたないと思えるが、自分たちが直接助けた藤間からも疎《うと》まれるのか。

「ああっ、違うよ、これは俺じゃないよお！　あっやめて、子狐め、足を噛むな！」

肩を落とした雪緒を見て、藤間が叫んだ。いつの間にか雪緒の肩から下りていた千速が、藤間の足に噛みついている。

「千速、こっちに戻ってきて」

慌てて呼びかけると、千速は渋々という様子で雪緒の肩に飛び乗った。

「兄上の言う通りだぞ！　あんたさん方、兄上に感謝せよ。兄上はなあ、あんたさんに恩返しせねばって、廻り縁を練り歩いて、ほかのやつらが仕掛けた呪詛の糸を回収していたんだぞ」

桃色の蛙が憤慨した様子で訴える。雪緒は目を見張った。罠を解除してくれていたのか。

「小柿《こがき》、突っかかっちゃだめだよお」

藤間が情けない声を上げる。小柿と呼ばれた桃色の蛙の怪は、ふんっと鼻を鳴らした。

「あんたさん、里のやつらね、皆、ちょおっと過敏になってるからよ、しばらくさ、どっかべつの……もうちょっと離れたところにでも避難したほうがいいよ」

化天の手から解放された藤間が、乱れた襟を直して、雪緒を見上げた。

「ほら、あっちのさ、遠くの屋根の上とかね。いまなら水中の異形をこわがって、あんまり外に出るやつおらんしさ」

藤間は黒い糸を無造作に帯に突っこんで、もじもじと言う。

「な、いいもんやるからよ。こりゃあ俺のご自慢の品さ」

藤間は、雪緒にふしぎな道具を手渡した。

「これは……シャボン玉ですか？」

雪緒はそれを矯《た》めつ眇《すが》めつ眺めた。内部が筒のごとく空洞になっている細長い棒に、蓋つきの小瓶という組み合わせだ。

（なぜ私はこれをすぐに、シャボン玉だと思った？）

そもそもシャボン玉とは、なんだったか……。

「おっ？　あんたさんも知っているのか！」

藤間が嬉《うれ》しそうに両手を叩く。

「そうだよ、しゃぼんさ。これは俺の一族に代々伝わっている秘術だ。なにせ俺の一族は、はいからなんでね！　こいつを飛ばせば、しばしのあいだ、めくらましになるよ。……そんなに効果は持続しないから、頻繁にしゃぼんを飛ばさなきゃなんないけどね」

「兄上が世話になったんで、俺もあんたさんにこいつをやる」と、小柿が差し出したのは、手のひらよりも小さな、ありふれた楕円形の葉っぱ数枚だ。細い葉柄もついている。

「ただの葉っぱじゃないぞ。息を吹きかけてごらんよ、おっきくなって、傘《かさ》に化ける。日傘くらいにはなんだろがよ」

小柿は胸を張った。ついでに、両方の頬も膨らませていた。

雪緒は渡されたものをじっと見たあと、それをぐいぐいと帯に差しこみ、代わりに、使わずにいた護符を取り出した。それを蛙兄弟に持たせる。

「もしもあなた方に危機が迫ったとき、これを身体に直接、張りつけてください。剥《は》がれ落ちるまでのあいだ、邪気祓《はら》えの効果を発揮します。それと、大広間の長押《なげし》の上に蛍石《ほたるいし》の欠片《かけら》をいくつか隠しています。それも使ってください」

雪緒は、札を持たせた蛙兄弟の手を、ぎゅっと握った。

恐ろしくて嫌な怪だけじゃない。情が深く、愛嬌《あいきょう》のある怪もいるから、嫌えない。

「藤間さんも小柿さんも、どうか無事でいて」

「あんたさんも、気をつけてな！」

「白月様や宵丸さんに会ったら、私たちのことを伝えてもらえますか？」

「了解だよお。そら、早よ行きなさいよ！」

手を振る蛙兄弟と別れたあと、雪緒たちは藤間の警告に従って屋城からの避難を決めた。

「なあ、しゃぼんって、なんだ？」

化天が、雪緒の帯に差しこんだものを熱心に見つめる。ずっと気になっていたらしい。

「薬ですか？」と、井蕗もまた、興味津々《きょうみしんしん》の目を向けてくる。雪緒は「石鹸《せっけん》水のようなものですよ」と笑い、それを帯から取り出してさっそくシャボン玉を吹くことにした。

小瓶の蓋を開き、吹き棒の先を液体に浸す。

ふうっと吹けば、きれいな虹《にじ》色のシャボン玉が宙に舞う。これに喜んだのは千速で、狩猟《しゅりょう》本能でも刺激されるのか、きゃうっと飛びつこうとした。井蕗が慌てて千速をとめた。

シャボン玉は遠くまでは飛ばすに、ふわふわと雪緒たちの周囲を漂った。

「……丸いな」

化天も好奇心を抑え切れない顔をして手を伸ばし、シャボン玉をつつこうとする。そのとき、廻り縁の向こうから数名の怪が歩いてきた。

雪緒たちは動きをとめ、表情を強張《こわば》らせた。しかし、目の前まで迫っても、怪が雪緒たちを認識することはなかった。シャボン玉自体、見えていない様子だ。

「――で、どうすんだよ。御館の怒りを買うのは嫌だぜ、俺」

怪たちが深刻な顔つきで、何事かを話している。

「最初は隙《すき》を見て水に流せって命令だったのに、今度は生け捕り？　どうなってんだよ」

「たぶんだが、あの娘の肝を長に食わせるつもりじゃないかね。……人間の血肉は霊薬のようなものだと聞く。竜の涙に匹敵する効能を持つんだと」

「ったくよお……。民を放置するだらしのねえ長も長だが、その娘もなんだってうちの里に厄を運んでくるんだよ」

「それを言うなら御館様にも問題があるだろ。女一人に惑わされ、腑抜《ふぬ》けになりやがって」

「やめろやめろ、あれでも八尾の化け物だ」

「いまなら俺たちでも仕留められるんじゃないか？　鬼の祟りで紅椿ヶ里も淀《よど》んでいるってよ。大半の民が臥《ふ》せっているそうだ。なら御館も本当は、かなり弱ってるんじゃねえ？」

怪たちは好き勝手なことを喋《しゃべ》って、雪緒たちの横を通り抜ける。雪緒は声を上げないよう、必死にこらえた。単なる陰口のようだが、これは近い未来、もしかしたら明日にでも現実に変わる話だ。烏那が打ち明けた『喜び勇んで食いつく』という言葉が心のなかで重みを増す。

「……行きましょう」

怪たちが廻り縁の角を曲がり、見えなくなったのち、井蕗がそっと雪緒を促した。

雪緒たちは、化天が作った青い羽根舟《はねぶね》に乗って屋城を脱出した。

水面を見下ろせば、竜のように大きな花鯉の魚影が悠々と水中を巡っていた。

◎漆・おほしさま　きららか

化天《かてん》は、羽根舟《はねぶね》を、屋城《やしろ》から半々刻ほど離れた水面に顔を出している屋根の横でとめた。建物は完全に水中に沈んでいる。無事なのは、反りの見られるその青い瓦屋根《かわら》だけだ。

「雪緒様《ゆきお》、落下せぬよう気をつけて」

井蕗《いぶき》が雪緒の手を取り、注意する。屋根はほぼ平らだが、瓦が波形のため躓《つまず》きそうになる。

「日差しが強烈ですねえ」と、もふもふの毛を持つ千速《ちはや》が、うんざりとした口調で言う。

「小柿《こがき》さんの葉っぱ、使ってみようか」

雪緒が小柿の葉っぱに息を吹きかけてみると、本当に雨傘《あまがさ》の大きさにまで変化した。これで強い日差しを遮断できる。心なしか、傘の下の空気がひんやりとして呼吸がしやすい。

「井蕗さん、どうぞ」

乾燥が苦手と言う井蕗にまず渡し、次に化天。最後に自分用を作って、雪緒は屋根の一番高い部分となる棟瓦《れんが》に腰掛けた。井蕗も隣に腰を下ろす。化天は、平部に立っていた。

(こちらに避難したのはいいけれど、この先、なにができるだろう)

そんなことをぼうっと考えながら雪緒は、シャボン玉を吹く。

「不安な顔をするな。御館《みたち》らがなんらかの成果を持ってくるだろう。それまで待て」

雪緒の憂いを読んだように化天が振り向いて、慰めを口にする。

雪緒は無理やり笑みを作ってうなずいた。でも、それでいいのだろうか。

待つだけで、解決するのか。答えの出ないまま、雪緒は宙を舞うシャボン玉を見つめた。


そこでどのくらい時間が経《た》っただろう。雪緒の隣にいる井蕗が、ふと重い溜《た》め息を落とす。

彼女の横顔をうかがうと、人の子の雪緒より疲労が深いのがわかる。

よく見れば、井蕗に渡した葉っぱの傘の先端が、枯れかけていた。

「ごめんなさい、井蕗さん！　私、うまく作れなかった傘をお渡ししたみたい」

雪緒は慌てた。葉は五枚ある。そのうち、使用したのは三枚。まだ二枚、残っている。

「新しいのを作りますね」

小柿から受け取ったときは枯れていなかった。雪緒の息吹《いぶき》が足りなかったようだ。

「いえ、私は大丈夫ですよ」と、強がりを言う井蕗の傘が、みるみるうちに枯れていく。

雪緒はとっさに自分の傘とそれを交換した。すると渡した傘までも端のほうからじわりと枯れ始める。井蕗が乾燥が苦手なことと関係があるのかもしれない。雪緒はそんな推測をした。

より潤いを含んだ空気を必要とする者が手に持つと、その分、傘の消耗も早くなるのではと。

「葉っぱはまだ残っていますので、大丈夫ですよ」

　枯れる傘を見て蒼白《そうはく》になった井蕗に、雪緒は安心させるため微笑《ほほえ》みかけた。すぐさま新しい葉に息吹を送り、それと彼女が持つ枯れた傘とを交換する。ところが、それすら枯れ始める。

「申し訳ありません！　こんなつもりでは……」

　畏縮《いしゅく》する井蕗に雪緒が驚いていると、軒先《のき》側まで近づいていた化天がこちらを振り向き、表情を厳しくした。

「井蕗の念が、傘を枯らしているんだ」

　雪緒は困惑し、彼らを交互に見た。意外なところで図太い千速が、ぴょんっと井蕗の膝に飛び乗り、同情も、あるいは蔑《さげす》みも感じさせない声で言う。

「蛙《かえる》たちの妖力《ようりょく》は強いものではありません。ですので、井蕗の『私は足手まといにしかなれぬ』という負の念、失望感に影響され、傘がしおしおになってしまったんでしょう！」

「千速っ」

　なんてことを、本人を見つめながら言うのだろう。白月《しろつき》の教育が悪いのか。

　戦慄《せんりつ》する雪緒に、井蕗が力なく笑いかける。

「千速様の指摘は正しいです。私は白桜《しろざくら》でも梅嵐《うめあらし》に流れ着いたあとでも、なにひとつ役に立っていない。――格の高い蛇一族に生まれたのに、妖力を使いこなせぬおちこぼれです。綾槿《あやむくげ》にいたときも皆にずいぶん落胆されました。ええ、気づかれたでしょう？　同じ里の者に、私は見下されている。……なんでもいいから私になせることはないのかと、そんないやらしい心積もりでこちらへ来た報いでしょうか。やはりここでも無能のまま……」

井蕗の持つ傘が柄まで枯れ、ぱらぱらと崩れた。

雪緒は首を傾《かし》げると、俯《うつむ》く井蕗の頬《ほお》を両手で挟んだ。

「へえ、井蕗さん、人の子の私と同じような悩みを持つんですねえ……。私もしょっちゅう、自分はなぜ『できることよりできないことのほうが多いのか』って、落ちこみます」

「……雪緒様は、ですが、か弱い人の身でありながら、立派に術をお使いになる」

井蕗の頬を撫《な》でると、彼女は、う、と目尻《めじり》を赤く染めた。

(私は知っているぞ。怪《かい》は、人の体温に弱い！)

千速がよくくっついてくるのも、それが理由だ。人のほうが、怪より体温が高い。つまり、ぬくい。夏であろうと心地よく感じるらしい。……と、千速のおかげで最近気づいた。

「いままで役に立つ機会がなかったってことは、これからなんですよ」

「……これから？」

弱った美人の涙目の破壊力……と、雪緒は心のなかでつぶやいた。

「これから、あなたの力が必要になるときが来る。ですのでいまは、温存する時間なんです」

「そうでしょうか……。来ますでしょうか？」

「来ます来ます」

「……本当に？」

「本当本当～」

調子よく答えていたら、千速と化天に、じいいっと見つめられた。……軽すぎただろうか。

「さあ、私と一緒の傘に入りましょう。二人で雨やどりならぬ日やどりすれば、こわくない」

雪緒は新しい傘を作ろうとした。その前に、枯れて、ぱらぱらと砕けた傘の欠片《かけら》が雪緒たちの膝に乗っていたので、手で払う。ぱらぱら。ぱらら。ぱららら――。

ぱらら。ら。

雪緒は目を瞬かせた。ぱらりと膝から落ちた破片が、おはじきに変わっている。

❁

――雪緒は、ぱっと立ち上がり、あたりを見回しておののいた。青い瓦屋根の上から移動はしていないが、化天たちの姿が消えていた。雪緒の足元には、おはじきが落ちている。

(これは前に、私が三雲《みくも》にあげたものじゃないか)

愕然《がくぜん》とおはじきを見下ろしていると、白い霧の向こうから川舟がこちらへ近づいてきた。

いや、舟ではない。黄色と桃色の斑紋《はんもん》がある花鯉《こい》が水面すれすれを泳いでいる。

その背に、鬼が……耶花《やか》が乗っていた。花鯉は、雪緒のいる青い屋根のそばまで寄ってきた。

耶花が身軽な動きで屋根へと飛び移ってくる。

「迎えに来た」

乱れた長い髪を手で軽く直し、耶花は淡々と告げた。花鳥の模様が入った薄紅色の衣に淡黄の袴《はかま》を合わせている。整ったその容貌《ようぼう》と相まって、水辺に咲いた花のような美しさだ。

「こちらへ来る気になった頃《ころ》だろう」

「……花鯉は、鬼を襲わないのですね」

彼女の言葉を無視するつもりはなかったが、雪緒は返答を避け、無関係な問いをぶつけた。

耶花は目を眇《すが》めて、雪緒を見つめた。

「我らはこいつと同じ質を持つ。花鯉は本来、女を守る天の魔物だ。女が川の外、境界の向こうへ出ないようにと……だから女の鬼は襲われない。男の場合は一度の渡りなら襲われない」

耶花は律儀《りちぎ》に答えた。

（やっぱり耶花さんは女性なのか。でも、一度なら男でも襲われないって、なんで？）

雪緒は、もったいぶることなくさらっと告げられた重要な事実に、内心焦った。

「この里を沈めた水海《みずうみ》には、べつのモノも混ざっているようだが」

確かに花鯉のなかには、奇妙なモノがまざっていた気がする。花鯉の偽物がいたということか。だが、なぜ偽物が出現したのか、それについて詳しく尋ねる前に耶花が話を進める。

「三雲から玻璃《はり》の平玉《ひらだま》を借りてきたんだ。おまえの居場所を正確に掴《つか》むために必要だった」

耶花が身を屈《かが》めて、足元にちらばっていたおはじきを拾う。雪緒は、苦い感情を抱いた。

（このおはじきが私と鬼の『縁』をつないでいる）

ほかに方法がなかったとはいえ、渡すべきではなかった。

「ひい、ふう、みい、よ……。ひとつでもなくすと、三雲に叱《しか》られる。今回だって、本当に嫌々、渋々、貸してくれたんだ」

拾ったおはじきの数を確認し終えると、耶花はこちらへ視線を戻した。

「三雲がな、おまえは前に泣いていたと言った。でも、いまは苦しげな顔をしているじゃないか。わからない。雪緒はなぜそうも、おのれに苦痛をもたらす場所にこだわるんだ？」

「こだわっているわけではないんですが……」

「そうではないなら、未練か」

雪緒は返事に窮《きゅう》した。未練でもない……、いや、二度と紅椿《あかつばき》ヶ《が》里《さと》の地を踏まないと決めたわけでもないのに、未練という表現はおかしい。だが、その先を、つい考えてしまう。

確かにここは——怪が主体の世は、人の子たる雪緒にとってひどく生きにくい。恋するだけで身も心も傷だらけになるほど……単なる感傷にとどまらず、実際に命が脅かされるほど、道々に恐ろしいものがあふれている。それでも白月のそばにいたい。「恋に殉《じゅん》じる」と、雪緒は自分の運命を定めてしまった。いつか白月のために死ぬ。どういう形であれ、そうする。

仮になんらかの事情で離ればなれになったとしても、最後はその選択に身を投じるだろう。なのにいま、耶花に「未練」と言われて、雪緒はほんのわずか、ゆらいだ。

（私のこの感情は、本物の恋だと自信を持って言えるのか）

かつて迷子の自分を救ってくれた相手だから、恋をした。それは刷りこみや義務と、どう違うのだろう……。――いや、今更の悩みだ。雪緒は自身の心のゆらぎから目を逸《そ》らすため、強い態度を心がけた。ああそれにしても暑い。日傘代わりの葉っぱは、どうしたんだっけ？

「苦しくても、闇《やみ》に染まらぬ灯火《ともしび》のように、恋が心にあるんです」

「恋？」と、耶花が手のなかのおはじきを見下ろし、聞き返す。

「私は白月様にずっと恋をしています。どんなに苦しくたって、かまわないんです。もう変えられない。だから――ごめんなさい、三雲に不満があるわけじゃなくて、ほかのだれも……、白月様以外のだれも、私は受け入れられないんです」

何度誘われても応じられないので、もう祟《たた》るのはやめてほしい。

言外にそう願い、額に浮いた汗を拭《ぬぐ》ったとき、耶花が探るような目を寄越してきた。

「無理に恋情だと自分を勘違いさせているのではないか？」

なにを言われたのか呑《の》みこめず、雪緒は戸惑った。ふいに広がった沈黙を打ち消すように、ちゃぽっと水のはねる音が響く。屋根のまわりを泳いでいる花鯉がひれを動かした音だ。竜のような巨体を誇る花鯉。この不穏な美しさは、鬼に通じている。

「雪緒は、恋情が心にあるためにしかたない、逃げられないのだと、そうおのれに言い聞かせることで、与えられる苦痛から目を逸らしているように見える」

「そんなことないです」

言葉が舌の上で、鉛に変わったような気がした。

「私は恋など知らぬが、三雲は知った。恋に喘《あえ》ぐ三雲は、つらそうだ。苦しそうだ。でも、目を奪われるような輝きがある。雪緒も恋をしていて、苦しそうだが、なんだかおまえのほうは輝きが暗い。三雲のあの星のような輝きと、雪緒の輝きは、同じものに思えない」

耶花の指摘に、雪緒は反論できなかった。胸にひびが入ったような気持ちになった。

(人は『生きるためにしかたがない』と、自分に言い訳を、逃げ道を用意する)

そんなことを言っていたのは、烏那《からすな》だったか。恋にも、その理《ことわり》が当てはまるというのか。

——恋をしているから、耐えられる。

——恋には傷がつきものだ。恋は時に苦しいものだ。恋は……。

(私は生きるために、恋情という言葉で理不尽なこの世に対する不満をごまかしている？)

まさか、とすぐに胸中で否定する。そんなわけがない。白月のことが本当に好きだ。そこに一片たりとも嘘《うそ》はない。そのはずだ。そうでなくてはならない。違う、義務じゃない！

雪緒はなんだか頭がぐるぐるし、気持ちが悪くなってきた。

「なあ雪緒」と、耶花もやけに神妙な表情を浮かべて呼びかけてきた。

「私もよくわからない。……鵺《ぬえ》の男が妙なことを言っていただろう？ 惚《ほ》れてるなら惚れさせろとかなんとか。おかしなことを言う男だった。惚れたら攫《さら》って、なぜ悪い。攫わねば、だれも鬼のもとには来ぬだろうに……」

あっ、由良《ゆら》の言葉に惑わされている。

「いや、やはりわからぬ。あの男は結局、鬼ではないもの。鬼はいつでも攫う定めを背負うものだ。攫われる鬼などありえない。だから雪緒、おまえの未練を断ち切りたい。定めの通り、攫うために……おまえ自身が未練を断ち切れるようにしてやる」

迷いを振り払うように宣言すると、耶花は急に身を寄せ、雪緒の腕を掴んだ。ぎょっとした途端、耶花の背にぶわっと翼が生える。ふしぎな形の翼だった。鵲《かささぎ》のような——撫子《なでしこ》の花びらのような青い翼だ。撫子御前《ごぜん》は鬼女でもある。その説が雪緒の脳裏によぎった。

体格はほぼ同じなのに、耶花は軽々と雪緒の身を担ぎ上げた。

「待って耶花さん、私けっこう体重がある——やっぱり無理やり攫う気じゃないですか！」

「まだ、違う。……少し黙っていろ」

そんな勝手な！　——という憤りは喉《のど》の奥に引っこんだ。耶花は雪緒を抱えると、翼をしならせ、ぐんっと空を飛んだ。視界を遮っていた白い霧を割り、瞬く間に屋城へと接近する。

このあたりで、ひょっとしてこれは現実ではなく夢ではないかと雪緒は疑い始めた。こちらが見ている夢を渡って、耶花は会いに来ているのだと考えたほうが、筋が通る。

奇妙なことに、屋城の屋根が透けて見えた。やはり夢だと雪緒は確信した。

目を凝らせば、屋敷の内部で民があちこち動いているのが見える。

（なんだっけ、こういうの……、どーるはうすを上から覗《のぞ》いているような感じだ）

無意識にそう考えながら雪緒は忙《せわ》しなく視線を巡らせ、とある部屋に注目する。

「あそこはなんの部屋――」

「霊廟《れいびょう》だ。皆に気づかれてしまう、喋《しゃべ》るな雪緒。叱るぞ」

ぴしゃりと言われ、雪緒は口を閉ざした。

霊廟という説明だが、柩《ひつぎ》があるわけでもない。ただ、動物に似た形の石像がずらっと並んでいる。夜光石のように青く光るもの、黒一色のもの。様々な色合いが見られる。青く発光しているものや水晶のように透明感があるものは、形もはっきりとしているが、逆に黒っぽく濁った色合いのものは顔や手足が大きく崩れていて、いかにも不気味だ。たとえば貘《ばく》形の石像は四肢が百足《むかで》のようにたくさん生えていて、目玉もまた背中側に列を作っている。

部屋の内壁や天井は、満天の星を映しているかのようにちらちらと青く輝いていた。だが実際は、星ではなくて文字だった。祝詞《のりと》だろうか。紅椿ヶ里の屋城にも霊廟が設けられていると聞いた記憶があるが、雪緒は入ったことがない。と言うより自分には無関係な場所だと思っていたため、今日まで意識すらしたことがない。

人魚めいた気味の悪い石像の横に、宵丸《よいまる》の姿がある。とっさに呼びかけようとして、耶花にきつく睨《にら》まれた。喋るのはだめだったと思い出し、雪緒は片手で自分の口を覆った。

（……いや、耶花さんに従う必要なくない⁉）

むしろ宵丸に気づいてもらったほうが助かる――のだけれども、万が一、声を発したがために現《うつつ》に戻れなくなったらと思うと、軽々しく試す気になれない。

「――手間をかけさせやがって」

宵丸が面倒そうに吐き捨てた。

「おのればかりが安全な場所に隠れるとは、それでも長《おさ》の子か？」

宵丸の正面には、潰《つぶ》れた猪《いのしし》のような石像がある。その後ろに、だれかが縮こまっていた。

「俺は由良とかいう屈折した鵺野郎が嫌いだが、度胸だけは認めてもいいと思っている。あいつは薄情な親の罪を、代わりに背負うつもりで白桜ヶ里の長になると決めた。おまえも少しはあの野郎の潔さを見習いやがれ」

宵丸の話に、雪緒は自分を支えてくれる耶花にしがみつきつつもぽかんとする。

なぜ彼は突然、由良の話をし始めたのだろう？　それに、見習えって――。

「う、うるさい！　薄気味の悪い石像をたったひとつ倒したくらいで、なんでこうもしつこく祟られなきゃならないんだよ!!」

猪の石像の後ろでうずくまっていた怪が顔を出し、吼《ほ》えた。容姿は、二十代後半の青年に見える。顔立ちは悪くないのに、白い衣と袴に包まれた身体《からだ》はどこかだらしなく、崩れた雰囲気を感じさせる。雪緒は天啓に打たれたように、すぐさま状況を理解した。

（この怪って、伊万里《いまり》さんが前に話していた『酔った勢いでお堂をひとつ壊した』という梅

嵐ヶ里の長の子じゃないだろうか）

非礼を働いたがために祟られたが、自分で償おうとはせず、他者に肩代わりさせようとした。その犠牲者《ぎせい》が梅精の伊万里だ。彼女は不運にも御供《ごくう》として選ばれた。伊万里は理不尽な運命から逃《のが》れるために梅嵐を飛び出し、白月との結婚を望んだ。先月に催された鬼の嫁入り行列の祭事で伊万里が雪緒を罠《わな》にはめたのも、こういった事情が裏にあったからだ。

「おまえがなんの過《あやま》ちを犯し、どういう祟りを受けたのかなんて、少しも興味がない。だが」

宵丸はいつになく激しい怒りを見せている。その雰囲気に、雪緒が息を呑んだとき――。

「俺が許せんのは、おまえたちが薬屋に罪をなすりつけたせいで、今後美味《うま》い飯が食えなくなることだ！　蟹《かに》の甲羅揚げが食いたくてしかたがないのに、もしも味が落ちていたら……っ、くそが！　どうしてくれるんだ！　今度は俺《おれ》が全身全霊《ぜんしんぜんれい》でおまえを呪うぞっ」

ほんとなに言っているんだろうか、この大妖《たいよう》様。ブレないな！

どんなときでも変わらぬ宵丸が、頼もしくもおかしい。雪緒を支えている耶花からぬるい視線を感じたが、気にしないでおく。宵丸は、これでいい。こうでなくては宵丸じゃない。

「だ、だったら、あんたがなんとかしてくれよ！　こっちは祟りのせいでちっとも眠れないし、なにも食えねえんだよ。この廟《びょう》からも出られねえ。出た途端、化け物に襲われるんだ。俺の身代わりの札をつけたやつは次々と襲われてる！」

「はあ？　民を身代わり？　……つくづくだらしのねえやつだなあ」

呆《あき》れる宵丸を見て、雪緒は、あっと声を上げそうになった。

(あれだ。藤間《ふじま》さんの襟首《えり》にくっついていた紙切れ。身代わりの呪符《じゅふ》だったんだ)

しかし、なんだか話が錯綜《さくそう》している。梅嵐の上里《かみさと》が水海化したのは、雪緒に執着している三雲が引き起こした祟りのせいではなく、彼の不始末が原因なのか。だがそうだとするなら、浄化中の白桜ヶ里でも似たような災いが生じたのはなぜなのか。

そして紅椿ヶ里に広がっていた祟りの原因は？　それはまたべつの話になる？

「あんたは有名な大妖なんだろ、俺の代わりに祟りを受けたって、堕《お》ちはしないさ！」

「わかった、おまえを殺す。俺は、おまえみたいな、怪の矜持《きょうじ》に唾《つば》を吐くやつが嫌いだ」

宵丸が凛々《りり》しく言った。

「勝手なことを！　俺だって大妖くらい力があったら、いくらでも自分で責任を取った！」

食ってかかる長の子を、宵丸はふと静かに見つめた。

「俺は弱いやつが嫌いなんじゃない。弱さを自覚して、それに胡座《あぐら》をかいているやつが嫌いだ。まずは、足掻《あが》けよ。強いやつが、なんとしてでも助けてやろうと心奪われるくらい、足掻け。それが強さの一歩目だろ」

……宵丸は本当に、時々真面目《まじめ》で恰好《かっこ》いい。

「だから、こうやって足掻いてるだろ！　助けろよ！」

長の子は不満そうに叫んだ。

「だめだ、好かん！　こーろそっ」

宵丸が完全に切り捨てる目をした。

さすがにそれは思いとどまって、と雪緒が焦ったときだ。

「――待て宵丸。好き嫌いで生殺与奪《せいさつよだつ》の判断をするな。おまえはなぜそう短絡的なんだ……」

慌てふためく長の子の襟首を宵丸が乱暴に掴むと同時に、霊廟の扉が開かれた。

入ってきたのは、狐耳《きつねみみ》を前のめりにさせた白月だ。

「やっとの時機が来たんだぞ。御館たる俺には、動くにしたって、面倒な大義名分《たいぎめいぶん》が必要なんだ。……やあ、おまえ。とうとう民らに売られたな」

白月は、不満げな宵丸を無視して、怯《おび》える長の子を優しく見つめる。

「民をないがしろにしすぎだ。俺の元妻に手を出したという赤犬の怪とやらまで、自分の身代わりにしたな？　おまえの命令で動いたのに異形に食われ、首だけがころっと部屋に転がっていたそうだ。それを発見した梅嵐の民が俺のところへ駆けこんできて、全部白状したぞ」

「なっ……、俺は、違う、だって、しかたないだろ！」

「それにしてもおまえ、おのれの父、長までも霊廟から追い出して異形の贄《にえ》にするとは、恐れ入った。道理で姿が見えぬはずだ。俺たちにどうごまかすか、塩々《えんえん》も悩んだだろうよ」

「――どうせ俺がいずれは長になるんだから、いいじゃないか！　あぁそうだ、食い物も足りない状況だろ、だから――間引きだ！　間引き!!　長たる父に責任取らせたんだよ！」

長の子の叫びに、白月は目を丸くし、声を上げて笑った。雪緒はこの話に唖然《あぜん》としたが、それ以上に複雑な思いを抱いた。本当に、色々な考えを持つ怪がいる。人がそうであるように。

「笑ってる場合かよ。白月だって、じゅうぶん悪いぞ」

宵丸が、不機嫌な顔で白月を見る。

「白桜でやった御前祭が穢《けが》されたのは、こいつらが原因だと最初からわかっていただろ？」

白月がゆるく腕を組み、両耳の角度を水平にした。

（最初から……？）

雪緒は、耶花にしがみつく手に力をこめた。

「自分に火の粉が降りかかるようならおまえは容赦をしないだろ。なのに今回は積極的に手を出そうとしない。おまえは、この程度の災いに怖《お》じ気《け》づくほど弱くない」

厳しく問い詰める宵丸に、白月が表情をゆるめた。

「やあ、宵丸に評価されるとは、長く生きてみるものだな」

「やめろっ、鳥肌が立つ！　いまの発言は取り消す、即刻忘れやがれ！」

心底嫌そうな顔をする宵丸とは対照的に、白月はとても楽しげだ。尾もゆれている。

そんな彼らを、床にうずくまっている長の子が戦々恐々《せんせんきょうきょう》と見上げている。

「そりゃ、上里で出没する異形ども——花鯉の姿を模倣《もほう》したり、つまらん怪奇現象を起こしたりするおかしなやつらは、白桜から流れてきた俺たちには見向きもしないんだもの。あくまで梅嵐の民のみを襲っている。だったらこれは、梅嵐のやつらが引き起こした災いだ」

花鯉の模倣。雪緒は目を瞬かせた。本来の花鯉のなかにまざっていた、どこかいびつな偽物のことか。小魚群に化けて民を襲ったり、色のくすんでいる花鯉に化けたり……。

でも、山姥《やまんば》に化けた花鯉は、きっと『本物』だ。桶《おけ》に詰められた雪緒を連れ去ろうとしたもの、それと、藤間と雪緒のほうに手を伸ばしてきたもの。正確には、あのときは藤間ではなくて雪緒を狙《ねら》っていた。なぜなら山姥は、鬼女。雪緒は、鬼に執着されている。

「だから静観に回ったって？　おまえ、本当になあ……」

「関われば、祟りの深度を変えてしまうぞ」

舌打ちする宵丸に、白月が笑みを消して警告めいた言葉を落とす。

「他者の祟りに不用意に手を伸ばせば、その向かう先や本質を塗り替える恐れがある」

「標的相手だけじゃなく、見境なしにだれでも祟るようになるって？」

「そうだ。その結果、計り知れないモノを生み出しかねないぞ。――実際に、最《もっと》もしてはならぬその愚行を犯したのがこいつだが」

白月の冷たい視線が長の子に向かった。

「そして、大妖の俺や宵丸なんかがその計り知れぬモノを認識すれば、なおさら形が明確になる。いまはまだ上里の民をちょっと『味見』したり、足を引っかけて脅かしたりする程度にとどまっているが、次第に凶悪さを増すぞ。民の恐れを食い、我らの視線を受けとめて、やがて

実体を持つ。異形として完成する。それを阻止するためにも、力ある俺たちは、できうる限り見て見ぬふりをせねばならない」

「えー……、よくわからん。狐は理屈っぽいなあ。もういいからこいつ、殺ぞ？」

「宵丸……」

早々と理解をあきらめた宵丸を見やって、白月が額に手をやった。

「この里で起きた災いなら、長が解決しなきゃならんだろ。長ができんなら、子のこいつがなんとかせねばならんだろ！　ほかになんの名分がいるんだ！」

「あらゆる過程を蹴《け》り飛ばしながら前進するくせに、正しい結論だけは間違いなく掴み取るおまえがまこと、俺は羨《うらや》ましい」

「人徳ならぬ怪徳だな。見習えよ狐野郎」

彼らの話に、雪緒は夢中になった。普段、雪緒には聞かせてくれない裏の話だ。

「……この梅嵐ヶ里では、以前に長の子がお堂を壊すといった過ちを犯したと聞く。それで祟りが発生し、慌てて梅精の女……伊万里という娘をその受け皿に選んだそうだな？」

白月が袖《そで》を払って、びくつく長の子の前に身を屈めた。

長の子が恐怖に歪《ゆが》んだ表情で、座りこんだまま後退しようとするのを、宵丸がとめる。白月は一瞬宵丸に視線を流したが、また長の子へ戻した。

「民たちには、霊を祀《まつ》るお堂と説明していたのか。でもお堂というのは、通常の意味の御堂ではなくて、『御童《おどう》』のことだ。長から聞いてもいなかったか？」

　白月の説明に、雪緒は混乱する。おどう。前者と後者の響きは同じだが、意味が違う？

「上里の屋城に仕える者しか知らぬ秘堂《ひどう》だな。雪緒のような神隠しの子……しかし異なる世の境界を越えることに心身が耐えられず、自我を失って死んだ御霊《みたま》の子たち。それを安置しているのがこの霊廟だ。放置すれば悪神になりかねないから、こうした像に御霊を閉じこめている。大抵はどの里でも屋城の奥に作られている――その恐るべき像を壊したとなれば、それは当然、祟りも激しいだろう」

　雪緒は呼吸も忘れて、この話を聞いた。耶花も知らぬ話なのか、真剣に聞いている。

「おまえ、伊万里が逃げ出してから、祟りを消そうと次々に新たな呪詛《じゅそ》を重ねたな。おかげで際限なく御童の祟りが膨れ上がり、変容した」

「結局、梅嵐を水没させたのはこいつってことなんだろ」

　口を挟む宵丸に、白月がうなずく。

「あ、待てよ。だったらなんで白桜の御前祭までがおかしくなったんだ？」

　雪緒も疑問に思っていたことを、宵丸が尋ねてくれた。

「それに白桜では、梅嵐と関係のない里のやつまで臥《ふ》していたぞ」

「順番が違う。最初に、梅嵐の上里が水害を受けたんだ。すでにこちらでは何日もすぎているという話だったじゃないか」

「そこがおかしいだろ。俺たちがこっちに流れてくる七日前には、梅嵐で御前祭をやっていたって聞いたぞ。なんでそんなに前から祭をやるんだ。効果ないだろうが」

「水海化した日から時間が凍っているんだ。だが外界では当然、普通に時間が流れている」

「あ？　実際は、こっちでもちゃんと御前祭は、定められている日に行われていたって？」

変な顔で聞き返す宵丸に、白月が目で肯定する。

「こういうことだ。呪詛を重ねたために、御童の祟りがいよいよ制御できなくなり、この者たちは困り果てた。おまけに伊万里にも逃げられ、俺の膝元《ひざもと》にいる。そんなとき、御前祭の日が近づいた。祭の神力をもって、御童の祟りを鎮めようとしたんだろ。ところが、祓《はら》えの力よりも祟りの深さが上回った。それで上里が水海化したんだ。でも民には真実を告げられん。外界から隔絶されているのをいいことに、時間の狂いさえも民には伏せた」

「……ふうん。でもさあ、水害に遭ったのは上里だけで、下里《しもさと》は無事だろ。なんでその時点で、下里のやつらは助けを求めないんだよ」

宵丸の、当然の問いに白月がこめかみを掻《か》く。

「時間が凍っていると言っただろう。下里ではまだ『御前祭の当日』だ。上里が隔絶された状態だと気づいていない可能性がある。それに自分の里で起きた不祥事を、そう軽々しく余所《よそ》にもらせるものか。実際こっちにだって、他里で起きた騒動なんてすぐには伝わってこない」

里はそれぞれ、独立している。小国のようなものだ。

「どうするべきかと悩んでいるところに、俺が出した布令……白桜ヶ里への協力をあおぐ呼びかけを知ったんだろ。腕のいい大匠《たいしょう》を募集しているって。そこで、この者の息がかかった百舌《もず》なんかが、白桜に乗りこんできたんだ。百舌は、どこでも潜りこむ能力を持つ。閉ざされた上里にも潜りこんで、彼の指示通りに動いた。だが最後は、俺に全部密告する形になったけど」

「んあ？　……こいつを売ったのって、薬屋によく突っかかっていたやつか」

「そう。あの口やかましい小鳥だ。舌を切ってやろうと思っていたが、早まらなくてよかったなあ……。白桜は穢れに覆われている状態だ。どうせこれほど穢れているなら、さらに祟りがひとつ、ふたつ、増えたって変わらないだろう。そこで『ヒトガタ』を用意し、白桜に御童の祟りを移そうとしたってあたりじゃないか？」

「ああ!?」

雪緒も、宵丸のように声を上げたくなった。白月は平然と真実を明かしていく。

「白桜で、無関係な民までが臥していたのだって、べつになにもおかしくないはないだろ。もともと穢れている地なんだから、瘴気《しょうき》にやられる者だってそりゃあ出てくる」

――雪緒は、少し引っかかった。それまでの説明に比べて、ずいぶんと雑なまとめ方だ。

「……んじゃ、白桜で川が氾濫《はんらん》したのも、梅嵐の大匠が運んできた祟りのせいかよ」

そこに突っこまない宵丸のこともふしぎに感じたが――雪緒はそれよりも、勢いよく耶花を振り向いた。耶花はこくっとうなずいた。

（それじゃあ耶花さんは、『鬼の祟りが原因では』っていう私の勘違いを、わざと訂正しないで連れていこうとしたの⁉　そのほうが、私が罪悪感を抱くだろう、って⁉）

雪緒は脱力した。これまでの自分の葛藤《かっとう》は、いったいなんだったのか。

「こいつの手下だった百舌が雪緒をやけに攻撃したのは、ちょうどいいめくらましになると思ったためじゃないか？　自分が運んできた災いを、鬼の祟りのせいにしてしまえる」

「薬屋は自分が原因だと信じて、落ちこんでいたぞ。なんで真実を教えてやらなかったんだよ」

宵丸が、輝いて見える……。もっと言ってやって。

「だから説明すれば、『計り知れぬモノ』が形をなすだろうに」

白月が眉根《まゆね》を寄せて、忙しなく尾を振った。

「好きで沈黙を選んだわけじゃないぞ。でもな宵丸、雪緒は俺がなんでもかんでも策を巡らせていると疑っているんだ。今回だって、はぐらかして説明するよりほかにない状況だろ。だがそれをするとまた、雪緒はあきらめ切った悲しげな顔で俺を見るんだ」

「……おい」

「そんな表情をさせるくらいなら、最初からなにもわからんふりをする。……どうだ、俺もずいぶん丸くなっただろ。人の機微とやらに沿っているはずだ。日々学ぶ狐様だぞ」

誇らしげに胸を張る白月に、雪緒は絶句した。日頃の行い……、と思うのは、何度目か。

「薬屋にまったく意図が伝わってないほうに、俺は全財産を賭ける」

宵丸が男前な顔つきで、ひどい賭けを始めた。……でも、宵丸の勝ちだ。確かに雪緒はそんな事情があったなど、まったく気づいていなかった。

「はじめておまえに同情するぞ。俺の予想では、薬屋は『白月様がなにもしてくれないってことは……、もう私を不要な存在だと切り捨てたのかも。小石程度の価値かな』って、後ろ向きに捉《とら》えている。自信がある」

「頼む。やめろ」

白月が耳を倒して訴えた。……宵丸の予想は、正解だ。

「俺はこの考えが当たっているほうに、百年分の命も賭けられる」

「やめろと言っているだろ！」

「よし。すべての恨みと八つ当たりをこめて、やっぱこいつ、殺そ？」

完全に蚊帳《かや》の外にされていた長の子を、宵丸がわくわくと見下ろした。

「だから殺すなというに。――殺させればいいんだ」

立ち直った白月が、冷笑を見せる。

「これでも俺は御館だ。時には寛容も必要かと、塩々にしばらくは静観してやると伝えたのに、あれは調子に乗ったな。おまえが長まで消滅させたから、これはまずいと肝を冷やして、雪緒に責任を押しつけようとしやがった。また雪緒が、御供とするのにお誂《あつら》え向きの存在だ。だがそれは、俺の尾を踏む行為なんだ。さあ、災いを招いた者が責任を取らねば」

白月は自分の尾を掴み、軽く振った。長の子が、顔を引きつらせる。

「ま、これはなー……、薬屋には言えねえか。あいつ、怪に甘いもんな」

宵丸が長の子を見て、小さく息をつく。白月は、深くうなずいた。

「うん、こわがらせたいときのために、いまは伏せておく」

「……あいつ、本当になんでこんな、いかがわしい狐野郎がいいんだよ」

「俺の尾の魅力がわからないのか？　ふさふさだぞ」

二人は好き勝手に言い合いながら、抗《あらが》う長の子を廟の外へと連れ出した。

廻《まわ》り縁《ぶち》に、いつの間にか、くすんだ斑紋を持つ『偽物』の花鯉や小魚群が密集していた。餌《えさ》を求めるように、どこか崩れた雰囲気の魚たちが口を開けている。

ぞっとするような光景だ。黒々とした穴がいくつも水面に開いているかのような。

白月たちは長の子を解放した。と言っても欄干《らんかん》の向こうへ突き飛ばしたわけでもなく、廻り縁まで来たのち、ぱ、と手を放しただけだ。長の子も、「え」と、拍子抜けしたように彼らを見る。――だがその直後、花鯉の口から大量の真っ白い手が濁流のように勢いよく飛び出てきて、棒立ち状態だった彼を捕まえた。長の子は、なにが起きたのか理解していない無防備な表情を浮かべていた。そして、悲鳴ひとつ上げられぬまま身を引き裂かれ、食われてしまった。

凄惨《せいさん》に尽きるその様子を、大妖たちは最後まで、感情のない目で見ていた。

「――終わったな。んで、あの象野郎どもは見逃すのか？」

宵丸が、なんの感慨もうかがえない表情で尋ねる。

「まさか。上里にいる者の半分は祟りの原因をわかっている。だからこそ、閉じこめられていたともいう。まあ、無関係なやつもいるにはいるが、俺の知ったことではない」

白月がうっすらと笑った。

「あとは彼らの補食の時間が終わるまで待てばいい。そうすればじきに上里も解放されるし、白桜ももとに戻るだろうよ。歪められた御前祭の神力を利用して乗りこんできた鬼も、外へ弾《はじ》き飛ばされるだろ。最大の問題は、雪緒をどう慰めるかだ……」

「俺が仔獅子《こじし》に変化したら喜ぶぞ、あいつ」

「俺だって縮めば立派な愛くるしい子狐だ。――待て、だれか覗いている。鬼の気配か！」

白月が突如表情を厳しくし、こちらを振り向いた。

（あっ、見つかった）

だが、覗き見していた犯人が雪緒だとまではわからないらしく、白月が狐火の矢を瞬時に作り出し、こちらに放った。

その矢が、空中にとどまっていた耶花の翼を切り裂いた。彼女の身がぐらっと傾く。

当然、耶花にくっついていた雪緒も落下の危機に陥った。白月が間を置かずに放った次の矢が、ふたたび耶花の翼を貫いた。矢を受けた衝撃で、耶花の身体が雪緒から引き剥《は》がされる。

「耶花さん！」

落下する耶花に向かって雪緒は手を伸ばした。彼女の青い羽が、血しぶきのように宙を舞った。飛ぶ翼を持たぬ雪緒の身もまた、落下する。ぐるりと回転する景色《けしき》。黄色い太陽と、青い羽根がぐるぐる。渦《うず》のように回って、そして。

✿

——瞼《まぶた》を開けば、雪緒は葉っぱの傘をさして、青い屋根の冠部分に座っていた。隣には、同じように緑色の傘をさした井蕗と化天がいて、何事かを話し合っている。傘で隠されているために、彼らの顔は見えない。

「雪緒様、お疲れでしょう！　まだ眠っていても大丈夫ですよ」

膝に乗っていた千速が、雪緒を見上げて明るく言った。

私、ずっと寝ていた？　——そう聞こうとして、雪緒は息をとめた。もふっとかわいい千速の顔は、潰れた卵のようにぐにゃりと歪んでいた。

「雪緒様？」

「雪緒様、どうされました？」

「雪緒、どうした？」

いぶかしむ千速の声に反応して、井蕗と化天も振り向いた。だが、雪緒は返事ができない。

彼らの顔面もぐにゃっと中途半端に崩れていた。雪緒、雪緒と彼らが呼びかけてくる。

（化天さんは、私を雪緒とは呼ばない。子兎《こうさぎ》って呼ぶ）

それに雪緒の傘は、井蕗が枯らしたはずだ。なら、これは夢なのか。それとも幻覚？　現？

人の子の雪緒には、その見分けがつかない。でも――なにもしないで、死ぬのはごめんだ。

弱いのなら、弱いなりに足掻かねば。

雪緒は勢いよく立ち上がると、傘を捨てて、不安定な屋根の平部を走った。

「危ないですよ」、「落ちますよ、口のなかに」、「だって食い足りないのだもの」――千速たちにうまく化けたと思いこんでいる異形が、ねっとりとした声を聞かせた。

雪緒は振り向かなかった。

（白月様は、梅嵐の民……百舌の怪が、御童の祟りをヒトガタに移し、白桜へ持ちこんだという話をしていた。じゃあ、いまこの里に残っているモノ、花鯉に化けたりしていた不完全なモノたちの正体は……祟りの残滓《ざんし》か、影か）

花鯉が、天にいる魔物の影であるように。このモノも祟りを抱えた御童の影ではないか。それが皆に認識され始めた。民の恐れを食い、少しずつ知性を持ち、自我を形成しつつある。

捕まれば、一巻の終わりだ。だが狭い屋根の上に逃げ場はない。水に浸《つ》かる軒先に、くすんだ斑紋を持つ偽物の花鯉たちが集まり、口を開いて、雪緒が落ちる瞬間をいまかいまかと待ちわびている。雪緒は、けれども足をとめなかった。思い切って軒先から飛び出す。――口を開かず、水面近くを泳ぐ、鮮やかな桃色と黄色の斑紋を持った『本物』の花鯉の背に向かって。その斑紋は、耶花の額にあった花鈿《かでん》の形に少し似ていた。それに二箇所、背に矢傷があった。

うまく花鯉の背に着地できたと思ったが、平らな場所ではない。「わっ」と、雪緒はよろめいて、落下しかけた。するとその花鯉が尾びれを振り、雪緒を落とさぬよう向きを変えた。そのまま進もうとしたらしいが、偽物の花鯉が口を開けて飛びかかってきた。

偽物と言えども、体長は竜のごとくである。水しぶきだけでも凶器になる。雪緒は花鈿のような斑紋を持つ花鯉の背の上で、ぎゅっと身を強張《こわば》らせた。

偽物の巨大な口に呑みこまれる直前、またべつの花鯉が勢いよく水面に躍り出た。雪緒を襲おうとしていた偽物の花鯉の横腹に食らいつく。

雪緒は呆気《あっけ》に取られた。偽物と本物が、争っている。

(私を守ってくれるのは、本物たち。鬼の耶花が私を認めているからだ。花鯉は、女を守るけれども、雪緒はどこまでも「人の子」だった。妖力などない。怪力でもなければ俊足でもない。襲われぬよう本物の花鯉たちの背から背へと飛び移って、逃げることしかできない。

本物たちの斑紋は、どれも美しい。雪緒は次第に、水辺に咲く色鮮やかな花の上を走っているような気分になった。

一瞬、そんなことを考えて集中が途切れたせいか、雪緒は足を滑らせてしまった。

(落ちる)

そう確信したときにはもう、水中にまっさかさま。

だが、花鯉たちよりももっと大きく胴の長い、茶色の竜が水の深いところから駆けてきて、雪緒を前肢で掴み、宙へと躍り出た。飛び散る水滴がシャボン玉のように虹《にじ》色に輝いていた。

「ああ、雪緒様。私にも、来ました」

✿

「――雪緒様！」

ぺちぺちと、肉球で顔を叩《たた》かれる感触に、雪緒は呻《うめ》き、目を開けた。

「ああっ、よかった、目覚められたー！」

千速のむせび泣く声が聞こえる。……もふもふの毛が顔を覆っていて、窒息しそうだ。

だれかが千速を雪緒の顔から引き剥がした。

瞬きの向こうには、心配そうな顔をした井蕗と化天がいた。

「……本物ですか？」

「子兎は、まだ意識がはっきりしないのか」

深刻な口調でつぶやいた化天のおかげで、「あ、本物だ」と雪緒は確信した。まさか子兎呼びをありがたく思うことになるなんて、夢にも思わなかった。

「私はいったい……」

ゆっくりと身を起こすと、なぜか雪緒の全身は、ずぶ濡《ぬ》れになっていた。

「覚えてないか。子兎はいきなりふらついて、屋根から水海に落ちたんだ。不気味な色の花鯉に呑みこまれる前に井蕗が水に飛びこんで、子兎を屋根に引っ張り上げた。……ほめてやれ」

「いえ、私はそんな、ほめられたいがためにお助けしたわけでは……」

もじもじする井蕗もまた、ずぶ濡れだった。

「竜」

雪緒は、ぽつっと告げた。井蕗が、目を見開く。

「茶色の竜。……井蕗さん？」

「竜？　なんのお話ですか？　私は蛇です」

でも、あれは竜に見えたけれど――。

「あ、そっか。天昇《てんしょう》だ。あなたはいずれ神階《しんかい》を駆け上がるんだ――」と、思いつきを口にした途中で雪緒は我に返った。なにを言っているのか。ともかくも、大事なことはただひとつだ。

「井蕗さん、ありがとう。あなたが私を生かしてくれた」

戸惑っている井蕗の手を握ると、彼女は嬉《うれ》しそうに、ぱっと頬を染めた。

「――やった、雪緒様、お迎え！　白月様が来ましたよう！」

千速がふいに、声を上げた。水辺へ顔を向ければ、一艘《いっそう》の川舟がこちらへ近づいていた。

◎捌・空夢　みかくし

上里《かみさと》の屋城のほうでも、危機が訪れていたらしい。

雪緒《ゆきお》が耶花《やか》とともに目撃した、長《おさ》の子の最期――花鯉《こい》が彼を呑《の》みこんだのち、屋城のいたるところに異形が現れ、民を無差別に襲い始めたという。

（元凶の長の子を捧《ささ》げても、もう収まらないくらいになっていたんだなあ）

雪緒は寒々しい気持ちになった。御童《おどう》の祟《たた》りは、ヒトガタを使って白桜《しろさくら》に移されたが、それを行うまでのあいだに長の子らは、ほかの呪《のろ》いで相殺《そうさい》を狙《ねら》っていたというから、様々な念が絡み合ってもはや原型をなくし、だれにもほどけぬ状態になっていたのだろう。

だがそれでも、生き残った民は意外と多かった。と言うより、長に近しい場所にいた者以外、死なずに済んでいる。雪緒としても、ここの民につらく当たられたのは悲しかったが、だからと言って死んでほしいわけではないので、内心ほっとした。

藤間《ふじま》と小柿《こがき》の蛙《かえる》兄弟も無事だった。彼らの機転で多くの者が救われたというべきか。

迎えに来た白月とともに雪緒たちが屋城へ戻ると、藤間がぺたぺたと足を鳴らして真っ先に駆け寄ってきた。雪緒の手を握り、ぶんぶんと振る。

「あのな、あんたさんがくれた札をちぎってさ、あと螢石《ほたるいし》も砕いてさ、それを水に溶かして皆でちょっとずつ飲んだのよ。あんたさんがいなくなったあと、もうな、化け物繚乱《りょうらん》の世よ。手足がいっぱい生えたやつとか、頭がいっぱい生えたやつとかが現れてね。皆、あちこちで襲われかけたんだけどねえ、バチって全部弾《はじ》いてくれたもの」

ほかの怪《かい》もやってきて、雪緒に礼を言ったり謝罪をしたりする。

「きつく当たって悪かったなあ」

「人の子はか弱いことを、忘れていたぞ……」

「しっかし、あんたがいなくなっても祟りが去らんかったもんな。むしろ増えた。あんたが原因じゃなかったんだよな……。なんであれほどあんたを責める空気になったんだろな？」

それは、そう煽動《せんどう》した者がいたからだ。雪緒は心のなかで答え、曖昧《あいまい》に笑った。

「御館《みたち》様が対処したからもう安全だと、烏那《からすな》様や宵丸《よいまる》様が言ってるが、本当か？」

「俺《おれ》、御館様が尾の毛を使って術を使うの、はじめて見た。すごかったよう、何百っていう郭《かっ》公《こう》の群れに化けさせて、異形どもを追い立ててな、壺《つぼ》に全部封じたんだ」

雪緒は本気で悔しがった。なにそれ、私も見たかった。

(白月《しろつき》様が手を出したなら、もう無理にでも排除しないとならない状況までできていたんだ)

それにしても、特殊な術を使う白月を見たかった……。

「……なあなあ、あの烏那様って何者だよ。笑いながら化け物を蹴《け》り飛ばしていただろ。あれは普通の大匠《たいしょう》じゃない……こええ……」

「それに長一族の姿がどこにも見当たらないが……」

……長様は、あれだ。あきらめてほしい。一族の方々も、たぶんもうこの世にいない。贄《にえ》とか御供《ごくう》とか神饌《しんせん》とか。白月が彼らを見逃《みのが》すわけがない。百舌《もず》の怪も。

「白桜ほど穢《けが》れてはいないだろうが、上里は壊滅状態だぞ。これからどうしたものかね」

「ほかの里へ移るか？」

「いや、それでもここが我らの住処《すみか》だ。妖力《ようりょく》も安定してきたしねえ」

戸惑う雪緒を取り囲んで、怪たちがてんでばらばらに雑談をし始める。圧迫感、すごい。

そうっとその輪から抜け出そうとすると、藤間に袖《そで》を引っぱられた。

「なあ、あんたさん。ちょっとしばらくさあ、うちの里にいたらどう？」

「えっ？　でも私がいたら、皆さん落ち着かないのでは」

「んなことないよお。もともと上里にいた薬師なんか、長一族しか診《み》てくれねえんだもの。……まあそいつの姿も見えねえけどよお」

おお、そうだそうだ。詫《わ》びも兼ねて今度こそもてなすぞ。人の子の薬師は、いいものだよなあ。怪たちはひとまずの脅威が去って気分が高揚しているのか、雪緒の滞在を望み始めた。

「これは俺《おれ》の薬師だぞ。なぜ梅嵐《うめあらし》に置かねばならん」

皆の話を黙って聞いていた白月が、狐耳《きつねみみ》をぎゅんっと後ろに倒し、尾を雪緒の腰に巻きつけた。……術でたくさん使ったのか、いつもよりも尾の毛が細くなっている気がする。

「ひええ、御館様が大人《おとな》げねえ」

藤間が叫び声を上げる。雪緒は不意打ちを食らって、吹き出しかけた。

「あれ、でも確か、御館様のほうから離縁したんじゃなかったのか……？」

「元嫁さんが、鬼の祟りを受けたという話も嘘《うそ》だったのかなあ？」

皆に目の前でひそひそされ、白月の機嫌が急降下している。

雪緒は微笑《ほほえ》み、白月の尾を両手で握った。

「すみません、私、このもふもふの感触がないと生きていけないので、紅椿ヶ里《あかつばきがさと》に帰ります」

白月のそばにいると明言したも同然なのに、言い方が気に食わなかったらしく、雪緒は尾で背中をはたかれた。そのとき藤間の弟、小柿がぴょんと跳ねて外を指差した。

「やあやあ、ようやく日が沈むよ！」


夜の訪れを祝って、どんちゃん騒ぎをし、その翌朝。白桜ヶ里が心配だという由良《ゆら》の不安を解消するために、皆で一度そちらへ戻ることになった。

白月も顔を出すが、状態を確認した後はすぐに紅椿ヶ里へ向かうと言う。

雪緒は、白狐に変じた白月の背に乗せてもらった。

ほかの者も怪の姿に変身し、白桜を目指す。雪緒が気になるのは、ケモノエボシという種族の烏那がどんな姿に変身するかだ。彼は、四本足の白い大烏《おおがらす》だった。化鳥である化天《かてん》は孔雀《くじゃく》に似た姿で、もふっとした胴体は白く、かざり羽が青、井蕗《いぶき》は薄茶の大蛇だった。

怪の足は速い。まだ昼前だというのに、あっという間に半分ほどの距離を稼いだ。

途中、小川を見つけたので休憩を取る。人の身の雪緒を気遣ってのことだろう。

皆、いったん人の姿に戻って、小川で水を汲《く》んだり手足を伸ばしたりと、各々《おのおの》自由に休む。

その後、烏那がいらぬ世話を焼き、雪緒と白月を二人きりにしてくれた。にやにやしながら皆を連れて少し離れた場所に移動する彼に目を向けたときの、白月の眉間《みけん》の皺《しわ》がすごかった。

「余計な気を回しやがって」

白月は野花が咲く地面に胡座《あぐら》をかくと、悪態をついて、尾でばしばしと自分の隣を叩《たた》いた。

そこに雪緒も座れという意味だろう。

「お邪魔します……」

従順に隣に腰を下ろせば、なぜか、ふんという顔をされる。

「雪緒は梅嵐の怪どもまでも誑《たぶら》かしたのか？　出会う怪の心をすべて蕩《とろ》かすつもりじゃないだろうな。性悪すぎて、こわい」

「思いがけない罵倒《ばとう》はやめてくださいね」

いつもの調子で切り返してしまったが、雪緒は実際のところ、ひどくうろたえていた。二人きりになると、途端にあの告白場面が脳裏によぎる。

(うっ、好きだ！　たとえ少し尾の毛の量が減っていても、好き)

頬《ほお》を押さえて横を向いたら、そこはかとなく不機嫌な白月に腕を取られた。

「……梅嵐の上里でなにが起きていたか、正確なところを聞きたいんじゃないか？」

「え？　……あ、いえ。いえいえ、はい」

「どっちだ」

そうだった、すでに雪緒は事の真相を全部知っているが、ここで断ると不審に思われる。

(矢を射られた耶花さんは無事なんだろうか。……と、鬼を心配するなんて、なにを考えているんだ私。白月様に知られたら、呆《あき》れられるに違いない)

雪緒は黙っていようと思った。彼女との会話で自分がゆらいだことも、隠してしまいたい。

(私は、この方がこんなに好きなんだから)

その感情だけあればいい。これまで通りに、ひとつきりの恋を貫く。

「今日の俺は、世もひれ伏すほど親切なんだ。教えてやる。……雪緒に執着していた鬼の祟りが原因で、梅嵐の上里が水海《みずうみ》化したわけじゃないぞ」

「へえ……、どういう理由だったんですか？」

壮大な言い方に笑いつつ、雪緒は不自然にならないように尋ねた。

「梅嵐の長一族の不始末が事の発端になっている。白桜ヶ里が荒れたのも、そこに来ていた梅嵐の大匠の仕業なんだ。……おまえ様が上里の屋城から避難しているあいだに、俺と宵丸で長の子に責任を取らせた。もうおまえ様の疑いも晴れているので、悲しげな顔をするなよ」

　雪緒は、神妙にうなずいた。細かな部分はわざと伏せているのだろうが、じゅうぶん誠実な返答だ。むしろこれなら、隠し事をしている雪緒のほうが不実かもしれない。

「……ずいぶんおとなしいな？」

　白月が訝《いぶか》しげに雪緒を見た。勘のいいお狐様だ。腹の探り合いで勝てる気がしない。雪緒は焦って身を引こうとした。が、彼は握ったままの雪緒の手首を自分のほうに引っぱった。

「なぜそんなに顔を背ける」

　雪緒は慌てた。早く答えろと、白月が尾の先端で雪緒の腕を叩く。

「なぜって……それは、白月様をまともに見られなくて当然です。こ、こっ、ここ、恋を、捧げる、とか、おっしゃるから！」

　後ろめたさをごまかすための発言のはずが、本気の動揺がまざってしまった。

「恋？」と、白月が首を傾《かし》げる。

「や、約束、した、アレの話です！」

　思い当たる節がないとでも言うように、白月が「約束……」と、狐耳をぴよぴよさせる。

（このお狐様はー!!）

　雪緒は内心叫んだ。これはわざとはぐらかしている？　それともまさか本当にすっかり忘れている？　あの情熱的な言葉の数々はなんだったのか。もしも忘れているのなら許せない！

「耶花さんを……鬼を追跡する直前に話したことですよ！」

白月がゆっくりと目を瞬かせた。反応が鈍い！

「もおお！　私を辱《はずかし》める魂胆ですか！　ゆ、指切りもしたじゃないですか、恋をするって！」

「待て」

ふいに白月は、抑揚のない声を出した。急にぴりっと空気が凍る。

「指切りだと？」

雪緒は、肩をゆらして白月を見た。じわりと、水が染み出すように、不安が胸に広がる。

なぜか白月が怒っている。この話をここで口にしてはだめだったのか？

「なんの話だ？　俺はおまえ様と指切りなんてしていない」

雪緒はぽかんとした。白月は冗談を言っているようには見えなかった。

白月もまた、雪緒が悪ふざけや妄想を語っているとは思っていない。表情が強張《こわば》っている。

「俺と指切りをしたのか？」

白月の重い視線が、掴《つか》んだままの雪緒の手に落ちる。

「――これは、なんだ」

彼は瞬きも忘れた様子でじっと雪緒の手を見つめた。

「これはどういうことだ、雪緒。なぜおまえの小指に、鬼のしるしが刻まれている？」

鬼？　雪緒は混乱した。なにを言われているのか、わからない。

だが、心臓は壊れそうなほどに鼓動を打っている。不安の色が濃くなっていく。

「おまえからずっと鬼の臭《にお》いがする。三雲《みくも》という鬼の臭いだ。──あいつと会ったのか？」

雪緒はなにかを言おうと、口を開けた。だが言葉が出ない。喉《のど》に石が詰まっているようだ。

（耶花さんやほかの鬼とは会ったけど、三雲の姿は見ていない）

……三雲が、現れるはずもない。撫子御前祭《なでしこごぜんさい》は鬼女の祭でもある。男の鬼は関われない。

それに指切りをしたのだって、間違いなく白月だ。でも──。

（耶花さんは、一度なら男でも渡れるようなことを言っていなかった？）

なぜ一度なのか。冷静に考えれば容易《たやす》く答えが出る。撫子御前祭とは、七夕祭《たなばた》の別名だ。年に一度、撫子御前たち……織姫《おりひめ》と彦星《ひこぼし》の逢瀬《おうせ》が許される。境界たる川を越えて現世を訪れるのは撫子御前だけだが、彼女を迎え入れるために男の渡りも一度だけ見逃されるのではないか。

じゃあ、三雲はどこに……。

雪緒が桶《おけ》で『水海』に流されたとき、助けてくれたのは耶花だ。

その後に由良、次いで白月がやってきた。──彼らしかいなかったのに、耶花はなぜあっさりと雪緒を手放して身を引いたのか。あのときは「御館の白月が相手では分が悪い」という耶花の言葉を信じたが、果たして鬼とは、そんなに臆病《おくびょう》者だろうか？　前の月に開催された祭事では、白月が相手だろうと一歩も引かなかったのに。それに白月自身の行動も、変だった。早く耶花を追跡せねばならない状況で、雪緒と悠長に話をし、指切りをした。

(――三雲)

天啓のように、雪緒は悟った。あれは、白月じゃない。

三雲が化けていたのだ。そうに違いない。千速《ちはや》も由良も気づかなかったのは、そうだ、妖力が皆、不安定だった。千速は子狐だが、格が高い。自分でそう言っていた。

真実に思い至った直後、約束を交わした小指が、ぴくりと勝手に動いた。背筋が凍った。

「雪緒。『俺』と――三雲と、なにを約束した」

白月が、瞳《ひとみ》に赤い色を滲《にじ》ませて問う。

彼も、三雲が白月に化けて雪緒と指切りをしたと気づいたようだった。

「恋？　鬼と恋を捧げ合うって？　ふざけているのか、雪緒」

雪緒は答えられない。白月に扮《ふん》した三雲はあのとき、なんて言っていただろう。

(私を守り切る。俺のそばにいろと……)

三雲が恋にこだわったのは、雪緒が以前にそういう内容を彼に聞かせたせいだ。教えてわかるものではないのだと雪緒は伝えた。だから三雲は、自分自身で恋をしようと考えた。いや、恋がほしい、手に入れたいと望んで――その姿こそがもうすでに、恋する者ではないか。

「ああ――おまえ様……。俺をどうしたいんだ、まことにこれは……」

白月が瞼《まぶた》を伏せて笑った。腹の底から冷えるような微笑みだ。

雪緒は、胸のなかが不安で充満し、そのうち破裂するのではないかと思った。

「なるほど、そうか。……鬼め、やってくれた！」

視線をふわっと上げて、白月が雪緒を見据える。普段は物静かな黄金の瞳が、怒りと屈辱で真紅《しんく》に染まっていた。

「俺が雪緒に化けて欺《あざむ》いたからか。仕返しに、今度は俺に化けて得物をかっ攫《さら》おうとしたわけか。今頃《いまごろ》腹を抱えて笑っているだろうな、狡猾《こうかつ》な狐を騙《だま》してやったと、ざまあみろと……。あぁおかしい。雪緒、俺の誇りをあの鬼が拳《こぶし》で殴りつけやがった、まことにやってくれる……!!」

「し、白月様！」

「おまえ、気づかなかったのか」

白月が笑いながら雪緒の手首をきつく握りしめる。鬼に抱いた怒りと屈辱が、同じ比重で雪緒にも向けられていた。

「あれだけ俺を好きだ好きだと言いながら、少しもおかしいと思わなかったのか」

「そんな、そんなの――」

人の子に違いなどわかるわけが……いや、目だ。茶色く見えていた。逆光は関係なかった。

「それで、どうするんだ？　赤い刻印までつけられて、鬼とまぐわうつもりなのか？」

「違う、しません」

「だが、これのおかげで、いつでも鬼はおまえのもとに現れるぞ。昼でも夜でも、おまえがちらとでもあいつを思い出せば、それが合図になる。鈴のように響く」

「白月様、痛い……っ！」

雪緒は呻《うめ》き、訴えた。手首の骨が軋《きし》みそうな強さだ。

「痛い？　痛いって？」

白月は手を放さない。それどころか、さらに力をこめてくる。白月の怒りの深さを知る。

「耐えろよ、もっと痛くなるから」

「やめて、白月様！」

雪緒が、自由なほうの手で白月の袖を掴むと、彼は細く息を吐いた。

まだ、許しの気配はない。次になにを言われるだろう。なにをされるだろう。

胸に蔓延《はびこ》っていた不安はいまや、濃厚な恐怖に変わっていた。

「――手首を落とせ、雪緒」

白月が、刃物《はもの》そのもののような眼差《まなざ》しで雪緒を見つめる。雪緒は呼吸をとめた。

「え……、手首……って」

「俺が落としてやる」

彼は優しく言った。悪ふざけではない、嫌がらせでもない。本気だ。

「白月様――」

「いつまでも鬼の臭いをまとうな、雪緒。不快でたまらない!!」

「いっ……、痛い、やめて、白月様……白月様!!」

雪緒は爪《つめ》の先まで恐怖に呑みこまれ、無意識に白月の腕を振り払って逃げようとした。その抵抗が気に食わなかったのだろう、彼は乱暴に雪緒の肩を掴み、地面に押しつけた。そして、指切りをした側の腕を無理やり引き寄せ、手首に噛《か》みついた。白月の犬歯が皮膚に食いこみ、ぶちりと裂けるのがわかった。痛みに身を震わせ、悲鳴を上げかけた雪緒を躾《しつ》けるように、白月が肩を押さえていた手に力をこめる。肩に、寒気のするような激しい痛みが走り、雪緒は軽く嘔吐《えず》いた。全身を、汗が濡《ぬ》らす。肌に張りつく衣が、気持ち悪い。

ゆらゆらと視界が滲んだ。痛みのせいか、涙が頬を転がった。

(白月様は、私を傷つけることを、こんなにもためらわない)

人とは根本的に異なる、この突き抜けた非情さや恐ろしさを、確かに知っているつもりでいた。でもまだ、甘かった。

(そうだよね、白月様が私と本気で恋をしたがるわけがない。なんで信じたのかな、私)

そんなの、ただ単純に信じたかったからだ。

雪緒は自分に呆れる。かなわぬ願いだと知っているから、簡単に惑わされてしまった。

(私ったらばかみたい。なにか起きるたび、皆に欺かれている。白月様も宵丸さんも、結局、三雲だって同じじゃないか)

だれもかれも人の心なんておかまいなしだ。そう考えて、心が温度をなくしたとき。

「――やめろ」

突然割りこんできた男の声に、白月がぴくっと耳をゆらし、すばやく身を起こした。

雪緒も緩慢に視線を巡らせた。

木立の奥から、三雲が姿を現した。襟《えり》が大きくはだけているため、胸元の梵字《ぼんじ》めいた印が覗《のぞ》いている。袍《ほう》の色は薄緑で、袖側が濃い。袴《はかま》は黒に、雲海模様。背は、高い。白月よりもある。髪と目はどちらも薄茶色だ。理性あるけだもののような澄み切った瞳をしている。

目尻《めじり》には、山梔子《くちなし》色の刺青《いれずみ》。髪は短いが、左右の耳の横にある三つ編みのみ、少し長い。その部分だけ本来の髪の色よりも濃いので、おそらくはべつの生き物の髪を編みこんでいる。髪の一部や首回りには、白い子安貝を連ねた飾り物があった。

鬼は総じて、恰好《かっこう》が華やかだ。しかし、なぜか三雲の姿がうっすらと透けている。本物ではなく、影を飛ばしているのかもしれなかった。

「その人は、俺のなかで輝く星。俺の恋する人だ。痛めつけるな」

三雲が雪緒たちを順に見て、全身に苛立《いらだ》ちをまとわせた。

だがそれを聞いた白月の怒りのほうが、圧倒的だった。

「俺の恋する人⁉ なんの冗談だ‼」

白月は、獣のように牙《きば》を剥《む》いた。

「鬼が恋だと!!　笑わせやがる……!!　畜生と化生《けしょう》を合わせた異形が人の真似事《まね》をするのか！」

人の真似事。雪緒は奥歯に力を入れた。それが白月の本音なのか。

「真似事のなにが悪い」

三雲はそう吐き捨てると、いきなり、べ、と舌を出した。そこに自ら爪を立て、引っ掻《か》く。舌の先から血が滴った。それが地面に落ちた瞬間、ドンと地鳴りのような重い音が周囲に響き渡った。風もないのに枝葉がざわめき、震え出す。やがて三雲を中心に、地に亀裂が走った。まるで叩き割られた皿のように、地が砕け、土塊が飛び散った。

「狐よ、『いつか』が、いま来た」

飛散する土塊の向こうで三雲が微笑んだ。雪緒は彼を見つめながら、記憶を辿《たど》った。――あれだ。先の月で白月が三雲を欺いたあとの会話だ。

三雲はあのとき、「いつか殺す」と、宣言した。白月をここで仕留める気でいる。

砕けた地から黒水が噴き出す。それが瞬く間にむくむくと膨れ上がり、立ち並ぶ木々すら追い越して、真っ黒い巨大なむくろ入道へと化けた。朱闇辻《あかやみのつじ》で見た、むくろ翁《おきな》を黒く染めた感じだ。そのむくろ入道は、全部で六体。ぎょろりとした金色の目が、白月を見下ろしている。

「俺と妖術《ようじゅつ》合戦をするつもりか。では俺も、真似事に興じよう」

白月が口を歪《ゆが》めた。べ、と舌を出し、先ほどの三雲のように爪を立てて引っ掻く。

血が落下すると、白月のまわりの草花が枯れた。ずぶずぶと地が、腐り始める。

そこから、白骨の手が伸びてきた。いや、手だけだ。大量の手が地から出現し、虫のように這《は》い回って、黒いむくろ入道に群がった。

むくろ入道が、それこそ虫のように手の大軍を踏み潰《つぶ》す。すると粉砕された手は、色とりどりの花びらに変じて消滅した。次は、手の大軍の反撃だ。むくろ入道を覆い尽くし、粉々にする。こちらは砕かれたあと、三雲が首にさげているような、小さな貝に変じて消えた。

「あぁ、おもしろい。鬼にやられる俺なものか。骨の髄まで祟ってやろう」

気がつけば白月は、雪緒のそばから離れていた。憎い三雲しか見えていないようだった。

雪緒は立ち上がろうとして、目眩《めまい》に襲われた。三雲も白月も相手を打ち負かすために、繰り返しむくろ入道や白骨の手の群れを生み出している。周囲の大地を犠牲《ぎせい》にして。

これがいつまでも続けば、この場所はどうなるのか。むくろ入道が木を踏み倒す、白骨の手が草花を踏み荒らす、地が割れる、腐る、腐敗が広がる。――とめなければ。

無理やり身を起こしたとき、雪緒は後ろから腕を掴まれた。

振り向けば、子どもの大きさのむくろ入道がそこに数体立っていた。驚く雪緒の手を取り、背を押して、白月が戦いに夢中なうちに三雲のほうへ連れていこうとする。

「白っ……」

叫ぼうとしたら、小型のむくろ入道たちに、しぃっとされた。

こちらの異変に気づいたのか、白月が、ふっと我に返った様子で振り向き、息を呑んだ。

次の瞬間、白狐に変じ、たった一度の跳躍で雪緒の前に降り立った。小型のむくろ入道をあっという間に退けて、怒りで赤く燃える目のまま、また雪緒の腕に噛みつく。そしてそのまま、乱暴に引き倒し……獲物を捕らえた獣のように、雪緒の身を引きずって駆け出した。

三雲から少しでも距離を取りたいのだろう。そうわかっても、まったくひどい扱いだった。

(私、もう、だめ)

肩が外れそうなほど、痛い。視界がぐるぐるして、涙が顔中に降りかかる。

「とまれ!!」

三雲が、怒声を上げた。

「とまれ！　雪緒が死んでしまう!!」

ぴた、と白狐が動きをとめ、ようやく雪緒を見下ろして、は、と口から腕を放した。

――周囲は、静まり返っていた。むくろ入道も、白い手の群れもいない。砕かれ、腐り果てた地が、丸く広がっていた。

雪緒はもうなんだかとても悲しくなって、しゃくり上げて泣いた。

髪はほどけてぐちゃぐちゃだし、腰帯は外れそうだし、裾《すそ》は破れているし、手首は血まみれで、引きずられたために全身泥まみれだ。

白狐が、ふたたび人の姿に変じた。――白月は、愕然《がくぜん》と雪緒を見つめていた。

「雪緒を傷つけるのは、やめてくれ」

三雲が、苦悩の表情で言った。

「――どういうつもりだ」

白月は、打たれたように顔を上げて三雲を見た。その瞳にまた、憎悪が宿る。

三雲はただ、心配そうに雪緒を見ていた。

「傷つけるなだと？　おまえが印をつけておきながら、なにを……！」

激高する白月とは対照的に、三雲は静かに落胆をうかがわせた。

「あぁ、泣いてしまった。こんなに傷を与えてしまった……。印は消す。だから狐も、雪緒をこれ以上傷つけるな。手首を落とせば雪緒はもっと泣く。三雲は、雪緒に泣いてもらいたいわけではない」

三雲が顔を歪め、鼻から口にかけてを、両手ですっぽりと覆った。

「ひどく胸が痛い。雪緒、もう泣くな……」

「――おまえ……」

白月がふと憎悪を消し、茫然《ぼうぜん》と三雲を見た。

(鬼が、自ら負けを選ぶの？)

雪緒も驚き、涙が引っこんだが、どうしてなのか白月のほうが、より衝撃を受けている。

「泣かせるくらいなら、たとえ会えずとも印を消したほうがいい。雪緒、悪かった。もう苦しめないから、どうか泣かないでくれ」

「おまえ!!」

白月は、全身総毛立ったような表情を見せ、怒気を放った。

その怒りを浴びて、三雲の身が影のようにゆらぐ。

「み……」

雪緒は涙と泥にまみれた顔を拭《ぬぐ》い、消えかけの三雲へ無意識に手を伸ばした。

「呼ぶな!!」

白月が、とっさというように雪緒の手首を引っぱる。

「痛……っ!」

雪緒が苦痛の息を吐くと、白月は、火傷《やけど》したかのように勢いよく手を放した。

彼は、こわいものでも見るような顔をしていた。けれど雪緒の勘違いかもしれない。

「――無事なの、あなたたち! 急にそっちへ行けなくなったじゃない、なにがあったの!」

木々の奥から、烏那たちが駆け寄ってきた。

気がつけば、三雲の影は消えている。雪緒の指の刻印もまた、消えていた。

「雪緒様!? あええっ、その恰好は!? どうされたのですか!」

いち早く駆けつけた千速が飛び上がり、目を剥いて雪緒のまわりをぐるぐるする。

由良も井蕗も、散々な姿に変わり果てている雪緒を見て、絶句していた。宵丸は顔をしかめ、じっと白月を見た。そして溜《た》め息をひとつ落とすと、雪緒の前で身を屈《かが》める。

雪緒は、ぞわっとした。身体《からだ》の深いところから、はじめての、本気の拒絶の念が湧《わ》き上がる。

宵丸も白月と同じ大妖《たいよう》だ。人ではない。なにをされるか、わかったものではない……。

「俺に怯《おび》えるな。手当てをしてやる。……白月、おまえはちょっと離れていろ。ああ、いや、いい。俺がこいつを連れていく」

抱き上げるぞ、と宵丸が珍しく先に断りを入れて、雪緒を両腕で抱えた。

「狐野郎が。飯がまずくなるような真似をしやがって……」

宵丸は、低い声で吐き捨てた。

✿

心が、ゆれた。

ゆれたのは白月か、それとも雪緒か。両方なのか。

「御館ちゃん、あなたの元妻を、あんな状態で放置して大丈夫なの？」

六角堂のなかで白月が一人座っているとき、烏那がやってきて、向かいにどかりと腰を下ろし、そんなつまらぬ問いを投げかけた。

しばらくだれにも邪魔されたくなかったが、そうもいかないようだ。

「……いまは、近づかないほうがいいだろう」と、白月は重い口調で言った。

――三雲との妖術合戦後、白月たち一行は白桜ヶ里に戻ってきた。

災いに災いが相次いだ。完全に収束したとは言い切れず、処理せねばならないことが山ほどある。そのひとつひとつを考えるだけで頭が痛い。

「ほら、元妻ちゃんとなにがあったのか、はっきり言いなさいよ」

白月の感情の乱れを察しているだろうに、好奇心旺盛《おうせい》な烏那はしつこく尋ねた。

「……おまえはこんなところで、いったいなにをやっているんだ？　紺水木ヶ里《こんみずきがさと》でも御前祭は重要な祭事だろう？　長ともあろう者がおのれの里を顧《かえり》みず、大匠に扮してほかの里に潜りこむとは、どういう了見なんだ」

白月は話をすり替え、烏那を叱《しか》った。この女言葉を使うケモノエボシの怪、烏那の正体は、南西に位置する紺水木ヶ里の長である。見た目は女らしさの欠片《かけら》もないのになぜ女言葉を使うのかと言うと、かつて烏那には惚《ほ》れた男がいた。善良な人間の男だったそうだ。あまりに惚れて、惚れすぎて、烏那はすべてがほしくなり、その魂を食らってしまった。正気に返ったのち、せめて肉体だけは食うまいと、女の怪たるおのれの器を捨てて男の身体に乗り移った。

――だがそれも、もう遠い昔の話だと烏那は笑い飛ばす。いまはただの男の怪で、昔の名残《なごり》として女言葉が出てしまうだけなのだと言う。

「だって白桜の状態、気になるじゃない？　里がひとつ沈めば、郷《ごう》の均衡が崩れるもの。結界がゆらぐわよ。たいへんなことでしょ」

「本心は」

「白桜を偵察させていた精霊から、あなたの元妻ちゃんが来るって情報をもらったのよ。もうこれ、行くっきゃないでしょ！」

白月は俯《うつむ》き、指先で瞼を揉《も》んだ。こいつを始末したい。

「せっかくだから化天ちゃんも誘って来ちゃった！　あっ、うちの里の御前祭なら、心配しないでよ。俺の補佐たち、みーんな優秀だもの！」

白月は、自分のことは棚に上げて、彼らの補佐の苦労を思い、哀れんだ。

化鳥の化天もまた、正体は黒芙蓉《くろふよう》ヶ里《がさと》の長である。

まことにこの長どもはなにをふらふらしているのかと思う。だが、これでも彼らは古老の者だ。どの里よりも平和が続いている。紺水木ヶ里などは、最古の里でもあった。

化天のほうは……、いま最《もっと》も、神階《しんかい》のそばに近づいている者だ。だから梅嵐の上里にいたときだろうと、格の高い妖でありながら例外的に妖力が安定していた。神隠しは境界を越えるすべ、その御童の祟りは時空を歪ませる。強い怪ほど、歪みの影響を受ける。

「あのねえ、単なる好奇心だけで、元妻ちゃんがどんな子かって気になったわけじゃないわよ！　もちろん、御館ちゃんを心配してもいたんだからね」

「嘘臭いな」

「ひどいわね！　本当よ。一番の理由は、由良ちゃんの監視だもの！」

白月は、顎《あご》に指を当てて考えこむふりをする。烏那は、獰猛《どうもう》な笑みを浮かべた。

「――あの子なんでしょ？　紅椿ヶ里全体を祟っていたのって」

「なぜそう思う」

「なぜもなにも、祟らないわけがない。おのれの親を殺され、血族も殺され、仲間も殺され……故郷までも穢した仇《かたき》たる女の一族が支配する紅椿ヶ里を、どうして見過ごせると言うの」

鼻白む烏那を見て、白月は唇を綻《ほころ》ばせた。

（そうだ。鬼の祟りではない）

紅椿の民の多くが不調に陥る原因となった「黄金の雨」を降らせたのは、由良だ。生き残った彼の兄弟の念も、由良の祟りに重なった。祟りを受ける者の条件は、『白桜ヶ里を軽んじること――冗談であろうと免れない。口の悪い宵丸などは、この条件に引っかかった。

生き残った彼らの復讐《ふくしゅう》の可能性を警戒していた白月は、「長の座」という餌《えさ》をちらつかせ、その機会を与えぬよう画策した。「まだ白桜は死んでいない」と思わせて愛着を持たせる意味もあった。復興には御館の白月の力が必ず必要になる。恨みがあろうとこらえるしかない。そうした策のために、由良には、彼の兄弟とともに白桜の浄化に当たらせた。

だが、白月が想像する以上に――由良たちは純粋で、まともだった。

穢れ切った故郷をあらためて目にして彼らは心を痛め、深く深く憎悪を募らせた。彼らの父たる欲深な蓮堂《れんどう》を基準にしてはいけなかった。

由良は自分が祟りをもたらしている事実に気づいた。そして焦ったに違いない。

「しかし白月ちゃん。祟っている子がいる場所に、大事な元妻ちゃんをよく行かせたわね」

感心する烏那に、白月は苦く笑う。

「雪緒を寄越すようにと由良のほうから訴えてきた。あいつにとって雪緒は同情すべき相手であり、共感を抱ける相手であり、また尊敬できる相手でもある。守らねばとも思っている」

「へーえ？」

「由良同様、雪緒も鈴音《すずね》の行いに振り回された一人だ。それに、俺も知らなかったが、由良は昔、雪緒に助けられたのだと言う。その恩もあるだろう」

白桜ヶ里に移動後、宵丸が受けていた祟りの影響が薄まったのは、雪緒の効果と言える。

「たとえ紅椿ヶ里の民であろうとも元妻ちゃんには憎しみを感じずに済む、ってわけ？」

呆れたような顔をする烏那に、白月はうなずいた。

「雪緒は薬師だ。万が一のときには呪詛祓《じゅそはら》えも行える。本人は無自覚だが雪緒の祓えの知識は深い。賢者の設楽《しだら》の翁《おきな》から学んでいた。郷でも一、二を誇る才だ。だが一番の理由は、あれがそばにいれば、おのれの心に湧き上がる強烈な恨みを宥《なだ》められると考えたんじゃないか？」

――けれども、白月は嫌だった。

雪緒は由良のものではない。なぜ白月が妻にと定めた娘を差し出さねばならないのか？

ただ、白月には、御館という立場がある。だから雪緒自身に、行かぬと言ってほしかった。

それで白月は、楓《かえで》に化けてまで狐一族の隠れ匣《ばこ》に来いと雪緒を誘った。なのに雪緒は白月の心も知らないで、白桜へ行くと決めた。

紅椿ヶ里を祟っているのが由良と知れば、優しい雪緒は心を痛めるだろう。可能な限り伏せてほしい。なんにせよ苦しむのなら、まだ鬼の祟りのせいとしたほうが傷は浅い。そう懇願したのは子狐たちだ。楓もまた、真実を知らせぬほうがいい、雪緒も由良の感情に同調する恐れがある、と冷静な意見を聞かせた。

白月も、知らせる気などなかった。雪緒は、いまだって余所見《よそみ》をしすぎだ。口惜しいが、雪緒本人が行くと言うのなら白月にとめるすべはない。できるなら由良の憎悪を自然な形で昇華させたいという思いも、多少はあったからだ。

「寛大じゃないの、白月ちゃん」

烏那がにやつく。白月は、本気で耳を疑った。

「俺のどこが寛大だ？　外道の狐だぞ」

「だって、由良ちゃんたちを始末してさあ、無関係な子を白桜の長に据えたほうがよっぽど早いし、安全じゃないの。鈴音ちゃんが元凶とはいえ蓮堂ちゃんの堕落《だらく》ぶりも問題だったし、由良ちゃんたちはそれを諌《いさ》めもしなかったんでしょ？　膿《うみ》を出すには、鈴音ちゃんの存在はうってつけだと白月ちゃんも思っていたんじゃない？　でもいま、得意の呪いで祟り返せば由良ちゃんが滅ぶと思い直して、わざわざ生かす道を作ってあげたのよねえ」

「あれは年を経ればまともな長になるだろうから、殺さぬほうがいい。駒《こま》として優秀だ」

優しさでもなんでもない。そういう意味をこめたのに、烏那は笑みを消さない。

「昔はあんなに荒れていた白月ちゃんが辛抱を覚えて、こんなに立派になって……」

「やめろ」

どこが立派なものかと、白月は罵《ののし》りたくなる。娘一人、守り切れなかった外道だ。

(――三雲め)

あの鬼のせいでおかしなことになってきた。三雲を思い出すと、魂が焼け落ちそうになるほどの憎しみと焦燥感が生まれる。白月は、尾の一振りでその黒い感情を消し、烏那を見た。

「白桜ヶ里だけでも厄介だというのに、梅嵐までもが長を失い、荒れ始めることになった。だれもかれも、なぜおとなしくしていてくれぬのか」

ほかにも監視が必要な里がある。

「ちょっとお！　ごまかさないで最初の質問に答えなさいよ。元妻ちゃんとなにがあったの」

烏那が、目を吊《つ》り上げて話の軌道を修正しようとする。

このとき白月は非常に疲れていた。かなり投げやりにもなっていた。

「……雪緒が、三雲という鬼に惹《ひ》かれている。いや、惹かれた」

「へえ～！」と、烏那は目を輝かせた。

「……なぜ喜ぶんだ。首を落とされたいのか？」

白月は殺意を抱いた。だが白月よりも古く存在する怪に、口先だけの脅しなど効かない。

「元妻ちゃんと鬼ちゃんと白月ちゃんに、なにがあったのよ。具体的に教えて」

「三雲が雪緒と指切りをした。だから俺は、手首を切り落とせと雪緒に迫った。そうしたら元凶の鬼が出てきて、雪緒を哀れみ、指切りの印を自ら消しやがった」

烏那は、あっはっはと声を上げて笑った。白月は、本気で呪ってやりたくなった。

「そりゃ負けるわあ！　人の子ってそういう甘ったるい献身に弱いわよね！」

「知ってるさ、そんなことは。――だが、おまえなら許せるか？　俺の妻に鬼の刻印だぞ。たとえその刻印を削り落としたとしても……刻まれた事実自体がもう、許せない」

「俺だって許さないわ。当然、手首を落とすわよ」

烏那が仄暗《ほのぐら》い微笑を見せる。

「鬼の刻印がされた手を、なぜ残しておくわけ？　削ればいいって問題じゃないわ」

そうだ、これが怪だ。これこそが……。

「本当、すごく甘いじゃない、白月ちゃんってば。刻印が消えたから、元妻ちゃんの手首を切らずに残してあげたんだ？」

白月は横を向いた。怯懦《きょうだ》だと責められた気分だ。だが烏那は、気の抜けた顔をしてぼやく。

「あーあ、やんなるわねえ……。鬼は、怪よりもずっと人に近いもの。ごく自然に、人の心に寄り添えるのよ」

嫌だ、と白月は思う。鬼に劣ってたまるものか。なにが「もう苦しめないから泣くな」だ。余所見をされるくらいなら、もっともっと泣けばいい。そう望むのが、怪ではないか。

（なぜ俺が、こんなに惑わされなきゃならない！）

三雲が憎い。人に近い鬼が、気が狂いそうになるほど憎い。

「雪緒も、三雲は人の心がわかる存在なのだと知ってしまった。人のような優しさが根底にあると。怪の俺とは違うと、感じたはずだ」

自分の口から乾いた声が出る。

人のような鬼と、どこまでも怪らしい白月との差が、あのとき、浮彫りになった。

そして白月は――信じがたいことだ。あの瞬間、空が墜落《ついらく》したかのような錯覚を抱いた。

（俺が、恐怖した）

三雲を見つめる雪緒を、恐れた。咲いては枯れる花のように、移りゆく人の心を。

だめだ、受け入れられない。雪緒という娘は、あくまでも白月が神階を駆け上がるための貴《とうと》い贄でなくてはならない。白月を脅かす存在であってはいけない。

だがもう、ずいぶん前から白月はおのれが矛盾した行動を取っていることに気づいている。

「烏那」

「なあに？」

「恋とは、なんだ」

白月は両手でおのれの顔を掴む。指の隙間《すきま》から、烏那を見る。

かつて、人の男に惚れすぎて、魂を食らったという怪。その知恵が、ほしい。

「人の恋とは、どういうものなんだ。それにどれほどの価値がある。手首すら、俺のために差し出せぬのに」

裏切りにすら思える。その程度が、恋か。ばからしいじゃないか。

「そうねえ……」

烏那も、憂鬱《ゆううつ》そうに溜め息を落とす。

「わからないわ。俺も怪だもの。――わからないから、あの人の魂を食らうことにしたのよ」

いつか心変わりされちゃたまったもんじゃないでしょ、と烏那が楽しくなさそうに笑った。

✿

白月め、と宵丸は胸中で罵った。

(人の子を、ああも雑に扱うやつがあるか)

簡単に壊れるのが人だ。ちょっと鬼に挑発されたくらいで、我を忘れやがって。

薬屋の飯がまずくなったら、本当に許さん。だいたい、なにをのんびり休んでやがる。

宵丸は、蔵屋敷のなかで発見した、なんか神剣っぽいご大層な武器を勝手に持ち出して、回廊の外へ向かった。そして『ヒトガタ捜索と退治』を、一人でがんばっている。

(梅嵐の鳥野郎が、御童だかの祟りをヒトガタに移してこっちに持ってきたんだろ)

『ヒトガタ』となった呪具《じゅぐ》が、この回廊の一画に隠されているはずだ。

でも、梅嵐で長の子らを贄に捧げたため、多少は祟りの度合いが変わり、『ヒトガタ』の気配を掴みやすくなっているのではないか。——という宵丸の適当な読みは的中し、集中すればすぐにどこらへんが危ういか、わかった。回廊の周辺に立ち並ぶ桑《くわ》の木がすぐに枯れる場所、そのそばに、ヒトガタの呪符《じゅふ》が埋められている。道理で、枯れやすかったわけだ。

これという場所を見つけ、月の見下ろすなか、宵丸は地に刃《やいば》を突き立てる。すると、霧状の化け物が地中から噴出する。それを斬《き》り捨てる。——この繰り返しだった。八つ当たり気味に退治を続けていたのだが、もう飽きてきた。

(俺が有能すぎるのが、悪いのか!)

白月も里のやつらも、宵丸のことを猪突猛進《ちょとつもうしん》するばかりの単純な大妖だと思っているようだが、違う。いつだって宵丸は、お利口だ。

でもやっぱりもう飽きたから、あと一匹斬ったら、やーめよ。そう思ったとき、桑の木の前に女が立っていることに宵丸は気づいた。少女と言うほうが正しいか。薬屋より少し若い。

「あー、おまえが、御童の霊か?」

宵丸は、神剣を振って尋ねた。……これはなんだか、斬りたくないぞ。薬屋に魂が近い。

女はゆっくりと顔を上げた。のっぺらぼうだった。

だが、泣いているのがわかる。還《かえ》りたい。還りたいのです、還してください。還してちょうだい、私を還らせて。……やかましいと、宵丸は眉間に皺を作った。

御童。神隠しに失敗した子。もしかしたら、薬屋だってこうなっていた可能性がある。ますます斬る気が失《う》せた。が、少女は縋《すが》るように宵丸に手を伸ばす。

あなたは私を還してくれるでしょう？　あの子のことも一度、帰してあげようとした。あなたは私たちを閉じこめない。私のこともあの世に還してくれる怪だわ。

知るかよ、と言いたいのに、宵丸はどうしてか、声を出せなかった。そのとき、「……宵丸さん？」という、よく耳に馴染《なじ》んだ娘の声が聞こえた。かさかさと茂みのゆれる音。こちらに薬屋が近づいてくる。こんなときに！

のっぺらぼうの少女が悲しげに囁《ささや》いた。あの子を傷つけたくない、私と同じ神隠しの子だもの。でも斬ってくれないのなら、あの子の身体を乗っ取ってまた祟るしかない――。

宵丸は薬屋が姿を見せる前に、御童を斬った。ありがとう、と少女が笑って、消えた。

「そこにいますか……？」

神剣を放《ほう》り捨てると、姿を現した薬屋の手を掴み、宵丸は問答無用《もんどうむよう》で歩いた。

「ふらふらするな。御前祭の祟りは消えたが、まだここだって安全じゃないぞ」

戸惑う薬屋を連れて、回廊の内側へ戻す。

「……手当てのお礼を言いたくて。明日の朝、蟹《かに》のお味噌《みそ》汁と炊きこみご飯、作ります」

薬屋が小声で言う。つないだ手から、宵丸に対する怯えが伝わってくる。白月がとうとう人の子に植えつけた「怪に対する恐怖」だ。その感情を隠して、薬屋は律儀《りちぎ》にも礼を伝えに、宵丸を捜しに来たらしい。足をとめなかった自分を、宵丸は心底ほめてやりたくなった。

薬屋の飯を、はじめてこわいと思った。

❀

以前に寝泊まりしていた棟へ連れていかれる途中、仲間の民と話しこんでいる由良を発見した。彼らは、宵丸に引っ張られる雪緒を見て、目を丸くした。

「おい、こいつを預かれ」

宵丸はぶっきらぼうに言うと、由良のほうへ雪緒をずずっと押しやった。

「目を離すとすぐふらふらしやがるから、そこの屋根の上にでも乗せておけよ」

呆気《あっけ》に取られる雪緒たちに背を向けて、宵丸はこの場を去ろうとした。

「おまえはどこに行くんだ！」

慌てたように由良が問うと、宵丸は振り向きもせず、「寝る！」と簡潔に言い捨てて、いま来た道を戻っていく。

（寝るのに、また回廊の外へ出るの？）

ふしぎに思って雪緒が首を傾げていたら、「薬屋様」と、名を呼ばれた。

声をかけてきたのは、由良と話し合いをしていた怪だった。彼の顔には見覚えがある。梅嵐ヶ里に流される前、雪緒に嫌悪を見せた怪の一人だ。金の髪を肩まで伸ばした、少しばかり神経質そうな雰囲気の美青年。彼もだが、ほかの者も背恰好がどことなく由良に似ている。

「申し訳なかった」と、彼が目を伏せて謝罪した。ほかの怪も目を伏せた。

雪緒は困惑した。百舌の怪の話を信じてこちらを責めたことについての謝罪だろうか？

「……彼は俺の兄弟だ。本来なら、こいつが祭主として絵の川を描《か》くはずだった」

由良が気まずげに答えた。

「ああ」と雪緒は納得した。道理で皆、由良と似た気配を感じるわけだ。

「って、皆さんのほうは無事だったんですか？」

今頃気づいて、雪緒は慌てて彼らを見回した。白桜は、川の水があふれたものの水海化せずに済んだようだが、異形が大量に出現したと聞く。

彼らは顔を見合わせると、困ったように由良を見た。

「俺から雪緒に話す。あんたらは、もう休め」

由良が軽く手を振った。彼の兄弟たちはためらい、物言いたげにこちらを見たが、由良が「休め」と繰り返すと、あきらめたように棟へ向かった。

「──俺たちは梅嵐で何日もすごしたが、実際は同じ時間を繰り返していただけだろ。だから、こっちではまだ、日付けが変わるまではまだ御前祭当日ってことだ」

彼らの姿が見えなくなるまで視線で追ったのち、由良が静かに言った。

「あ、そうか。そうですね……」

「兄弟は、あんたを批判したこともだが……、自分が祭主の任を引き受けておきながら、その役目を果たさずに放棄したことを後悔していたようでなあ。あんたに肩代わりさせたために、川の水が氾濫したんじゃないかと責任を感じているんだよ」

「違いますよ！　川の氾濫は──梅嵐の方々が関係しているんです」

雪緒はすぐに訂正した。由良の兄弟が役目を放棄した理由も、わからないではない。

由良は困ったように微笑んだ。

「あんた、ぼけなす女だが、いいやつだよな」

「ほめられた気がしないので、やり直して」

「人の子が、こうだから、俺は……。いや、向こうで話そう」

──で、しんみりする由良に連れていかれた場所は、六角堂の屋根の上だった。

「……由良さん、生真面目《きまじめ》すぎない？　満天の星は美しいですけどね、宵丸さんの言葉を律儀に聞く必要ないですよ」

「そんな怪我《けが》をしてんのに、ふらつくあんたが悪い」

けんもほろろな態度と見せかけて、由良は心配そうな目をする。雪緒は、傾斜のゆるやかな屋根の上から転がり落ちないよう座り直し、自分の手首をさすった。

「手首以外は、かすり傷ですよ。これも、霊薬を使って手当てしたので、すぐ治ります」

「……御館を闇討《やみう》ちしてやろうか？　月のない闇夜なら、俺に分があるぞ」

本気で提案しているのがわかり、雪緒は笑った。……やっと自然に笑えた。全身の強張りも、すうっととける。

「なに嬉《うれ》しそうにしてやがる。まことに人の子は、わからん」

由良は大きく息を吐いて、雪緒の隣に寝転んだ。

(この鵺《ぬえ》様のおかげで、怪への恐れが薄まった)

それは、いいことだろうか。悪いことだろうか。いまの雪緒には判断できない。

その後はしばらくのあいだ、どちらとも無言で空を見上げた。

「……あんたには色々と、迷惑をかけている」

ぼうっと天の川を眺めていたら、ふたたび由良が口を開いた。

「いえ、むしろこちらこそ由良さんを毎回、騒動に巻きこんでいる気がします」

雪緒が慌てて答えると、彼は自分の腕で顔を隠し、つらそうに言った。

「いや――すまない。俺が悪いんだ。いつか、あんたに必ず全部話すから、待っていてくれ」

「……はい？　そうですか」

雪緒は戸惑ったが、由良があまり突っこまれたくなさそうだったので、そこで話を終わらせることにした。

「人の子は、優しいものだな」

「そんなことないですよ、ある意味、怪のほうが純粋だと思います」

雪緒はお世辞ではなく、心からそう告げた。

（欲望に忠実で、純粋すぎるのが怪だ。強い者はとくにその傾向にある）

ふたたびの恐怖が這い上がってきて、雪緒は急いでその考えを脳裏から消した。

「どこがだ。極めて過激でひねくれているのが俺たちだぞ」

素直で清廉《せいれん》な由良さんが言うと微笑ましいなあ、と雪緒は胸があたたかくなった。

「おい、だからあんたなあ……。あまり俺を信用するんじゃないぞ。俺も、怪なんだ」

「由良さんを信じられなくなったら、そのときが怪を本気で嫌うときかもしれませんね」

冗談のつもりだった。だが由良は笑わず、上体を起こして硬い表情を雪緒に向けた。なにかを言おうとして、あきらめたように俯く。

「――それで、どうするんだ？」

「なにがでしょう」

「雪緒はひょっとして、鬼にも惹かれているのか？　御館を捨てて、鬼に走るのか」

「素直だったらなんでも許されると思わないでくださいね！　場合によりけりですよ！」

「いきなりなぜ怒る。あんたがゆらいでいるのは事実なんだろ?」

由良は首を傾げた。先ほどまでの苦悩をきれいに隠した顔で。

「人は恐れよりも優しさを求めるものだが、怪は優しさも恐れもすべてほしいと考えるんだ。……いいや、御館を庇《かば》うつもりはねえぞ。だがそれとはまたべつの話だ。どうしたって俺たちは、人とは根本が異なる。おまえはそういう怪を本気で愛せるのか。その覚悟はあるのか?」

雪緒は息を呑む。ちかちかきらきらと輝く星夜が、言葉を探す雪緒を見下ろしている。

❁

薄情な由良は、答えを出せなかった雪緒を六角堂の屋根に残したまま去ってしまった。

「下りられないんですけど、だれか、梯子《はしご》ください……」

軒先《のき》から怖々と地上を見下ろしたときだ。突然ぐんっと白い手が伸びてきて、雪緒のうなじを掴んだ。雪緒は息が止まるほど驚いた。軒先の壁に、成人男性ほどもある白蜥蜴《とかげ》が張りついている。蜥蜴そっくりの体躯《たいく》なのに、両手足の形は人と同じだ。頭髪はなく、のっぺりとした男の顔で、それが一層不気味だった。雪緒のうなじに手を回したのは、この化け物だ。

——白桜ケ里にも現れたという異形の残党ではないか。そう気づいた直後、地上に引き落とされそうになり、雪緒はぎゅっと目を瞑《つむ》った。それしかできなかった。

だが、ぎゃっという悲鳴が上がる。

同時に、雪緒のうなじを掴んでいた手も離れたが、すでに身体は傾《かし》いたあとだ。雪緒は体勢を戻せず、屋根から転落した。――と思ったら、もふっとした白いものの上に身体が乗る。

（……？　あ……、白狐様……に変じている白月様の背中だ）

怖々と撫《な》で回したあとでそう悟り、身体に力が入った。

雪緒の恐怖が伝わったのか、白狐も尾を振ることさえせずに固まっている。

そのあいだに、先ほど白狐が攻撃したのだろう白蜥蜴がすばやく地を這い、こちらに接近した。雪緒を背に乗せたままの白狐の脇腹《わき》に噛みつく。

「――白月様、反撃して！」

しかし白狐は尾の一振りで白蜥蜴を遠ざけると、それ以上反撃することなく静かに飛び退《の》いた。それも、ひどく慎重な動作だ。そっと身を伏せ、雪緒を下ろしてから白蜥蜴と向き合うが、やはり倒そうとしない。追い払うだけだった。

どうして、とやきもきしてから雪緒は、はっとした。

（私がここにいるためなの？　攻撃して、血を流すのを避けている？）

白蜥蜴を追い払うと、白狐もまた去ろうとした。――雪緒のいない場所で仕留める気だ。

雪緒はとっさに白狐の尾を掴んだ。すると白狐が「こいつっ。俺の尾を遠慮なく掴みやがって！」という怒れる目で振り返ったが、すぐに顔を背け、雪緒を傷つけぬようゆるゆると尾を振った。逃げたがっているのがわかったが、雪緒は手を放さなかった。

ここで放したら、この先、たぶんいつまでも——怪を恐れ、嫌ってしまう。

(でもおかしな白月様。私がこわがることを、あんなに望んでいたのに)

恐怖の植えつけに成功したというのに、なぜこんなに戸惑っているのだろう。

「……ねえ、白月様」

雪緒は囁いた。

「ずっと恋がしたいんです」

この世界では手に入れるのが困難な、「人が抱く優しさ」を、三雲が示した。雪緒の心は大きくゆらいだ、それは心からほしかったものだ。

(でも私は、その優しさを白月様からほしかった。ほかのだれかからでは、意味がない)

白狐の尾を掴む手に、雪緒は力をこめた。

もう刷りこみでも義務でも心の安寧のためでも、いいじゃないか。

いま、むっぎゅむぎゅに尾を揉んでやる。それで、痛み分け。

自分の恋が、この星空のようにきらきらしていなくたって、かまわない。

恐怖も後悔も嫌悪も、喜びも、なにもかも絡み合ったものが、雪緒の恋だ。

「手首は、落としたくないです。嫌です。薬屋ですので、手がなくなると困ります」

雪緒がそう言うと、白狐は腹部を地面につけるようにして身を伏せた。

「と言うより、手も足も胸も腹も、すべてに私の恋が満ちているんですよ。私と……本当にまたいつか、結婚してくれるなら、手首だって取りこぼさないでください。指の先まで、いっぱい恋が詰まっているんです。すごいでしょう」

雪緒は白狐の横に膝《ひざ》をつくと、その胴体に、もふっと顔を埋めた。

「白月様は怪なんですから、なにひとつ捨てずに、ちゃんと指の先まで根こそぎ私を奪ってください。怪って、そういうものじゃないですか！」

雪緒がもう惑ったりゆらいだりしないように、ひたすら激しく奪えばいい。

「あなただけです。白月様だけが、私の恋のすべて」

お願い、そうであって、私の恋。――雪緒は心のなかで祈った。

しばらくして白狐が体勢を変え、雪緒の手首にそうっと鼻先を押しつけた。


――奪えないんだ、と白月は声なく答える。

奪えばまた、おまえが泣くかもしれない。

そうすると俺は三雲を思い出し、とても息ができなくなる。

憎悪が膨れ上がる。嵐《あらし》のように体内に吹き荒れる。化生の自分が目覚める。――おまえの手首に噛みつきたくなる。引きちぎりたくなる。その衝動を抑えられないうちは、だめだ。

（こんなはずではなかったのに。俺はどうしてしまったんだ）

――白月は、自分の変化を心の底から恐れた。

❁

翌朝、宵丸は、膳に並んだ朝飯を見て、たじろいだ。

炊きこみご飯に蟹の味噌汁、揚げ物、山菜とかまぼこの醤油《しょうゆ》漬け……。

どれも好物だ。なのに、手が出ない。出せない。

「……気合いを入れて作りましたので、どうぞ」

薬屋が穏やかに微笑んでいる。

だが、宵丸は、とても息ができなくなる。

遅れて広間にやってきた白月も、宵丸の反応を見て、なにかに思い至った様子で言葉を失っていた。それでも、動かぬ宵丸たちに薬屋が顔を曇《くも》らせたとわかると、白月は覚悟を決めたようにかまぼこをひとつつまみ、自分の口に放りこんだ。

宵丸も胸中で「ちくしょう」と、だれにともなく罵り、蟹の揚げ物をつまみ上げた。おかしいくらいに自分の鼓動が速くなっている。ちくしょう。白月も胸中で罵っているに違いない。

口のなかに揚げ物を押しこみ、宵丸は目を見開いた。口内に広がる味。

その味は。

あとがき

こんにちは糸森環です。本書をお読みくださり、ありがとうございます。『お狐様の異類婚姻譚』の四弾です。主要人物は既刊と同一です。お狐様がついに（？）恋に迷い始めました……はずです！　改稿時に増やしすぎて数十ページほどオーバーしてしまい、ざくざく削りました。今回は、ネタバレ的裏話は断念です。

謝辞です。担当者様には大変お世話になっております。いつも丁寧に原稿をチェックしてくださるので本当にありがたいです。とても感謝です！

凪かすみ様、今回のカバーもすごく美麗で高ぶりました。ピンナップやモノクロもいつも拝見するのが楽しみでなりません。素敵イラストをありがとうございました！

編集部の皆様、デザイナーさん、校正さん、書店さん。本書出版にあたりお力添えくださった方々に厚くお礼申し上げます。家族や知人にも感謝です。

現在、いなる様がコミカライズを担当してくださっています。いなる様のお狐様、とてもかわいく奇麗ですので、ぜひご覧いただけたらと思います！

この本を手に取ってくださった読者様に、どうか楽しんでいただけますように。

IRIS
ICHIJINSHA

お狐様《きつねさま》の異類婚姻譚《いるいこんいんたん》
元旦那様《もとだんなさま》が恋《こい》を知《し》り始《はじ》めるところです

2020年 9 月 1 日　初版発行
2021年 9 月21日　第２刷発行

著　者■糸森 環
発行者■野内雅宏
発行所■株式会社一迅社
〒160-0022
東京都新宿区新宿3-1-13
京王新宿追分ビル5F
電話03-5312-7432（編集）
電話03-5312-6150（販売）
発売元：株式会社講談社
（講談社・一迅社）

印刷所・製本■大日本印刷株式会社
ＤＴＰ■株式会社三協美術

装　幀■AFTERGLOW

ISBN978-4-7580-9292-0

●この作品はフィクションです。実際の人物・団体・事件などには関係ありません。

この本を読んでのご意見
ご感想などをお寄せください。

おたよりの宛て先

〒160-0022
東京都新宿区新宿3-1-13
京王新宿追分ビル5F
株式会社一迅社　ノベル編集部
糸森《いともり》 環《たまき》 先生・凪《なぎ》 かすみ 先生